作者

一个没有说完的故事

戚长道 著

中国文联出版社
http://www.clapnet.cn

图书在版编目（CIP）数据

一个没有说完的故事/戚长道著．--北京：中国文联出版社，2020.12

ISBN 978-7-5190-4509-8

Ⅰ．①一… Ⅱ．①戚… Ⅲ．①中国文学-当代文学-作品综合集 Ⅳ．① I217.2

中国版本图书馆 CIP 数据核字 (2021) 第 010152 号

一个没有说完的故事

作　　者：戚长道

终 审 人：姚莲瑞　　复 审 人：陈若伟

责任编辑：卞正兰　　责任校对：尹利青

封面设计：晓　攀　　责任印制：陈　晨

出版发行：中国文联出版社

地　　址：北京市朝阳区农展馆南里 10 号，100125

电　　话：010-85923055（咨询），85923000（编务），85923020（邮购）

传　　真：010-85923000（总编室），010-85923020（发行部）

网　　址：http://www.clapnet.cn　　http://www.claplus.cn

E - mail：clap@clapnet.cn　　bianzl@clapnet.cn

印　　刷：天津旭丰源印刷有限公司

装　　订：天津旭丰源印刷有限公司

法律顾问：北京市德鸿律师事务所王振勇律师

本书如有破损、缺页、装订错误，请与本社联系调换

开　　本：710 × 1000　　1/16

字　　数：403 千字　　印 张：26.5

版　　次：2020年12月第1版　　印 次：2023年4月第3次印刷

书　　号：ISBN 978-7-5190-4509-8

定　　价：95.00 元

目录

短歌篇

散文、童话篇

| 童话 |

诗词、曲艺篇

| 诗歌 |

| 诗词 |

短歌篇

穿云集

（1）

不能用地球上的生命体去解释别的星球上的生命。凡是有生存空间就会有生命。也许那里的鱼在水里能游，在空中能飞。火里、沙漠上都会有生命的乐园。也许大型动物会变小，小型动物会变大，树上会结出香甜的面包，花卉会酿出醇香的美酒，甚至陆上的动物也会水里游，空中飞。也许有的生物生下来就有绚丽的羽毛、闪光的鳞片和华美的斑纹。

（2）

孙悟空偷吃了金丹，又偷吃了蟠桃，寿与天齐。做了齐天大圣，自是天下无敌，看到此，再无悬念。围观看的是热闹，看的是较量，看了半天等待的是结果，如知道了结果，谁还会再围观。

（3）

一个政权的消亡，总有一些人为之维护，甚至献出生命。不管政权如何，追随者怀着一颗至死不渝的心。叔齐伯夷，宁肯饿死在首阳山上也不食周粟，不是对错，是气节。

（4）

写作开始就像小学生描红模子，以后再写隐格，再以后临帖，最后才能不照帖自己写。写作也是这样，先看书，再模仿，最后再进行创作。

（5）

人一生不知做过多少梦，梦做多了，反而记不清了。正如歌者，唱过上百首歌，音调旋律大致雷同，而有的歌者，平生只唱一首，便广为流传，成为经典。

（6）

为救助在反法西斯战争中负伤的战士，护士南丁格尔，高举明灯为救护队照路。我们人人都有一盏明灯，那就是心灯，能为人类照亮健康路程。

（7）

水仙，被称为凌波仙子。静卧水中，不需特殊呵护便于严寒中绽放清香。它适应环境，安贫乐道，反而绽放出最美的笑容。

（8）

由于鲸鱼大口大口地吞食小鱼小虾，才保护了小鱼小虾的族群，不然小鱼小虾大量繁殖，海水就会变腐，造成这方海域生物的灭绝。人口过度地增长，地球上的能源耗尽了，也会自动退出历史舞台。

（9）

一块小小的石头，几经风雨，被深深埋在了泥土之中，缘何石类如花，自古圣贤多寂寞，不求一时盛名，为后世称颂。

（10）

盲人摸象，只摸到了象的一个部分，难辨全貌。一旦摸到了全部，便一目了然。如遥感遥测，一旦探明，便可遥控。

（11）

刘姥姥进大观园，受众人讥笑，林黛玉竟说其为母蝗虫。唯有贾母善待之。王熙凤虽辣，也不视其为下人。在贾府遭难时，刘姥姥挺身而出，救巧哥于火坑。人之最终归宿，全由其行为所定。

（12）

上天怕大地干渴，送去了水，怕大地受冻，又送去了洁白的棉被。

大地为感谢上天的眷顾，捧出了美丽的花，香甜的果实和新鲜的菜蔬、五谷。我们也要有一颗救助和感恩的心。

(13)

各地名胜数不胜数，多因山水奇特，让游人欣赏。古今圣贤，修庙设堂，让人铭记。游遍名山大川，最美莫过人心，胜过天下名胜。

(14)

戏曲演绎成电影，再演绎成电视连续剧，如短篇小说到中长篇小说。然，人生不能处处精彩，剧情不够拿水凑。这样，反倒让人倒了胃口。

(15)

艰苦的生活，孤独的处境，接连的打击，社会的冷漠，都成了包围他的敌人。他的不幸，让人同情。然，欲打败他的敌人，不能靠外援，还得靠自身。

(16)

三国中文韬武略贤能之士不计其数。为何独供奉关公为帝，皆因恩将仇报小人颇多，关公义气深重，在华容道排下一字长蛇阵，放操逃命，这种大义，令人尊崇。

(17)

地球，你伟大的胸怀，海是你的酒杯，高山是你向上苍摘取果实的梯子，坡地是你的滑梯，草地是你的软床。你的土地上长满果实，任人摘取也毫不介意，因为即使摘光了，来年还会长出新的果实。你伟大的胸怀包容了万物生灵。

(18)

风景如画，这话说颠倒了，画是根据风景创作而来的。画家按风景作画叫写实或写真。天才的画家根据风景进行了二次创作，比原风景更美，所以，风景如画也对。

（19）

博物馆把许多物件陈列在一起，供人参观，让人省去许多时间，获得更多知识。有的人集才艺于一身，有的人集美德于一身，助人行善，甚至替人承受苦难，这便是人间最珍贵的博物馆。

（20）

诗用最精练的文字，抒发情感，不在押韵，而在动听的旋律。吟咏起来，自然成了歌，让天籁之音也有了感情。

（21）

爱是情的姐妹，世上因为有情有爱，生命才能延续，所以说情爱是生命的摇篮。情爱能度过千难万险，能化险为夷，如果没有了情爱，肥沃的土地也会变成荒原。

（22）

书，是别人的思想，抒发别人的情感。看书是借鉴别人的思想、情感来充实自己。有的书，有插图，而有的书，没有插图，只有文字，往往这样的书更好，会启发人的灵感，根据书中的情节去想象书中的场景。

（23）

蚕，终于有一天破茧而出了。僵化的思想多需要冲出牢笼。人在一个地方待惯了，思维就会僵化。任何创造无不都是冲破旧思想的牢笼，破茧而出。

（24）

花期长的花，朵多不大。色彩艳丽的花，多不香。香气扑鼻的花，多不妖娆。芳香袭人的花，多素雅。艳而又香的花，多有刺护卫。雍容华贵的花，多不结果实。有的花虽小，却结出硕果。

（25）

进攻型武器，无不要快速，像鸟像鱼的飞机相继诞生。以后也会有像圆盘样的飞行器，甚至像弹丸，弹丸从任何一个角度摩擦力都最小，应是进攻型武器的极致。

（26）

爱，就是把仁义道德积聚起来，当别人需要时，施舍给人家，就像印第安人的墙，厚薄恰到好处，白天阻隔太阳的烧烤，夜晚寒冷时，再把蓄存的热能释放出来。

（27）

梦由何来，又预示着什么。《红楼梦》一经问世，注家蜂起，便有多种版本。其实，《红楼梦》乃是一梦。如简化字“梦”的结构，让读者漫步在林中的夕辉里，去寻寻觅觅。

（28）

水，见不得在干涸中苦苦挣扎的众生，顺势而下救之。老子说，水处众人之所恶，故几于道，是因为它极具悲悯之心，利万物而不争，既不分高低贵贱，也不在意于己是否有利。故智者乐水。

（29）

时间总是迈着匀速步子向前。时间的间，只是一瞬，是无穷小的间歇。大自然的一切无不活在时间里。人就是由无数个一瞬走完一生，瞬间如果能有闪光点，当为精彩人生。

（30）

有生存空间就会有生命体。生命的生长无不走向死亡，而在死亡的土壤里，新的生命又会诞生。

（31）

博览群书，不管读了上万册还是几万册，最终只读了一册，叫“明白”。

闪电集

（1）

色，不管素雅或艳丽，都令人着迷，所以，人天性好色，只有心怀日月的少数人例外，因为他的内心已被日光月辉填得满满。

（2）

所谓无情，多被情所伤，皆因他太多情。

（3）

高尚的人说出他的丑陋，更加高尚。丑陋的人不敢说出自己的丑陋，反倒更加丑陋。

（4）

好作品，如被纸裹着的糖，品起来异常香甜。

（5）

鸟，没了羽毛，就没了助推。人没了思想，就会像鸟没了羽毛一样。

（6）

两条腿可以行走，四条腿可以奔腾，所以，才有了从自行车到汽车的发明。

（7）

猫头鹰是夜间的居民。凡有生存空间，就会有生命存在。外空定会有我们地球的众多兄弟姐妹。

（8）

它为了蜕变成蝉，忍受了一年又一年的漫漫长夜。人的提升，无不如此。

（9）

我知道，你非常痛苦，就像压了一块大石头，我送你一把大锤，把它砸碎吧，这铁锤的名字叫快乐。

（10）

粉饰错误，如同装修房子，越华丽的地方，里面越丑陋。

（11）

有人以喋喋不休来显示自己的博学，岂知，这正暴露了他的无知。

（12）

聪明的人，善于运用别人的智慧，就像月亮借太阳的光，同样银辉熠熠。

（13）

交战双方，放下武器，走到谈判桌上讲和，那是双赢。

（14）

伴奏，增加了歌者的气势，让歌者不再是孤零零的个人。

（15）

山在唱，水在唱，风在唱，云在唱，鸟在唱，人在唱，构成了大千世界的交响曲。

（16）

水，浇绿了高山，却流向了山谷。

（17）

不要在人怒火正旺时，诉说对他的同情，这无疑是在火上浇油。

不要在人痛不欲生时，诉说对他的怜悯，这无疑是在他的苦水里放进了胆汁。

（18）

名利是上天赐给人的金光闪闪的枷锁。

（19）

甜和酸如一对情侣，既甜甜蜜蜜又酸酸楚楚。

（20）

贫穷像干涸的小河，既然一无所有，便了却许多牵挂，总会有降下甘霖的一天。

（21）

花不能因你的喜爱，就过分地给它浇水施肥。

（22）

生前的名，会随岁月消失，身后的名，会随岁月留存。

（23）

平静的湖水像一架钢琴，请雨来弹奏。

（24）

多少美丽的姑娘看上了贼，是她的心被偷走。

（25）

在艳丽的花上喷色，就像往美女脸上涂脂抹粉一样。

(26)

道德一旦成了信仰，社会就变进步了。

(27)

她的心受到了伤害，是她被爱折磨得发狂。

(28)

散文是思想在散步时告诉人的话。

(29)

女奴不该貌美，貌美便犯了弥天大罪。

(30)

全聚德烤鸭店何以享誉中外，皆因以德相聚，既品美食，又聚亲朋之德。

(31)

步连升鞋店，是谓让人穿上鞋之后能步步登高。

(32)

水气无形，如人间之爱，不可或缺。

(33)

病从口入，祛病亦当从口而出。

(34)

海纳百川，又灌百川，是谓循环。

(35)

果之外表坏了，尚可食用，如内里坏了，则要弃之。国如果，无内忧则不惧外患。

（36）

知道了分子原子的运行，便知道了宇宙中星球的运行。人的行为，无不受内心的支配。

（37）

求婚，把戒指戴在她的手上，她就如钻石被金子牢牢抓住。

（38）

把一桶爱，倒进一个杯子里，爱就会四溢。

（39）

提一壶阳光酌酒，会有个好心情。提一壶快乐酌酒，赛佳朋四座。

（40）

狭窄的街巷，难容千军万马，狭窄的心胸，难容人事纷繁。

（41）

著作，是漫漫人生路上的一段记载，于读者，有益就好。

（42）

朋友，如能像万年青，既不繁花似锦，也不枯萎衰败，当为挚友。

（43）

置花厅室，犹邀美人相伴，既观其貌，又闻其香。如此观大千世界，既观其美，又感其善，是谓人生大智慧。

（44）

心有山水，山为攀登，水为搏浪，不畏坎坷，激流勇进，昼夜上路，皆为坦途。

（45）

江山如画。然，画难绘其锦，难绘其绣。锦绣尽在心中。

（46）

七色光，若依序排列，则不会感到色变。若人生下来到死都拍录下来，也不会感到变化，是渐变掩盖了突变。

（47）

惊讶，是感官感到了突变。离婚是情感在渐变中积累出的突变。

（48）

人如水，不论贤愚皆需约制，否则便会肆意妄为。

（49）

人在建设中发展，在破坏中消亡。

（50）

丝瓜吹起长笛，豆角摇着银铃，西红柿举起沙锤，这些乐手，正在演奏一曲田园乐章。

（51）

风，撕开夏的包裹，在高空呼叫着，我是秋，我来了。

（52）

人，告别了短暂的苦海，又走进生前永恒的世界。

（53）

学艺，师傅领进门，修行在个人，教是教不会的，全在领悟。

（54）

卞和于山中得一玉，献楚厉王，又献武王，二王有眼无珠，皆鉴为顽石，砍其双足，后献于文王，始遇慧眼。识人亦然。

（55）

蚂蚁站在高山上，对地上的人说，看我有多高大，云在高空里说，你才渺小呢。

(56)

即使谎言穿上华丽的外衣，也是谎言。

(57)

小溪向着大海一路走，一路唱，世上只有妈妈好。

(58)

冰雹向冷风敬礼，又向热风敬礼，冷风没理它，热风把它拥进怀里。

(59)

书对字说，人看书看的是我。字说没有我，人还看什么。

(60)

雾霾给新娘蒙上了面纱，风来了，掀起了新娘的盖头。

(61)

人们赞美月饼上的花纹，却不赞美制作月饼的模子。

(62)

蜉蝣一早醒来，便爬出襁褓，唱着快快长呀，快快长，恋爱结婚生儿育女，到晚上豁然离去，快乐走完一生。

(63)

把赞给了小人，小人还是小人，没给君子，君子还是君子。

(64)

瓷碗嘲笑泥碗土气，泥碗说，没有我哪有你。

(65)

晶莹的露珠在花瓣上滚动，让花瓣更加妩媚动人，那是花瓣为感谢上苍的馈赠流出的泪。

（66）

风，踮起脚尖悄悄走来，怕惊醒小草，还是让小草知道了，小草便把风搂在怀里哄他睡觉。

（67）

雨在芭蕉上敲着鼓点，上苍向雨发出了邀请，让它参加演奏会，雨被风邀走了。

（68）

大雪造成了行人的不便，人们纷纷出来铲雪，太阳出来了，说还是让我来清理吧。

（69）

云，穿着洁白的衣裳，是谁把它的衣裳弄脏了，云哭了。

（70）

作家说，是谁把我的作品弄坏了，老鼠说，是我把你的书吃到肚子里去了，我和你一样有学问了。

（71）

绿茵场上，双方都在为一个球拼命争抢，于是便有人发给每人一个球，观众席上，没人了。

（72）

蒲公英举着小伞在空中飞舞，它要把自己的孩子带到四面八方。

（73）

夜，是位魔术大师，用黑布蒙住了大地的眼睛，太阳出来了，揭去了黑布，眼前一片锦绣。

（74）

太阳说，是我给人间带来了光明；黑暗说，如果没有我，还有你吗？

（75）

小舟在水面上走来走去，桨说，没有我，你寸步难行。

（76）

鞋说，行千里路全凭我的付出。腿说，如果没有我，你能走吗？

（77）

老虎望着树上的猫说，师父教我上树吧。猫说，教会了你，你会把我吃掉的。

（78）

花的心藏在蕊中，只有绽放时才露出娇美的容颜。那是因为它的心美。

（79）

你把爱给了父母，兄弟姐妹，至爱亲朋，为什么还要给坏人呢？坏人没有爱，把爱给了他，他不就有爱了吗？

（80）

玉，也是石头，只是没有杂质才晶莹剔透。人如果没有私心杂念，也会像玉一样美丽。

（81）

星星点亮灯光，是怕云走迷了路，撞到隐约的月亮上。

（82）

河说，削铁如泥的刀，能把我砍为两截儿吗？闸板说，让我来试试吧。

（83）

大火把铁烧成了红红的身躯，把木头却烧成了一缕青烟。

（84）

响雷过后，暴雨倾盆，许多东西给毁了。雷说，难道我的警告声还不够大吗？

（85）

熊熊大火，越烧越旺，风去扑灭它，反倒烈焰冲天。水说，还是让我去拥抱它吧。

（86）

月亮迎来了太阳，太阳送走了月亮，他们天天都在唱着友谊地久天长的歌。

（87）

瓜果无不是从表面开始腐烂的。

（88）

因为地下的根，才托出了花的笑容。

（89）

沙子对石头说，看你多笨重，我多小巧。石头说，你是我身上掉下的肉。

（90）

好雨知时节。雨，拽着银线从天而降，向农夫通话，快给粮食盖个更大的家。

（91）

很多时候，我们在分别时，总要道声再见，有时却不，那就是不幸。

（92）

上天，把盐撒在大海里，海水就不腐了。

（93）

夜半歌声，门开了，谁？怎么不说话呀！门，又关上了，只觉一股清凉走过。

（94）

舞台上的锣鼓，敲敲打打，敲打着观众的心，敲打出一个凄美的故事。

（95）

星球说，我是宇宙中的一粒尘埃，身上没有一尘不染的地方。

（96）

爱，是一盏灯，把人的心点亮。

（97）

阴阳两极如不接通，就会冒出火花，就像相爱的人不能结合，闹不好会出大事。

（98）

把快乐倒进痛苦的杯子里，快乐还是快乐，把痛苦倒进快乐的杯子里，痛苦便消失了。

（99）

河，把小溪流进的水当成酒，喝醉了，吐了一地。

（100）

作家把作品，作曲家把歌，画家把画，交给岁月审查，岁月看了交给下一届，念出了获奖名单。

（101）

你的身躯让我敬仰，你高高地屹立着，抵御着风暴雷霆，你是世界上最高的巨人，珠穆朗玛，你护佑着一方百姓幸福吉祥。

（102）

他挽着她的手，走进婚姻殿堂，她爱他的勇敢，他爱她的智慧，他们会有个孩子，孩子一定智勇双全。

（103）

笼子里有两只鸟，一天，笼门开了，一只飞了，一只还在笼子里。飞的那只叫希望，不飞的那只叫失望。

（104）

一碗水端平，是在不需要端平的时候。

（105）

火，燃烧着，舞动着红红的舞衣，油觉得挺好玩，便跳了进去，呼的一声，油感到闯了大祸，便乘着一股烟溜走了。

（106）

爱说，都怨我，让你们如此悲伤，我还是离开吧。不！你不能走，我们宁肯悲伤也不能没有爱。

（107）

欲望，就像一口井，再多的水也填不满。

（108）

思想就像遥感器，无须按电钮，就能穿越千山万水。

（109）

开启天窗，金色的阳光，银色的月光就能进来。人的思想也开启天窗，那就是悟。

（110）

诗的形象思维，把不可视变为可视，但不是裸体美女。

（111）

由弹弓想到了弓箭，由弓箭想到了枪炮，想象让思维得到了升华。文学不能没有想象。

（112）

猥琐的小人，即使把金子打造的桂冠戴头上，也不会变成伟人。

（113）

我们把大的西瓜变小，把小的樱桃变大，变来变去，会把人变没。

（114）

风，一路走一路唱，突然，它停止了歌唱，钻进洞里，一会儿又从洞里钻出来，这世上，有多少生命体有隐身术。

（115）

石碾转动着，转动着原始的生活。发动机转动着，转动着今天的日子，就像日月的转动，把所有的生命体都画上了圆。

（116）

书，若是今人看，像是到饭馆就餐，现做现吃。若是后人看，像是手捧矿藏。凡是被岁月沉淀下来的，都是精品。

（117）

凡有小的物种诞生，便有大的物种毁灭。

（118）

战火把好端端的家园烧出了一道深深的裂痕，家园断裂了，血肉还连着，像《富春山居图》，终将合为一体。

（119）

文艺精品，是从生活土壤里绽出的奇葩。

（120）

果品，是我们从土壤里榨出各种口感的油。

（121）

太阳，是在黑夜里孕育的火苗，一旦挣脱，便光焰万丈。

（122）

人类的家园，离不开文学甘霖的滋润。

（123）

我们生活在一团乱麻的世界里，时时要用快刀去斩。

（124）

人类对太空的探索，是在寻找走失多年的孩子。

（125）

文明的殿堂，文化既是基石，也是屋顶。

（126）

人之功过，盖棺难以论定，需由岁月评说。

（127）

走出花园，依然满目春色，百花在心中盛开。再观世界，亦是一片艳丽春光。

（128）

效仿，是对先贤最好的祭念。

（129）

和平，是战争大合唱的间歇。

（130）

山高水长。山，总有一天要倒进水里。水不会站着不动，它一生都在唱着一首川流不息的歌。

（131）

乌云遮住了太阳光，那是它与太阳在做一个小小的游戏。

（132）

是君子的仁，成就了小人的存在。

（133）

贪，是位真正的英雄，千百年来没有谁能把他消灭。

（134）

胡琴，胡椒，西红柿，都是从前的外来品，世界无不在融合中。

（135）

鱼，不能想象鸟在空中不掉下来。鸟，不能想象鱼在水中不被淹死。外星人也不能想象只有阳光、水、空气，地球就能存活。

（136）

生命，从零开始，又回归到零。

（137）

大地是座色彩制造厂，把世界打扮得五彩缤纷。

大地是座口味制造厂，为人类提供了各种口感的美食。

上苍为感谢大地，便降下来甘霖。

(138)

地下的地下，是天空。

(139)

文学，不是风花雪月，悲欢离合；是人性，是人性支配下的所作所为。

(140)

故土难离，即使到了洞天福地，也难舍旧情。皆因环境一旦适应了，就会觉得过得舒心。

(141)

成才可以改变一个人的命运。成大才，可以改变许多人的命运。

(142)

作品如美味，初入口无味，后越嚼越香，且回味无穷。交友亦然。

(143)

宇宙中星球的诞生与消亡，如万家灯火，都在明灭之中。

(144)

贫困难，富足也难。逆境难，顺境也难，做好人难，做坏人也难。交友难，交心也难。然而，这都不是最难的，最难莫过于抉择。

(145)

最深奥复杂的，都是最简单的。

(146)

再贫困的地区，也有善人善举，就像冰山上的雪莲，在高寒的环境下，绽放出洁白的花朵，预示着生机盎然的春意。

(147)

一个人做那么多善事，那是他的爱心在绽放，就像红艳艳的花是它的心在绽放一样。

(148)

领导者，如操琴手，用手轻轻一拨便能发声。美妙之声出自明君之手，聒耳之声出自昏君之手。

(149)

雪，这个慈善家，为了解救人间的疾苦，从天而降，把所有的白银撒落一地，让百姓来年过上丰衣足食的生活。

(150)

卫士就像钥匙，把守着关卡哨所，守卫着国门。卫士虽小却可卫护众多人的安宁。

(151)

一把伞营造了一片天空，遮阳遮雨，这是为己。如营造一把大伞，像凉亭就能为多数人遮阳遮雨。社会需要更多这样的人。

(152)

钱，能解决温饱。钱，能锦衣玉食。钱，能平步青云。钱，能妻妾成群。钱，却买不到真爱。

(153)

人不能拥有其全，总要留些与他人。衣食住行总不可占全，要想到别人。如此才能与人和谐相处，活得轻松愉快。人所需不多，一半足矣。

(154)

爱，是落日前的一杯美酒，在夕辉里慢慢饮下，直到沉醉。

(155)

夫妻就像一双筷子，共同夹起幸福。

（156）

再坚实的心也有空隙，心纳小溪，则涓涓细流；心纳百川，则海阔天空。

（157）

爱情，不在婚姻，在有人爱。

（158）

人之形，需明与暗的配合。人便走在明与暗的世界里。

（159）

一曲高歌，有高有低，有急有缓，有高无低有急无缓皆为噪音。百年人生，谁能谱出和谐美妙之声。

（160）

一个好人，应由真善美支撑起来，而真与假，善与恶，美与丑是捆绑在一起的。这样才构成了一个完整的人生，世界才绚丽多彩。

（161）

世上只有两种喜剧，一种是得到了想得到的，另一种是得不到不想得到的。

（162）

人越伟大，他的善扎得越深。

（163）

爱的境界，白云悠悠，云无风驱，风无雷吼。

（164）

春雨春风，久蓄于心的梦，发芽萌生。待到秋风起，我的梦在艳阳下，迎来一个好收成。

（165）

贪的财物多了，日久必腐，连同人格灵魂也一起烂掉。

（166）

追逐信仰，信仰也在前进，追逐的人始终在希望的路上。

（167）

富人，在享乐中寻求痛苦，穷人，在劳作中收获快乐。

（168）

戏歌，由戏曲和歌曲嫁接，既延长了戏曲的生命，又拓宽了歌曲的种类。

（169）

能包围你的是心，能撤去包围的也是心。相对无言却能明白你想说的还是心。

（170）

舞台就是人生，演绎着各自的生命历程。剧场里的观众，都在精彩处报以掌声。

（171）

竞技是不流血的战争。战争是流血的竞技。

（172）

茫茫宇宙，浩浩星空，和天上繁星闪耀，和万家灯火熄明。一切生命无不都在闪耀明灭中。

（173）

山有翼，水无根，沧海桑田多变迁，踏平坎坷成大道，人生岂能尽平坦，不畏艰险斗人生，自有生命把雄关。

(174)

我站在月光下，愿皎洁的月色荡尽我心灵上的尘埃。

(175)

沿着知识的阶梯一步步迈上去，阶梯是别人建造的，还要自己多造些阶梯，留给后来人。

(176)

当别人遇到危难时，你伸出援手，虽然你不求回报，却得到了快乐和长寿。

(177)

在不可能的土壤里收获可能，便是创造。

(178)

美味裹上皮便成了美上加美的美食。人也亦然，不光要有美的外表，更要有美的心灵。

(179)

水浑浊了，只需稍过一会儿便清浊分明。人群里难辨好坏，只需静观一段时间，听其言观其行，君子小人自分。

(180)

世事如天象。眼看晴空万里转眼狂风大作乌云翻滚，需无事防有事。

(181)

纣王无道，妖狐妲己祸国。非是妲己自荐，纣王十恶不赦，已是人妖之间，必招致同类。

(182)

朝霞入水中，茫茫一片红，来日升旭日，云飞更娇容。

（183）

一池银辉亮闪闪，片片白银水中现。何日观银镜，蛙声鸣不断。

（184）

各种门类的赛事，都有奖项，获奖者虽是几个人，却激励了多数人，其中不乏就有下次获奖者。

（185）

《封神演义》中的武器，都是把日常物件赋予了特异功能，为现代化尖端武器提供了版本。

（186）

把时间握在手中，时间就为你所有。任时间在身边流失，虽身在时间里，却失去了时间。

（187）

误会，把人引向事物原本的反面，一旦真相大白，令人惊奇。它常常成为文学创作手法之一。

（188）

人总是在必然中看到偶然。偶然是逆转，是谓山重水复疑无路，柳暗花明又一村。

（189）

风云携手登舞台，风吹云舞放异彩，非是人间能排演，天耀地辉翩翩来。

（190）

放线垂钓无钓钩，闭目养神渚江者，非为尝鲜在此坐，专等知己来上钩。

（191）

暖衾长夜鼾声轻，梦随鼾声出门庭，缥缥缈缈遇仙女，人间天上一梦同。

（192）

卑微的人后来成了伟人，不是他有神助，而是他把希冀的种子，埋在孕育向上的土壤里。

（193）

诺贝尔文学奖得主，不全是专业作家，而是他把别的门类发掘出了文学。

（194）

穷人不愿吃苦，是不愿吃苦才造成了他的穷。富人反倒能吃苦，因为他的财富是由吃得了苦创造的。

（195）

人，都热爱家乡，热爱祖国，热爱生他养他的土地，不热爱生他养他土地的人，必然成为叛徒。

（196）

微云、微光、微微动，画卷微卷、微启、微微开，非是天上谁作画，巨画天成自传神。

（197）

农民种植庄稼，用毕生精力去培育，终于获得了丰收，而他也成就了这块土地上的庄稼，让国家来收获。

（198）

你伸出手来，紧紧抓住篱笆，不管风吹雨淋，勇往直前向上爬去。牵牛花，我站在你面前，似乎听到了进军的号角。

（199）

诗三百篇，大部分是对爱情的描述，可见爱恨情仇成了文学永恒的主题，自古至今，旋律不变。

（200）

山，有天限，木，有地限，水，有岸限。无天则无地，无地则无人，无人则无国家。

（201）

诗，到了唐朝已经发展到了顶端，因为有诗仙李白、诗圣杜甫等诸多名家，后人很难超越。盛极必衰，此乃自然大法。

（202）

把爱埋进心里，心田的沃土就会生根。埋得越深，根扎得就越深。一旦破土，就会枝繁叶茂。

（203）

过度的吹捧，也会使伟人失去英名，就像再大的树也禁不住狂吹一样。

（204）

仙人掌在极度少水的环境中修炼成“仙”。人要成为超人，同样需要以生命为代价，经受磨难。

（205）

月季，月月都绽开笑容，它对环境乐观面对。人能如此，当快乐度过一生。

（206）

如虎添翼，如果虎添上了翼，世上还会有别的动物吗？没了对手，就像当年的恐龙一样退出历史舞台。

（207）

三言二拍，虽故事短小，却为世人之警世通言、喻世名言、醒世恒言。缘何此书历久弥新，皆因以古示今，让今人不再重蹈古人后辙。

（208）

影影绰绰，若隐若现，令人毛骨悚然。交战双方，不能暴露军情，暴露了必束手就擒。

（209）

鲜花多可食用，有的还有医疗价值。秀色可餐，美人不可食用，却可解馋忘饥。

（210）

一张白纸，任其挥毫涂抹，有的成了墨宝，有的成了佳画。品德高洁的人，是抹不黑的，越抹越增加了品德的高洁。

（211）

学生向老师学习，老师也应向学生学习，不然，不知学生情况，如何去教。欲做先生，先做学生。

（212）

学生，就是用所获得的知识去生活。只有会生活的人，才能明辨是非，识别真假善恶，走好一生的路。

（213）

螃蟹当为美味中的极品。然，除甲壳外可供食用部分极少。世上珍者，必稀。

（214）

乌贼遇到强敌，喷出墨汁。墨汁在清澈的水中写出烟幕。强敌看不懂乌贼的字，等明白了，乌贼早逃之夭夭。

（215）

细细的蛛丝，能敌狂风暴雨，如把无数的蛛丝拧成一股，可胜钢丝。众多弱小民族，联合起来，可胜强敌。

（216）

世上花鸟同名者，唯杜鹃，飞起满天霞，落下一地锦。人生起落如杜鹃，将美如霞锦。

（217）

宝玉整天在女儿群中厮混，唯晴雯不卑不亢，病补孔雀裘，可见对宝玉的痴情，宝玉特撰芙蓉诔悼之。

（218）

孙悟空在取经路上，屡遭师父贬斥，后终有所悟，根子在菩萨受如来派遣，再遇妖怪，便直接去找菩萨。

（219）

柜，是物件的家，屋是人的家，宇宙是星球的家。世上任何物件都在家中，无家可归，必然消亡。

（220）

我相信形体强大的如狮虎，能量就大，但不相信形体小的如微生物病菌能量就小。

（221）

幸福时不能像喝饮料一样一口喝掉，要学会慢品慢饮。

（222）

灵魂是强大的，包含着道德美丑，但美德是无形的，看不见，摸不着，世上一些大的无不是无形的，爱也是这样。

（223）

好吃懒做，一个人懒了，必然就剩下吃，其实懒人，吃并不是他的爱好。因为他没有能力，也没有资格挑剔。

（224）

任何事物都有正反两方面支撑，如好坏、对错，如打掉一方，势必造成事物的最终消失。

（225）

旅馆成了旅行者的家，可再好的旅馆也不是自己的家。人们还是愿住在旅馆里，享受提供的一切。

（226）

远婚的孩子，多聪明，谷物杂交多高产。古人虽不懂这些科学道理，但早就禁止近亲结婚。

（227）

在纸下放一块磁铁，纸上的铁屑就会随磁铁动起来。爱，即使相隔千山万水，也会有心灵感应。

（228）

所有的食物都可提供能源，促使生长，但也能促使死亡。

（229）

沉思，需沉下心来思考，透过表象看到实质。沉思的最高境界是恍然大悟。

（230）

诗人一生坎坷，命运多舛，却成就了他的诗。读他的诗，让人聚集起摆脱多舛、战胜坎坷的力量。

（231）

有志文学者，宜先看经典名著，再看一半文学类的，再以后看各门类的非文学作品，并归到文学思考。

（232）

闪电，是天空的灵感。灵感，是思维的闪电。

（233）

生活是大千世界的演绎，像宇宙，无不囊括其中。

（234）

演员演绎着人生的悲欢离合，而演员自身却难以处理好自己的家庭。演艺事业上的辉煌，多以牺牲家庭为代价。

（235）

甜度不够，又加了蜜，岂知甜过了头，就会破坏胰岛素，凡事都有个度，超出了限度，便会适得其反。

（236）

有人问百岁大师，何以长寿，大师曰，遇险坦然、遇绝坦然、遇顺坦然、遇平坦然、遇荣坦然。

（237）

漫步于月下，微风徐徐，且有蝉声相伴，蓦然回首，一黑影袭来，越来越近，惊魂处，原来是自己的影子。

（238）

美满的婚姻，不在顺从，而在比翼齐飞。

（239）

活着是在死亡土壤里培育出来的苗，死了是活着的休眠。

（240）

爱，使他痛苦，但不能没有爱，没有了爱，会使他的心死亡。

（241）

大医者，祛病健身，更能疗心。政治家兴利除弊，定国安邦，更是医国高手。

（242）

秋风扫落叶，夕辉遍地霞，无技霞更艳，可否绽万花。

（243）

不知寿星庚几何，神态祥和笑呵呵；人间谁不盼长寿，先学无欲心平和。

（244）

月升有桂花，馨香飘万家；仰望朗朗夜，芳心溢天涯。

（245）

一旦大地开鸿蒙，便有黑白自分明；斗转星移几许载，善恶美丑得繁生。

（246）

风吹浪舞大舞台，江山多娇放异彩；歌者舞者难计数，浪高云卷惊天外。

（247）

一池芳菲水如肌，华清池里浴凝脂；不爱江山爱美人，多少君王少才智。

（248）

春夜降甘霖，风吹万花开；花开千万朵，朵朵盈仓廪。

（249）

一枕一衾八尺床，梦思梦游万里疆；遥路漫漫犹在目，慢览慢观演大荒。

（250）

一朝患病卧在床，亲友渐稀少来往；梁上春燕忙筑巢，日日呢喃祝安康。

（251）

藕塘绽出并蒂莲，风雨相依抗风寒；兄弟本是同根生，同室操戈自相残。

（252）

豪华简陋皆为家，居室笑语多嘈杂；可怜帝王宫千万，管弦歌舞泪雨下。

（253）

水畔亭亭立，青翠一身秀；问汝可许人，红日映颜羞。

（254）

重峦叠嶂如花丛，疾风劲雨难摧容；江山羞涩处处见，问汝心中几重峰。

（255）

一汪碧潭水底清，人间万象映潭中；世上几人能如许，多少忧烦难觅踪。

（256）

芝麻、花生，都是从地下榨出来的油。地主老财，对佃户也是榨了又榨。

（257）

酒如伟男子，看似柔情似水，实则刚烈如火。伟人多城府极深，喜怒不形于色。

（258）

茶宜慢品，待人看人当如品茶。

（259）

开在心中朵朵霞，山泉可否沏香茶；不为人间添饮品，只为大地增朵花。

（260）

白兰如玉质无瑕，开在庭院添芳华；日出日落日日观，心底无尘更无瑕。

（261）

蚌，身披坚硬盔甲，防御敌人的进攻。中国筑起万里长城，强敌难摧。

（262）

巧舌如簧令人受骗上当，还不是禁不住诱惑。

（263）

艳丽的花，是从母腹中钻出的妙龄少女。

（264）

蛇靠屈伸前行，大丈夫危难时也应像蛇一样。

（265）

把平素的小事做好，日积月累，多了就成了大事。失误多在小事上。

（266）

鲤鱼跃龙门，关键在跃。人想改变命运，也在奋力一搏上。

（267）

一块石头，或纹理似山水，或似花鸟鱼虫便价增数倍，称为奇石。奇人多奇事奇趣。

（268）

酒驾，闯红灯，违规就是送给他的悼词。

（269）

帆是船的翼，人也有隐形的翅膀，让你从失望飞向希望。

（270）

情如一把大勺，各种滋味都在勺里调和。悲欢离合调出酸甜苦辣，火候掌握发展进程，爱恨如盐决定最终结果。

（271）

汉字，最难写的是一，没法安排间架结构。世上最难的，就是最简单的。

（272）

好人，圣贤者，何以受人尊敬，皆因既受惠众人，又利国家。

（273）

龟，行动迟缓，消耗体能极少，长期处半休状态，虽长寿，却失去许多生活乐趣。

（274）

幸福是有幸获得的福，不是必然属于你的福，更不是上天的安排，是争取来的。

（275）

憎恶缘于接触，不入鲍鱼之肆，自然不会闻其臭了。

（276）

如果世上只剩下一男一女，即使再不般配，也会结为夫妻，但那不是爱，是需要。

（277）

妒忌能使人长进，但不是美德。

（278）

人一只脚踏在地上，另一只脚抬起来，是在寻找下一步往哪走。

（279）

鲁智深心地坦荡，疾恶如仇，林冲为保官位，逆来顺受，同是结拜兄弟，命运迥异。

（280）

作家如五谷，只为捧出精神食粮，供人健康便是最大补偿。

（281）

有强有弱就会有战争，争取和平的最好办法就是势均力敌。

（282）

爱，能改变一个人的命运，可以让她变好，也能让她变坏。

（283）

善，给予的不光是物质，也是心，是激励也是挽救。

（284）

爱到痴时方为乐，乐到迷时方为终。

（285）

爱一个人总希望他的一切都比自己好，可差距拉大了，她还会爱你吗？

（286）

人生的零点如闪电，不会长久。

（287）

奔跑在希望的赛道上，没有终点，只有脚步永不停留。

（288）

英雄末路，如急流奔到悬崖，即使纵身一跃，也会溅出一道彩虹。

（289）

创作是冲出黑暗的黎明。

（290）

最难的，莫过于在黑暗中不断摸索，迟迟找不到通往光明的出口。

（291）

敌方，为对手开辟出一方战胜自己的沃土。

（292）

既为人，没有谁能打倒你，打倒你的恰恰就是你自己。

（293）

站在用知识垒成的山顶上，你会看得更远。

（294）

闭上双眼，也能看清世界，那是心中有盏明灯。

（295）

用知识来开采心灵，会发现蕴藏着丰富的矿藏。

（296）

花草树木，无不分叉，河川分叉，山野分叉，人也分叉，甚至连云也分叉。分叉是生长的现象，生长是为了繁衍，所以天地万物才生生不息。

（297）

成功是在失败土壤里绽放的花朵。

（298）

物质既然由最小元素构成，将来毁灭物质的，必然也是最小的元素，如原子弹、氢弹。

（299）

春雨如纱，落在地上织成了网，网住了收成。

（300）

大地早已被冬裹得严严实实，东风来了，轻轻摁一按钮，春便在大地上爆发了。

（301）

真心实意是奉献，虚心假意是交易。

（302）

世上万事万物，多了，等于没有，如金银财宝。

（303）

河，美在转弯处。山，美在断崖处。树，美在风折处。花，美在雨淋时。

（304）

河，因有流而有魂。山，因云绕而有魂。树，因有新芽而有魂。花，因含蓄而有魂。

（305）

人是家园的建设者，更是家园的破坏者。

落霞集

（1）

我的爱，慢慢浸染，浸染了你心灵的荒原。我耐心地等待，直到春暖花开。

（2）

月上西楼，人儿远去何时休？盼君早日归，与君共把酒。

（3）

美人崖畔不畏寒，面对朝风展笑颜；世上多少无畏士，笑对刀丛心不颤。

（4）

梨花带雨千般娇，缘何泪珠腮边抛；非是娇美遭妒忌，世上小人自讨饶。

（5）

月夜宝镜谁磨光，照我楼台西厢床；床上孤枕难入眠，盼君盼得思断肠。

（6）

夜夜仰空举头望，月儿弯弯钩如镰；望断天涯迢遥路，何日又见月儿圆。

(7)

海上生明月，月夜洗寰瀛；辉彻广袤地，问君何日还？

(8)

旭日可有根，隐枝日日升；硕果代金缕，一缕送君情。

(9)

天上一条河，浪隔两岸星；牛郎遥相呼，织女隔岸应，天地一般同。

(10)

让爱的火焰，融化你心灵的坚冰。河水淙淙，唱着欢乐的歌，在约定的地点与爱相逢。

(11)

你是风儿，我是树，在你温暖的爱抚下，我更妩媚温柔。小草仰起头，树哗哗拍起手，祝我们相爱到白头。

(12)

你偷去了我的心，在你的心罐里酿制，又加了蜜。

散文、童话篇

象棋

中国象棋，红黑双方各 16 个子，兵力相当将相均等。一条河划出了各方地域，各有 45 个据点，在 90 个战区厮杀。

象棋由五子棋演化而来，以后又有了军棋。国际上也有象棋，与中国的不同。

开战不在谁先发制人，胜负一样。

象棋高手，开战不急于猛攻，而在排兵布阵，就像战前的兵力后勤部署一样。随着战事的进程、战局的变化，各施战略战术手段。或车马炮单出头，或车马、车炮、马炮联合，或车马炮三位一体。有的巧设陷阱，有的诱敌深入，有的稳扎稳打，步步为营，有的丢卒保车，有的小卒过河，决胜千里全在运筹帷幄。

国人，不乏象棋高手，且有的能下盲棋，开战前先用黑布把眼蒙上，且以一对十。皆因为他对棋的运用早娴熟于心，大脑似有一显示屏。小小一盘棋，人生大智慧。

鱼

自从宇宙洪荒，大自然便为鱼类营造了一个美丽的家园。鱼，应运而生。

在一些庞大的水系动物相继灭绝以后，鱼便住进了水晶宫。种群各异，家族繁多，成群结队。大到鲸鱼，小到鲫鱼。水晶宫里不仅有美丽的水草，还有时时盛开的花园，水底有色彩斑斓的珊瑚，水面有随开随谢的白玫。鱼的种群庞大，家园多层。深层的形体多扁平，没有阳光照射，自己也能发光。有的穿着绚丽的衣裙，有的有着尖利的牙齿，它的鳍和尾都是武器。没有武器的章鱼，遇到强敌会放出烟幕，乘机逃走。小的鲫鱼能附着在鲸鱼身上避免大的鱼类伤害，还有海豚，内脏和血液都有剧毒，使别的鱼类不敢吞食。有的鱼类，身着美丽的衣衫，而被人捕捞观赏。鱼还因肉质鲜美而被大量捕捞，所以它们以高繁殖率来补充家族成员。

鲨鱼因其鳍是餐桌上名贵的鱼翅，而遭大量捕杀。高档餐馆，多以海鲜主打。保护鱼类，已成人类亟待重视的课题。

封建王朝

自从治水的大禹把天下传给了他的儿子启，中国便开始了漫长的封建王朝时代。

在朝的统治者，不是由民主选举产生，而是父传子。他们把治理国家的大事，当成了自家的私事。没有竞争就不会勤政。这种王朝家族基因的传递，必然导致王朝统治者执政的退化，一代不如一代。有的年幼登基，有的外戚专权，有的幸宠爱妃，有的爱做家具，有的喜爱诗词歌赋。除盛唐和清康乾盛世，其他朝代无不骄奢淫逸，把国家大事交由大臣来办，必然奸臣当道，忠良遭戮，在外敌入侵，兵临城下的危急关头，还和爱妃饮酒作乐，哪有不亡之理。

封建王朝的世袭，有着种种弊端。既然君王不理国事，谁还敢问政。既然君王吃喝玩乐，谁不阿谀奉迎，献媚取宠。无官不贪，层层盘剥民脂民膏，甚至有的宰相富可敌国，而大批百姓无家可归露宿街头。皇家一席餐，农夫万担粮。百姓苦不堪言，走投无路，逼上梁山，国家长期处于战乱之中。

一个王朝被推翻了，又一个王朝继位，只是国号的改变，封建王朝的世袭制度没变。

延续几千年的封建王朝，幸有孙中山领导的辛亥革命，宣告了封建王朝的结束。

如今，早已迎来了人民当家做主的新时代，中国正走在民族复兴的康庄大道上。

洗 脸

人每天都要洗脸，还要洗多次。脸，暴露在外，没有衣服遮掩容易落上尘埃，所以要洗脸。

爱干净的人总是常常洗脸，这样才显得帅气美丽。

暴露在外的脸容易落上尘埃，没暴露在外的心也会落上尘埃。孔子曰，“吾日三省吾身”，就是要时时清洗心灵上的尘埃。

人世间有多少丑恶的现象，人如禁不住诱惑，就会让心灵蒙上尘埃污垢。

绝对的无尘空间是没有的。既然星球就像宇宙中的尘埃，大自然就避免不了尘埃。尘埃有损健康，也有利健康。只是微尘还不至于危及生命，何况微尘还能够提高人的免疫力。

心灵的尘埃比脸上的尘埃更重万倍，让我们常常洗涤心灵，做一个心美如花的人。

说人品

人品，就是人的品格品味，是对人的综合评价。人品彰显人心，世上有君子必有小人。磊落与鬼祟构成了人间万象。

静，左青右争。静由动来，是说要争出个青红皂白。心如碧潭，持之以静，澄明见底。

静需心有定力，耐心以待，不急不躁，不为名利所牵，不为酒色所诱。

以静制动，动在静中。青红皂白，不争自明。

常言道，气人有笑人无，是谓嫉妒。

妒者必贪，贪而无厌，自己有了，别人便不能有。因别人有而起妒，由妒生怨，由怨而恨，日久天长必然成嫉，是谓妒忌。

既妒忌便非常人，小则头脑发昏，大则卧床住院。

妒忌看人看事多偏颇，不近情理，长此以往，抱恨终生。

诬陷者，必先陷而污之。预先设下陷阱，诱对方入套。如所设未果，便凶相毕露，于人不备之际，推对方于污坑，继而污水倾头。

谎言，假象，言之凿凿，声泪俱下，感人视听，焉容争辩。

献媚者，虽西服革履，抬头挺胸，身如杆直，然，一到上司面前，便低头弯腰，屈膝应答。何也，皆为利来。

献媚者，不仅献的是甜言蜜语，阿谀奉迎，更投其所好，或献妻女，或献银两，唯唯诺诺，如哈巴狗摇尾乞怜，只为讨得一声赏赐。

王 国

人，生于自然，便是自然王国的居民。一个群体不能无王，没有发号施令者便无序，成为乌托邦。王位便成了人人争夺的对象。

人管人难，管心易，便借上天的力量，上天浩大，定有神辖，便有人说自己是天子。还恐不能令人臣服，又编造出龙。龙由恐龙演化而来，体形庞大，无有匹敌对手。然恐龙早已灭绝，便造出一个由九种动物拼接出来的龙，形如巨蟒，上天下海，平地无所不至，无所不能。王者便成了龙的化身。穿龙袍，坐龙椅，一切皆为龙的替身。

人如蚁如蜂，不能超脱王国之外，从而，王国由自然走向必然。

马拉松

马拉松运动，出现在1896年第一届奥运会上，为超长距离径赛之一。比赛的起点和终点都在田径场内，其余赛程在公路或近似公路的道路上。公元前490年希腊人在马拉松平原同波斯军队作战获胜时，士兵菲迪皮茨从马拉松不停地跑到雅典（全程4万米），报捷后即死亡。

马拉松运动需有超强的耐力和持久力。因需大量的氧来供应，所以肺活量要大。

马拉松不能作弊，不能找人替代，只能自己一步步跑到终点。要爬过崎岖的山丘，涉过湍急的溪流，承受风吹雨打。赛场不会只你一个人，很多人站在起跑线上，跑在赛道上，如同一个大家庭中的父老乡亲，兄弟姐妹。在参赛的队伍里，有多少强者你可以请教，有多少弱者你需要伸出援手。你身上可能有许多恶习，你身上可能还背着名利沉重的包袱，希望你能把它扔掉。你可能是一位仁义君子，一颗爱心伴身，跑完全程需要一生。一路上，你的所作所为，都有摄像全程跟踪。马拉松是你写的一本动感的书，留给儿孙翻阅。

马拉松不在一时冲刺，而在持久地坚持。

马拉松不设世界纪录，只记你的成绩。

玉

色泽丽润，质地细腻而且坚韧，是工艺性能优良的天然矿物隐晶体。如翡翠、玛瑙，用于制作首饰和高档工艺美术雕刻品。我国新疆维吾尔自治区西南的和田（旧时为和田县），盛产美玉，为和田玉。

人亦如玉，只不过需一生的修为。人一旦了却私心杂念，了却名利，就会光明磊落成为一个纯粹的人。纯粹的人与人讲和，和睦如玉圆润。面对强敌邪恶势力，就会挺身而出，临危不惧像玉般坚韧。

做一个冰清玉洁之人吧。

喝　水

水是生命之源，人离不开水。

一瓶水价格低廉，用量却广，商家便在水上做起了文章。先是纯净水，山泉水，北冰洋水，再是添加了各种口味的果汁，又在水里加了二氧化碳成了汽水。在炎炎夏日汽水虽喝起畅快，却能带走体内的钙，喝的人越来越少。

水不可再生，一滴水，当珍惜。地球上如果没有了水，便没有了生命，地球就成了一个死世界。

绝对纯净的水是没有的。喝水如交友，人至察则无友，水至清则无鱼。

草 根

自从综艺节目开办以来，许多草根登上了大舞台，一亮歌喉，震惊了全场。

草根生长在广袤的大地上，终其一生无人问津。然草根中不乏奇花异卉，只是没有一个平台来展示。人世间一切高大的，无不出自卑微。草根不仅歌唱得好，还有多种才艺，这是专业歌手所不具备的。机会总是留给有准备的人。大千世界芸芸众生，埋没了多少优秀人才。既为草根，不能自暴自弃，命运就握在自己手中。

垫

垫的用途极广，汽车上，瓶盖上，螺栓上，鞋上。袜子就是脚与鞋的垫。垫虽小作用却大，小小的一个垫，夹在中间免去了直接接触，如润滑油，减少摩擦，乃至对抗。

人与人之间，也需要“垫”，那便是中间人，中间人可传递双方信息，化异求同，求得谅解，达成共识。婚姻也需要“垫”，红娘便是，牵线搭桥，成全一对美满姻缘。

看书

书能让人增益增智，凡有人群的地方，就有书。即使没看过书的人，也看过别人看书。

培根说过，知识就是力量。说的是把知识用到实际生活中，发挥了能量，才能转化为力量。他说的是简约语。

看书如看人，初次见面如果脾气相投，便极热情，彻夜长谈，相见恨晚，患难与共，生死相许，如三国里的刘关张。

有的人，不易被人识破，城府太深，所谓真人不露相，不识庐山真面目，只缘身在此山中。

看书亦如看人。书，初读只知其况不知其味，复读之便有所了然。书读百遍，其义自见。不是一遍遍反复地读，而是每读捧卷思之。

书，浩如瀚海，是别人想说的话。开卷有益，是聆听别人的高见，读多了自然增智。

人人看书，人人又写书，书名叫人生。

碗

瓷碗的前身是木碗，自从有了陶瓷工艺，才有了比平盘中间凹，比碗中间浅的盔，为的是好盛像粥样的饭食。以后农民用的是海碗，又叫草帽碗，可见碗之大，为了吃得多，以补充体能。

山东有一种用细沙和黏土烧制的碗，材质就像药罐子，叫得搂碗，又薄又轻，传热快，用手端着又不烫手。随着生活水平的提高，食物的改善，碗越来越小，也越来越精。先是粗瓷碗，再是小一号的蓝边碗，再以后变细瓷，有花纹和精美图案的碗。江西景德镇是我国烧制瓷器的重要地方，当然也有碗。皇帝用的是龙碗，黄色，还有红色万寿无疆字样。

碗是用来盛饭的，然而还有不盛饭的心胸。说一个人的量大，能纳百川，肚子里能撑船，这便是君子。

比海大的是天空，比天空大的是心胸。

知竹

我们有多少不知，又有多少能说知道。

有人想学些本领，便走进竹林。修竹成林，魏晋曾有山涛、阮籍、嵇康、刘伶、向秀、阮咸、王戎，号称“竹林七贤”。

走进竹林那个人，不是文人，只想学些本事以求温饱。他是走遍名山大川，无奈才走进竹林的，一日得遇高僧，其貌不凡，行为异常，遂拜其为师。师父名叫空空真人。

师父对徒弟并不讲课，也不讲说文韬武略，只是每天领徒弟在竹林中漫步，日复一日，天天如此。

在竹林中漫步干些什么，只为看竹观竹，求得知竹。

三年后徒弟行为大变，遇事有节，遇有难事不畏缩不前，遇到易事不贸然轻举。然三年又三年，已成谦谦君子。

初进竹林时，对师父墙上所写郑板桥“吃亏是福，难得糊涂”，不解，如今再看，便有领悟。看竹是为知竹，只有心怀若谷，方能节节拔高，势可擎天。

右

行走在大街上，到了路口，往往要往右拐，何以如此，皆因人的习惯用右。多数人用右手写字，用右手拿筷子，久而久之，便成了习惯，成了自然。

人有两眼，两耳，两手，两腿，两脚，缺一不可。

国有将相，朝有文武，有文有武方能保住江山。两腿两脚两手，交替工作休息。

文武之道，一张一弛。

街

街是供人行走的路，也是门的延伸，没有街道便无路可走。街多南北向，故为长街。许多商家店铺在街的两旁，一些小商小贩也把物品摆在街的两侧，叫地摊儿。买什么叫买东西，而不叫买南北。

大街之上，人头攒动，熙熙攘攘，看一个地方是否繁华，从街上一走便知。大都市，街密如蛛网，四通八达，超市都在街的两旁。

富贵的人，行在街上，有豪车代步，贫穷的人衣衫褴褛，沿街乞讨。

街是城市的动脉，动脉停了，不是被外来所毁，就是毁于自身。

人的胸膛，如大都市，各种通道如街，食管肺管，从不休歇。

人体的各系统如街，要保持通畅，尤其心脑，一旦拥堵，各管道就难正常运行，危及生命，所以血液不能粥样硬化，以防淤塞。

心宽则管道通畅，还要注意饮食，少吃富含脂肪的食品。

一颗小小的心，却怀天下。

化石

6500万年前的恐龙，如今已成化石，5亿年前的三叶虫，也成了化石。它们的生活环境，它们的家庭，它们的情爱，那些美丽的传说，凝固在岁月里，凝固在冰冷的石头里。

人，当然也有生存环境，有自己的家园，更有情爱，更有美丽的传说，若干年后，人的脂肪会不会还是脂肪，会不会变成化石。

后人会在前人的化石前追思怀古，或写诗文，或编剧演唱，把那些动人的传说复活在舞台上。

愿天下人在活着的时候多为后人留下一些美丽的传说。

月是故乡明

当我想起家乡的时候，我总爱对着月亮静静地瞧。它是我的好朋友，不管心里有多烦恼，只要月光照在我身上，心儿像白云飘呀飘。

我出生在山东滨海黄县，在我五岁的时候，随父母到了青岛，以后又在长春上学。1962 年，在国家困难的时候，主动响应号召到顺义农村高丽营落户。如今，我年已八旬，屈指算来在顺义已度过了 55 个春秋，顺义就成了我的故乡。

55 个春秋，占去了我生命的大半历程，我从一个在城里长大的孩子，锻炼成一个真正的农民。繁重的劳动，艰苦的生活，我赶上了一个磨炼精神和意志的时代。日复一日地劳动，我和农民一样起早贪黑，耕耙拉打，筛簸扬拿，提梁下种。我筛筛子的技术比农民还好，肩扛背驮更是我的强项，200 斤的小麦搭在肩上，不用手扶，上跳板如履平地。我真正体会到“锄禾日当午，汗滴禾下土”的诗意。

我像一粒种子扎根在顺义土地上，有潮白河水的灌溉，让我深深爱上了这方土地。是这里的父老乡亲养育了我，让我真正融入了这片土地。老乡帮我盖房，并不要工钱，在我粮食接不上的时候，借给我口粮。我也为老乡按摩，谁有个崴腿崴脚腰酸背痛我随叫随到。

在我 60 岁的时候，我又到石景山区住了八年。这八年，虽然土房变成了高楼，井水变成了自来水，柴锅变成了天然气灶，土炕变成了席梦思，可我依然眷恋着那方土地。为了不辜负顺义人民的厚爱，不给家乡人丢脸，我参加了公益活动，成为石景山区的文明热心人。八年后，我又重归故里，感觉是那么亲切。狭窄的街道变成了宽阔的马路，超市多了，公交方便了，不变的是当年的情怀。昔日的文友，逢闲暇之时聚在一起，或三五人，或七八人畅谈作品，交流写作心得。

我的一生走过许多路，那些平坦的、通畅的都被我遗忘，唯有昔日的泥泞小路留在心间。

2016年，我把这些写成《遥路短歌》，用散文诗的形式，表达了我对大千世界世态炎凉、人间冷暖的认知。这是生活磨难的馈赠，辛苦劳作的奖赏。

继《遥路短歌》之后，我又写了《遥路短歌行》，我把一生的心血捐给了顺义图书馆，以答谢顺义人民对我的厚爱。

我一颗爱心伴身行，积极投身社区的公益活动，被评为区级文明使者。

当我想起家乡的时候，我总爱对着月亮静静地瞧，它是我的好朋友，不管心里有多烦恼，只要月光照在我身上，心儿就像白云飘呀飘。

是谁弄脏了我的衣裳

是谁弄脏了我的衣裳？云，伤心极了。

她的衣裳是用最好的水，纺成细丝，非常美丽，洁白的衣裙上面还缀满晶莹的浪花。

她从天上随风来到了地上，又从地上来到了小溪。在小溪里同她的姐妹一起唱着欢乐的歌。唱着唱着，就投入了大海的怀抱。

大海把她高高托起，她享受着后浪的拥戴。她洁白的衣裙在灿烂的阳光下变换着绚丽的色彩。后浪的姐妹手拉着手一起把她向前拥去。她踮起脚尖看到了粗壮的白杨，树上的叶子挥动着灵巧的手，在风的伴奏下，弹出美妙的歌。她看见坡上红红的花，娇艳的花，有的已经盛开，有的含苞待放，就像羞涩的少女。她看见青青的草，手拉着手跳着广场舞。她还看见高高的烟囱冒着浓浓的黑烟。工人们汗流浃背高喊着加油干哪，把一铲铲煤投进熊熊的炉火。这一切的一切正在向她走来。

她终于走到了堤岸，高高的堤岸是用坚硬的石头砌成的。“哗”的一声她上岸了，所幸，她又被送了回去。

如今，她的衣裳脏了，不再洁白，她用尽力气洗呀洗呀也洗不白。她伤心地哭了又回到了地上。

她走上法庭，想讨回一件洁白的衣裳。法庭会接纳她吗？那毕竟是人开的，人会宣判自己吗？

小卵石

石块从高高的山顶上落下来，陡峭的山坡像滑梯，一直把它送到坡下。风，看见了，说，跟我来吧，于是，它一头扎进河里。清凌凌的河水让它舒舒服服洗了个澡，河水打磨着它，又把它送到了岸上。这时筑路工人正在筑路，觉得把它铺在路面太可惜，有人就说，用这样光滑的小卵石还不如修条健身大道，把它铺在上面。小卵石每天享受着人们双脚的爱抚，它更加圆润光滑。人们走在上面，老爷爷、老奶奶的腿脚灵便了，小伙子不再腰酸背痛了。夜晚，小卵石做了一个梦，梦里有人告诉它，高高的山也会沉降，现在你从山顶跌落下来，这不是生命的跌落，你成了有用的卵石，人们的健康就是对你的赞美。

小卵石笑醒了。

一粒树种

一粒树种入土，几天后便钻出了地面。个头不高，瘦瘦的细细的就像一根火柴棒。又过了一些时日，小树慢慢长高长大，也只能算是一株树苗。树苗的根在地里越扎越深，它为了寻找水分和营养，开始分杈。地上的树苗，在阳光的爱抚下，也在开始分枝，就像一个孩童长成了小伙子。过了一年又一年，树长得又粗又壮，高高地挺立着，树冠如撑开的伞，枝繁叶茂。为了能有更多的水分和养分，地下的根成了根条，向着四面八方伸展。由于根条牢牢地抓住了大地，上面的树便昂首屹立着抵御风暴雷霆。枝繁叶茂是树的鼎盛期，过多的枝杈纵横交错，叶片也重重叠叠。这时，有的枝杈开始瘦弱，重叠的叶片开始枯黄脱落。树，由壮年走向暮年。树，皮肤不再光滑，裂开道道深沟。底部被老鼠日夜啃噬成了一个洞。树最后只剩皮了，在凛冽的寒风中摇摇晃晃，有的被人砍伐，有的在风暴中倒下，倒在了它生长的地方。

一个国家，一个民族，乃至一个世界，开始从进化出来的一个人，演变成两个人，再成了一群人，为了抵御恶劣的自然环境，聚在一起，聚成了民族部落，就像树长出了枝杈。为了争夺水草和食物，擂起战鼓拿起刀枪，开始了杀伐。部落和民族在杀伐中繁衍，在繁衍中杀伐。为了战胜对方，为了主宰世界，烽烟四起，杀声阵阵，从刀枪剑戟到飞机大炮，再到原子弹、导弹，形体越来越小，杀伤力越来越大，尸横遍野，血流成河。美丽的村庄成了一片废墟，就像树从成年期走向衰败。人，又向自然宣战，高喊着战天斗地的口号，让山低头，让河让路。大自然不甘遭受如此肆无忌惮的欺凌，山，喷出了怒火，海，发出了吼声，大地震动，气候变暖，不再宜人。风，打着旋儿来了，卷走了房屋，卷走了村庄。天庭震怒，暴雨阵阵，干旱连连，让人重新走向了宇宙洪荒的初始。

人和树是一样一样的。

世上没有永生的树，世上没有不死的人，谁也逃不了生老病死的规律。

椅　子

椅子的出现是在人直立行走之后。有站就有坐，椅子只是为了人站久了坐下来歇歇。椅子的前身叫凳，三块板，两块当腿，上面钉块板能坐，所以也叫板凳。杌是凳的升级，比凳要高一些，坐着更舒服一些，再升级，就成了椅。椅子从木质上有三六九等，越高级的木质越硬，甚至有用楠木和紫檀做椅的，再进一步椅子上加了把手，能靠，能手扶。随着科技的发展，椅子上又加了软垫，坐上去不再硬邦邦的。开始是用的棉垫，以后用泡沫塑料，还有的加了弹簧。椅子的材质也由木质改用了皮革，更有名贵的真皮。

椅子又是权力和身份的象征。普通人坐的椅子没那么讲究，地主老财坐的椅子才有了讲究的靠背和把手。封建王朝里大臣坐的是太师椅，椅背上往往镶上纹理别致的大理石片，而君王坐的是龙墩宝座。

我们的近邻日本，人多跪在地上并不坐椅子，前面有一矮桌。这是由于国情和自然环境所致。日本四面是海，为一岛国，地震多发，为了逃生，房屋低矮且多由木板造成，桌椅自然不能高。

如今，我们读书写字已成常态，但凡事皆有个度，时间久了，再好的椅子也会导致腰酸背痛。

从无形到有形，再从有形到无形，椅子也会像无绳电话一样无形吗？

太　极

每到清晨，在露天公园或广场，便有人在打太极。太极不是广播操，更没有京剧中的亮相，它是不急不慢的匀速运动。讲的是手到眼到，眼到心到，身心合一，对促进周身血液循环和阴阳平衡的营造有好处。太极不同于南拳北腿，少林武当，不需器械，全在对气息的调节上。

太极的阴阳两极，形如一滴精液，合起来便成了受精卵，所以才能万物生，有天地而有人，有世界，乃至宇宙。

人之有病，皆因阴阳失衡，所以打太极的人能由意会打通全身关节，发力于一端。

太极还可修身养性，人处于平和包容状态，自然心比天大。太极应天人合一，而阴阳转换正应了日出日落，生死轮回。

太极于强身健体，修身养性，功莫大焉！

果 树

冬去春来，果树变高了。它一身绿莹莹的衣衫，如亭亭玉立的少女。又一个冬去春来，热心的蜜蜂来到刚刚绽开的花蕾上。它是来做媒的，对方是一个英俊的小伙子，果树相信蜜蜂说的话，羞涩地笑了。三个月之后，果树怀孕了，枝头的花蕾谢了，长出了小小的鼓包，鼓包越来越大，当秋风吹来的时候，鼓包成了红盈盈的果实。香甜的果实随风向人们招手。人们拿走了果树的孩子，果树直起腰来笑了，这是它献给人们的爱。

调味之和

我们的祖先，茹毛饮血，能有维系生命的食物就行了，根本谈不上味，更谈不上如何去调味，所以100万年前祖先全是O型血。

自打农耕文明以后，有了农作物，人们不再单一吃肉，才知道荤与素，从而有了味的调和。

随着食物范围的扩大及饮食的多样性，便需要对饮食素材的调和，从而有了更多的滋味和美感。

味是舌尖上的感觉，最基本的从咸开始，继而有了酸甜苦辣。接着又从这些基本的味型调出了酸甜，酸辣，香甜，香辣。苦和鲜是这些味型的独特型，基本无须调，保持原味即可。

咸是一切味中之王，离开了咸，一切食物便无味，所以要想甜，加点盐。在烹饪中一些大厨又把一些单一的味调成了复合味型，好的滋味全在调和。

治大国如烹小鲜。高明的政治家，能在国与国之间，求同存异，化异聚同，从而避免了多少争执纠纷，避免了多少杀伐冲突。

先贤曰，和为贵。

山

五山，东岳泰山，西岳华山，南岳衡山，北岳恒山，中岳嵩山；五岭，越城岭，都城岭，萌渚岭，骑田岭，大庾岭，五山五岭撑起中华大地的脊梁。高高的珠穆朗玛，像巨人屹立在东方。

山如人的骨架，有架才有其他附着物。山为民族屹立之魂，八千里风暴吹不到，九万个雷霆也难轰。

山有山珍，更有中草药，为人疗疾祛病。

山里人如玉，憨厚朴实。核桃、大枣、栗、桃、李、杏皆出自山区。

山路崎岖，是谓人生，是告世人志在攀登。

山有人参，受日精月华，为人延年益寿。

人当如山坚强，山高千仞，始于足下，山之顶，风光无限。其山高峰险，只为勇者站立。

仙人隐居山林，是为修炼。心在红尘外，身置红尘中。修炼而得道，得道而悟。悟即升华，不求名利，不受红尘羁绊。山中有林，是谓山林。林为山的屏障。山里有宝，亿年珍藏，只为探宝人艰辛付出。山路漫漫是谓人生少有坦途，为不屈者设步。

河

水，孕育了生命，黄河孕育了中华民族。

黄河是中国的母亲河，她的儿女遍布在广袤的大地上。大地因为有了河的乳汁，才有了生命。河是文化的摇篮。除黄河主流外，还有巴山，河的女儿又有溪流，正是涓涓细流的日夜供给，才有了河水的充盈。不管是河是溪，都有自己的歌，汇成黄河便是黄河大合唱。河一路唱着，滋润着两岸土地，滋润着家园。家园不容侵犯，如果谁胆敢踏进家园一步，还不用说烧杀抢掳，黄河就会发出澎湃的怒吼，卷起万丈狂澜，把侵略者淹没。

九曲黄河九十九道弯，九十九个艄公把船搬，号声嘹亮冲云天，正是中华民族的浩然正气。黄河儿女守护着自己的家园，与周边和睦相处。河水流向远方，流遍了五大洲，朋友遍天下。

马

马者，人之良友也。平时温驯憨厚，供人役使，战时驰骋沙场，嘶鸣扬鬃。一马当先万马奔腾。日行千里，夜走八百，跳涧涉水如履平地。项羽、吕布坐骑，乌骓赤兔，传奇故事，千年传颂。

马之家族庞大，良马颇多。常见的有：骏者，为赤鬃黄身黄目之马；骍者，为赤色之马；骊者，为黑色之马；骝者，为黑鬃尾红之马；骠者，为黄夹白之马；骢者，为青白之马；骦者，为毛色斑斓之马。

马毛色如人之华服，为马的品牌符号。

害群之马，令马群生乱。或以马为赌具的跑马场，我国内地已绝。

马行千里，沧桑百代。人之良友，有追缰之力。伯乐相马，实为相人。泱泱中华，芸芸众生，英才辈出，以马为鉴。中国象棋，车马奔勇，马炮合力，踏踏隆隆，车辚辚，马萧萧，兵车行，马冲在前，赏功于人。

悲鸿画马，以形传神。战争抒写历史，战马抒写辉煌，伟大中国，正经历一个龙马精神时代。

沙 漠

在日照和雨水的作用下，山石经风化，再风化，变成了沙。在风的吹拂下，聚少成多，形成沙丘，沙丘又经风吹，形成沙流，沙流如河流，汇成浩瀚沙漠。沙漠虽少水，却有水的侵蚀作用。沙覆盖在地上，日久便会寸草不生。

沙漠少生命，只有驼铃声声。骆驼身有水囊，四蹄不易被陷，如走平地。沙漠孕育了顽强的生命，如蜥蜴、沙蛇，有着极耐热的本领，在炎热的沙地上，蜿蜒自如。沙漠有沙枣，其味甜美，全身可入药。

昔日驼铃声声，直通远方，联结一带一路，形成丝绸之路，如同河上架桥，如同开山凿洞，为商贸往来开辟一条通道。

新疆的塔克拉玛干沙漠，因人望而却步，被称死亡之地。

如今，沙漠仍在吞噬着我们的良田，我国本来耕地面积就少，防风固沙植树造林已成当务之急。

只要人心不被沙化，沙漠就能变成美丽的绿洲。

盆 地

盆地，地形如盆，辐射小，温差极大，日暖夜凉。特殊的地理环境，造就了不一般的特点。

塔里木盆地、准噶尔盆地、柴达木盆地、四川盆地为我国四大盆地。盆地就如聚宝盆，多盛产石油。盆地如两个背斜中间的向斜。盆地虽叫盆，却盛不住水，所以瓜果格外香甜。世上特殊地域，必有特殊产物，稀缺什么就会长出另一种稀缺。

书

自从有了纸、活字版印刷，便有了书。书的前身叫简，把字刻在竹片上，用线穿起来。称非常有学问的为学富五车。

为了满足人们对知识的渴求，这才出现了书。书出现以后，大大丰富了人们的知识视野。当时为线装，便于携带，并为上下版从右往左排列。书越出越多，这是人们文化的提高。作家多了，作品自然就多起来。如今又有录音录像，成了发声的和有图景的书。录音录像冲击了汉字。字，既然是语言的符号，既不能过于繁复，从而又促使汉字删繁就简，让人们更便于记录和阅读。

镜　子

人，看得见别人，看不见自己，于是便有了镜子。没有镜子以前，人站在湖边，湖水清澈，映出了人影。毕竟不是所有的地区都有湖，于是又把铜磨平当镜。这不仅便于携带，更能随用随照。不管怎么说，湖水再清澈，也会有微风，湖水在微风的吹拂下泛起微澜，这就使影像不能太清晰。铜镜也是如此，磨得再光滑也不能映出清晰的图像，于是又有了今天水银的镜子。

人看别人，看的只是外表，却看不到内心，就像人站在镜子前一样。俗话说，看人易看己难，难就难在人总愿展示好的一面，甚至美容化妆。人是善于伪装的，这就很难照出一个真实的自己。

看物总比看人容易一些，地质工作者就是利用钻探，从地层深处取样，从而了解地质构造，含有用物质多少。

人的大脑越来越发达，想要看的越来越多，经验丰富的学者就能根据表面现象，分析和判断未来走向，于家，于军，于国。

人对内的认知完全有赖于对外的认知，反过来，对内的认知又深化了对外的认知。

作家写长篇、中篇、短篇，再到超短的微型小说，不是字数少，情节简单，而是要揭示人和事最本质的根源，就像镜子，由表及里，透过外表来了解内心。

京 剧

京剧集服饰、脸谱、唱腔、舞美于一身，遂成国粹。京剧从创始至今已走过二百多个春秋。它的出现吸取了昆曲、评剧、河北梆子等剧种的精华。场景的虚拟成为舞台上动态的诗。

京剧角色分生旦净末丑，有四大名旦，杨派、谭派和麒麟派的老生，叶派小生，盖叫天派的武生，李多奎等扮演的老旦，以及萧长华、张云溪，张春华扮演的文武丑，成为京剧界的杰出代表。

任何形式的艺术，一旦发展到鼎盛时期便会形成模式，模式是框子，必然限制了艺术的发展。

如今，看京剧的人何以越来越少，皆因程式化。像花脸的脸谱仍用浓浓的油彩涂在脸上，何不用面膜代替，可随贴随揭。还有青衣的勒头，再如武打，不管任何打斗，都采用一个模式，跟头翻得再好，也是千篇一律。因为艺术的展示，离开了情景，便不再吸引人。再如剧情中一人在唱，余者或坐或站形同木偶，再加小生的唱腔阴阳怪气，听起来极不舒服。

一切事物无不应运而生，也将应运而亡，京剧的出路不在从娃娃抓起，而在与时俱进，否则必被时代所弃。应像当年那样，吸取各艺术门类精华，甚至现代歌舞。符合人心，自然合人口味。旧剧目再好，唱多了，也让人生厌，还是要引入竞争机制，不是百花齐放，而是百花竞放，不断创作出顺应时代的新剧目。

饰 物

人填饱了肚子，总是要有些精神需求。开始是把积攒起来的黑白相片放到玻璃框里挂起来，以后又改放在桌子的玻璃板底下，再以后，就有台历和生肖小物件，有人把小盆的花草摆在案头，像文竹，如片片绿云。有钱的人家在客厅里常常悬挂字画，或单设一饰物架，把喜爱的金石美器摆上去，以示高雅。新疆人爱挂壁毯，图案精美，色彩艳丽。蒙古人爱把羚羊角或鹿角挂于墙壁。习武之人多把剑挂于墙上名曰镇宅之宝。讲究的人家多铺地毯，更讲究的能把住宅建成水晶宫，让一些形体奇特艳丽的在玻璃板底下自由游动。这比鱼缸、鱼箱更胜一筹。

人分三六九等，精神需求也不尽相同。有人爱陈列奖杯、奖章、奖状。有人爱集邮，为一方寸艺术不惜节衣缩食。有人滴酒不沾专收集酒瓶，有人收集火柴盒，有人收集商标，有人收集筷子，有人收集泥坛泥碗，有人收集票证，有人收集大小纽扣，不一而足。

我曾到过一人家，大厅富丽堂皇，只是进门，设一供桌，桌上有一木棍一瓢均由木相托。问其缘由，主人言道，不忘昔日乞讨之苦，当知今日一瓢一饮来之不易。

作画

把字和图形刻在石壁上，叫壁画。究竟先有字还是先有画，我说不清，只能说书画同源。

画出自名人，画技高人一等，自然身价不菲。既有名人，便有普通百姓。百姓作画无须画案、徽墨、胡笔、端砚、宣纸，就地取材，信手拈来，劳作之余，自娱自乐。有用手撕纸的，叫纸画，有用剪刀剪出人的肖像的，叫剪纸，有用泥巴捏成的叫泥人，有用萝卜刻成的叫食雕。更有绝的，能用一段大葱的葱白雕出大美中华三十六景，如此高人想必寥寥无几。普通人有用碎布头布条的，有用玻璃的，有用羽毛的，有用树枝树叶的，有用麦秆的，有用指甲的，还有借助灯光用手指作画，不一而足。我还听说有位画家，专画墨荷。研好墨，不用笔，关起门来，脱下裤子，往墨池里一坐，然后再坐纸上，他是用屁股作画。不过这种作画不能示人，只能以画示人，可谓独门绝技。还有用喷雾剂作画的，喷出的烟雾，如云如雾，梦幻迷离，别有一番情趣。如今，沙画已成时尚，沙画代替了画纸，随意涂抹添加，更为别致。

国外有些人别出心裁，用大象作画，用小狗作画已屡见不鲜，还有人体彩绘，在身上涂上油彩，在画布上随意滚动。更有甚者，正拉着提琴，拉到高潮，猛地往画布上一摔提琴断裂肢解，遂成画幅，美其名曰未来派。

我见过一人，在水上作画，家里有一水池，把颜料滴在水上，经搅动后，在音乐的伴奏下或急或缓，颜料在搅动中形成了自然纹理，再把纸铺上，自成画卷。

我想，既是画，不论画法画技如何，能赏心悦目，给人以美的享受就是好画。

家 园

清晨，下起了雾，一切都变得朦胧起来。

赵大妈起得早，多少年来一直守候在这里，守候着绿色的家园。

放眼望去，宽阔的马路两旁，白杨昂首挺立，像忠实的哨兵守候着家园的安宁。突然，赵大妈觉得似有什么在动，便掏出了老花镜。远处有个人在树旁，再仔细一瞧，那人还拿着镐，赵大妈警觉起来。拿镐干什么？莫非他要……便悄悄走近两步，这下看清了，是个老人在刨树。赵大妈掏出手机，拨通了电话。

赵大妈和民警赶到了现场，只见一个老人正举起镐头。“住手！”咔嚓一声，树倒下了。

赵大妈一步跨上前去，一看老人胸前挂着奖章。

“你，你……”赵大妈指着老人胸前的奖章抑制不住内心的怒火。

“你刨树干什么！”

老人并不回答，只是笑笑。

“你们看这一溜白杨，齐刷刷的多好哇，可是这棵——”

这时只见他的孩子推着一棵杨树向这走来。

“爷爷，把咱家的栽上吧。”

大家齐动手。

老爷子哈哈一笑。

“我们打天下为了什么，天下还不是靠大家维护。”

冬去春来

不知是谁施了魔法，风吼叫着，把窗户吓得瑟瑟发抖。山，褪去了绿装，怪石嶙峋，面目狰狞。有的举着不知名的刀枪，有的张着大口。大河哑了，不再歌唱，即使踩它，也无济于事。树，光秃秃的，枝丫杂乱无章地伸着腰肢。花，枯了，草，败了，大地像长了秃疮。

云，越聚越厚，在太阳的照射下，缝隙里透出红彤彤的色彩。很快，缝隙合拢了，飘起了雪花。一朵，两朵，一片，两片，纷纷扬扬飞舞着，雪像小精灵，穿着素雅的衣裙，缀满六角形美丽的星星。在风的伴舞下，唱着窸窸窣窣的歌。它飞上山头，飞上山坡，山穿上了白白的羽绒服，不再狰狞，不再张着大口。大河涨出了堤岸，像条白白胖胖的大鱼静卧在那里。树，穿上了时髦的套装，套装上的小星星在闪烁。大地盖上了厚厚的棉被，松软的棉絮，让它美美地睡上一觉。

太阳醒了，伸着懒腰，打着哈欠笑了，是谁给大地涂上了白白的颜色。缕缕阳光，如同千万只长长的手臂，开始给高山、大河、森林、土地描绘斑斓的色彩。

春姑娘来了，驾着祥云，在东南风的护送下迈着轻盈的步子款款来到人间。高山绿了，森林绿了，大河欢歌，花儿红了，草儿青翠，用不着春姑娘敲门，千家万户门大开，一夜繁花满枝头。

冬，拉着春姑娘的手，你能来吗？春姑娘笑盈盈地说，你不来我就不来。

墙

墙是屋的附属工程，为的是把屋隔出若干空间，就像写字桌有抽屉一样。

墙，一般都是顶着天花板，更利于隔音隔味，也有不顶天花板的隔扇，讲究的家庭还有屏风，可临时开合，就跟门帘，洗澡间的布帘一样。富贵人家门前还立着影壁，为的是不能直视，设此屏障怕把家里的财富叫外人看见。

万里长城也是墙，沿山脊蜿蜒如龙，以抵御入侵者的进犯。长城上的烽火台、瞭望哨，更起着观察敌情和报警的作用。

然而，墙再厚实也隔墙有耳，没有不透风的墙，是墙外有人安装了窃听装置。

墙，隔开了人与人之间的距离，却隔不了人心。

中国人是善于建墙的国家，大敌当前还不是万众一心吗？

麻 雀

我国有段时期提出除“四害”，麻雀成了四害之首。麻雀疲于奔命，纷纷落地，不是被轰下来，就是死于过劳。

大量的麻雀被轰下来，择毛剥皮，一时成了美食。炸铁雀更是佐酒的一道美味。

麻雀被列为四害之首，是因为它吃地里的庄稼。岂不知，麻雀不光吃粮食还吃地里的害虫。因为麻雀有锐利的双眼，又有尖利的喙，吃害虫比人类灭虫更方便。

麻雀没了，害虫乐了，无忧无虑养活孩子，个个肥头大耳，白白胖胖。就像有的国家，为了保护羊群，大举灭狼。狼灭了，羊大量繁殖，草原成了光秃秃的，羊也饿死了。

大自然是平衡的，互为制约，缺一不可。我们不能光看到麻雀吃地里的庄稼，还要看到吃地里的害虫，可见我们干了一件多么可笑的蠢事。

老　鼠

老鼠过街人人喊打，打到现在也没打绝。

老鼠是啮齿类动物，它一天到晚咬这啃那，嘴不能闲着。不然牙长长了，嘴就不能闭合。

老鼠不仅糟蹋粮食，还传播鼠疫，对人有百害而无一利。

面临人人喊打的局面，老鼠躲在洞里，生儿育女，家族兴旺。

老鼠把食物藏在洞里，洞口很小，猫不能进，洞里弯弯曲曲，四通八达，即使烟熏火燎也能逃生。

老鼠不敢大摇大摆逛街，上超市溜达。它东张西望，警惕性极高。

越南有一段时期，鼠患猖獗，政府为了灭鼠按上交鼠尾奖励。岂知越奖越多，聪明的越南人不再灭鼠，改为养鼠，竟成了一项收入不菲的副业。

看来灭鼠是一项长期工程。

对决

竞技场上，各类项目无不是一场对决，以更高、更快、更强为胜。在诸多项目中，尤以摔跤和拳击最为明显，那是真正的一对一较量，只要把对方打趴下，自然分出胜负。

世界就是一个大竞技场，各国都在同一个起跑线上，求的也是更高，更快，更强。以更高的手段，更快的建设速度，更强的杀伤力赢得胜利。胜负不光取决于武器，还取决于综合国力，取决于民心，人民的团结。

如果世界上没有争霸，便没有抗争和对决，也就没有了发展。

我们常常看到，军营天天都在操练，重复着立正、稍息、齐步走之类的简单动作。打仗打得虽然不是立正、稍息、齐步走，它却可以提高军人的素质，服从命令听指挥。

对决是一场综合国力的较量，其中最主要的还是经济。战争是烧钱的对决，只有钱多，才不怕烧，经烧。经济充裕才能引进人才，研制尖端武器，有优良的装备和充足的供给，所以，一个民族的崛起，经济是第一要素。

世上有多少以少胜多，以弱胜强的战例，得天下者先要得民心。

死不了

死不了的原名叫半支莲，原产南美巴西，后到我国，各地都有。把半支莲叫死不了，是因为它是一年生草本植物，偏坡乱岗，道旁路边有土地就能看到它的身影。它不需专人侍养，不需定期供水施肥，人踏车压，倒后又能自行站起，生命力极强，人们便叫它死不了，就像过去农村给孩子起名，狗子、铁蛋，图的是好养活。

死不了植株低矮，高约 10 厘米至 15 厘米，茎近似匍匐状，单瓣或重瓣。花色有紫白黄红粉橙，还有许多复色和杂色。日开夜合，阴天不开。死不了花朵虽小，要是用放大镜看，其美不亚于芍药、牡丹、月季。死不了全身都可入药，能治感冒，也可治烧烫伤。

如此美丽的花朵，又有治病功效，却生长在不起眼的角落里。世上凡卑微的，无不顽强。

有人写下：

上帝是公平的，他给富人以好食物，给穷人以好胃口，给大人物以矮小的身躯，给伟岸者以卑微的灵魂，给馥郁的桂花以可怜的形貌，给不芳香的牡丹以天仙的姿色。让恶人得到诅咒，但用享乐补偿，让善人得到赞美，但用痛苦折磨。让强大者独处，让弱小者群居。给无爪牙者以翅膀，给不能飞翔者以爪牙。给不能进攻的螺贝以坚硬的盔甲，给软体的乌贼以黑色烟幕……

愿人人如死不了，生生不息越开越美。

核

一个水果，不管大小，都有个核，核就是种子。果实在生长过程中，如人为加以限制，把它囚禁在坚固的容器里，就会使内部组织越长越密，甚至崩裂，所以泰戈尔说：“人是一个初生的孩子，他的力量就是生长的力量。”

果木的优劣，全在种子上，所以撒什么种子开什么花。

大千世界，万紫千红，奇花异卉，皆由种子长成，种子会把基因传给下一代，所以要精选良种。

种子是果木的核，核即内心，所以又叫核心，甚至政治理念也叫核心价值。

人的言行，皆出自心，所以常把好人称作有良心的人。

茫茫人海，何为君子，何为小人，看行便知。

愿天下人都有一颗好心，好心得好报。

思想

人之所以主宰世界，就是人有思想。人的言行，皆由思想支配。

人每天在想这想那，还会有一些奇思妙想。思想没有节假日。

天下有多大，思想就会有多大。思想不用搭载交通工具，不用乘车乘船，思想不乘飞机，也能飞越千山万水。

思想决定行为，有好的也有坏的。

思想是自由的，不能禁锢，如人为加以限制，也会产生新的思想。

好人都有好的思想，每天想的都是为人，而不是为己，手捧大爱当空撒。

行为是思想大树上开的花，美丽的花，皆由美丽的心灵开出。

世界上因为有丑有恶，才有美有善。

积小善为大善，世界将变成美丽的花园。

皮

任何生命都有皮。

皮，不仅包着内里的生命，还起着保护和防御外部入侵的作用。有的皮能吃，比肉营养丰富，如驴皮，经熬制成阿胶，有补血养气功效。茄皮能消栓通络，且没有副作用，比药更胜十倍。

多数皮不能吃，如核桃、栗子、椰子，但有些可为食材所用，如西瓜鸡中的西瓜皮，菠萝海鲜中的菠萝，荷叶鸡的荷叶，包粽子的苇叶。它不仅增加了营养，还增加了美味。

皮上多有毛，毛是皮的士兵，日夜站岗放哨，起着保护作用，所以不要把皮肤上的毛刮掉。

人不能完全知道别人的内心，因为人心隔肚皮。

隔肚皮就隔了心，却能感染别人，成为知心。

地铁

如今各国都有地铁，没有的也是少数。人来人往，货物转运，方便快捷，既无拥堵，也无污染。

生命的成长都在扩展中，世界上由一人而成众人。人们外出光靠路面上的交通工具，已不能满足，于是便想到了空中、地下。

地铁实为在地下挖了一条长廊。

有了地铁，方便了出行，减少了空气污染，扩展了生活空间。

地铁由民生又扩展到了军事，成为保卫国土的重要手段之一。

除了地铁，还有了更大的拓展，上至高空索道、航班乃至宇宙飞船。

地铁以后会不会也有多层，地下的地下是天空。

呼唤

人，每天都在呼唤，向高山，向大海，向天空，呼唤幸福，呼唤幸运。

有人走进小村，重温当年乡下的生活；有人走进边远山区，重温支教的艰难岁月；有人离开繁华的大城市，到乡下买方土地，种瓜点豆；有人伫立先贤遗容前，忏悔自己的不当言行；有人手捧经典大作，聆听智者教诲和领略光辉思想。

呼唤是对逝去的追忆，是对走失的追寻；呼唤是唤回昨天，是地质工作者呼唤久远的生命。

人在日常生活中，常常不知珍惜，一旦失去了，便追悔莫及。人死不能复生，花谢不能再开，皆在不再中谢幕。

活着的人，若干年后也会被后人呼唤，愿我们生前多做些有益的事，让后人呼唤起来犹思难忘。

欲

欲是世界上最美的文字之一，无欲则刚，世上有刚无柔不知会是怎样。

然而，越是美丽的越要适度，因为它的能量巨大，一旦多了，便适得其反。

有人利欲熏心，有人酒色无度，有人气大伤身，总之是欲壑难填。

人的欲一旦成了填不满的坑，便会驱使人心态失衡，整日疲于奔命。久而久之，一切贪欲之财化为乌有。

有人纵欲无度，整日出没于花街柳巷，纵然阅尽人间春色，小小年纪，便结束了卿卿性命。

欲利人利己，又毁人毁己。

欲成就了一个世界，世界也会被欲毁灭。

细　菌

细菌虽小，杀伤力却大。细菌不能大，大则易于发现。它没有锋利的爪牙，只能靠数量取胜，所以它有极强的繁殖力。

细菌隐藏或潜伏在动植物毛发及体内，一旦感染上，就会发烧发热，呼吸不畅，断气毙命。

在朝鲜战场，美军曾使用过细菌战，让中朝军民付出了高昂的生命代价，这反人类的滔天罪行，只是没被告上法庭，只受到了正义的审判。

如今战场上又有了生化武器，受到全人类的谴责。

细菌为微生物的一大类，在自然界中分布很广，对自然物质循环起着重大作用。有的细菌对人类有利，有的能使人畜发生疾病。

有多大好处，就有多大坏处。利用有益的，抑制有害的，是人类长期需要解决的难题。

师 父

一日为师，终身为父。

师父把一生的技能传授于你，使你衣食无忧，这样的长辈，你不该为他养老送终吗？

然，师父只传技能，不传绝活。绝活是不能传的，也是教不会的，绝活是悟出来的。

孙悟空对唐僧尊敬如父，虽屡屡被逐，仍痴心不改。尽管孙悟空对唐僧一口一个师父，唐僧也不会把紧箍咒的秘诀传授给他，不然唐僧就不是师父了。

独门绝活是用一生的努力感悟出来的。绝活，绝不能延续，既空前又绝后。

歌唱家、画家、雕刻家，各门各类的工艺大师，都收了徒弟，提起来还是他本人，而不是他徒弟。京剧大师梅兰芳先生曾说过："学我者生，像我者死。"他是要梅派弟子在学习中创新，不能模仿，照搬。

看来，师父是该恢复原义为师傅了。

悟

《西游记》里的孙悟空，所以神通广大，皆因一个悟字。原为受日精月华从石缝中蹦出的石猴，后经菩提祖师点化，赐为悟空。空即能容万物。悟空聚在花果山水帘洞内，有吃有喝，岂不美哉。既赐——悟，便负重命，大闹天宫被压五行山下，被压是为意志的修炼，悟空既寿与天齐，自然不会压死。

悟字，是一竖心，心本平卧，一旦竖起，如从猿到人，站得高，看得远，视野开阔。天外有天，人上有人。这虽是文学，却是科学。

悟空初始，不知天高地厚，吃了蟠桃又吃仙丹。太上老君的炼丹炉，倒把他炼出了火眼金睛。跟随师父一路前行，能辨人妖。悟空的悟，也是由初级到高级，屡次遭贬，于蒙冤中方悟得神鬼一家。紧箍咒约束的不是真假，而是不能越权。孙悟空悟出了这一切，历经九九八十一难，终成正果，封为斗战胜佛。

学艺

他身弱多病，想学些本领，强身健体，走遍名山大川，终拜在空空道人门下。

师父并不授课，也不教他舞枪弄棒，更不教他刀枪剑戟类十八般武艺，只叫他蹲在灶下烧火。

烧火不用柴草，只上山砍些嫩竹。师父有言，竹子不能折，只能一节节捏碎。他轻轻一捏竹便碎了。

如此过了三个月，师父叫他砍些比嫩竹稍粗的竹，长约一尺，粗如一指，他如法而行，这也难不倒他，与砍嫩竹一般得心应手。又三个月过去了，师父让他上山砍粗如笔筒般大竹，这难倒了他，费了九牛二虎之力方破一竹。如此三年又三年，三年复三年，他捏大竹，如初始捏嫩竹。师父逐他下山。

临行师父赐《道德经》一本。功夫只为防人，不为伤人，是为习武之德。

虎

虎，过去不算稀有动物，有华南虎、东北虎、美洲虎、非洲虎，不但种类繁多，而且种群数量也大。

虎，并不轻易伤人，只在饿极了的时候。虎身上有美丽的斑纹，头上又有王字，成为君王权势争夺的对象。虎肉、虎骨、虎尾、虎鞭，全身是宝，虎便成了猎杀的对象，连小朋友都唱道：“一二三四五，上山打老虎。”凡能打虎者，皆为打虎英雄。

老虎再多，也架不住群起而捕之。虎又少育少产，从而日渐稀少，便成了稀有动物。

可惜人的认识晚了，有的虎族灭绝，幸存的儿孙也不旺。

天下的事，无不物极必反。不仅虎、豹、熊、象、犀牛、河马，天上飞的，地上跑的，水里游的，只要美丽，只要为人所需，便成为人捕猎的对象。

智慧的人，该醒醒了！

起 名

进入商业时代，人人向钱看，脑子里装的全是金钱。

一条街商铺林立，鳞次栉比，有的叫商业城，有的叫商业区，有的叫商业街，有的叫专卖店。一个仅千元的小店，门脸上写着环宇贸易中心、五洲超市，就差管开小卖部的叫部长了。

说酒好，都说百年陈酿，细一打听，是昨天从酒厂刚出锅的酒池里舀来的，说牙膏能治口腔百病，说衣服是当年乾隆的御衣，说小小一盆吊兰，赛过万元的空气净化器，说鞋，六十多岁的老人穿上，爬山如猴，行走赛虎。

请看那些中华老字号，如全聚德烤鸭店，并不宣传烤出的鸭子如何味美，只请有德之人相聚。内联升鞋店的鞋，不仅美观大方，而且舒适轻便，自然不怕登高。再看盛锡福帽店，帽子全是黑色，无杂色即无杂货，戴在头上心悦，心悦则福从东来。如今的茶庄比比皆是，唯张一元、吴裕泰起得好，茶好不在名起得吓人。

商业时代以诚为本，只要货真价实，自然生意兴隆通四海，财源茂盛达三江。

包

一些零星物件想挪个地方，就得把它包起来，一块儿拿走，省得往返劳乏。

最初的包是块大布，叫包袱。后来，包越来越多，也越来越精美。大包如集装箱，箱柜，小包如书包、背包、挎包、手提袋。

人类的进步，无不从大到小，由粗到精，功能却由小到大，如过去墙上的挂钟，如今的多功能手表。

人也需要包装，原始人用兽皮树叶遮体是简易包装，以后用长裤与马褂，再以后休闲装、工作服、泳装、比基尼。

人包装了外表包装不了内心，人心不用包装，所以君子坦荡荡。善人善举，其心早已让人一览无余。

真与假

自从世上有了真便有了假，假是真的孪生兄弟。

商品以次充好，夸大宣传产品功能，以及代考、代试、代孕等不良现象。《红楼梦》里曹翁有云：“假作真时真亦假，无为有时有也无。”

《西游记》里有真假美猴王，《水浒传》里有真假宋江，真假李逵。

真于假，让人如同雾里看花，水中捞月，不知哪个是真，哪个是假。

造假容易打假难。日常生活中，酒茶豪华包装以代替产品的质量。眼膏眼药本来容量就小，用到一半全是空的。

做人亦然，不用装腔作势，不用言行不一，阳奉阴违，堂堂正正做人，干干净净做事。堂堂君子，光明磊落。

打假永远在路上。

文 学

如果你想盖房子，先要想好盖什么样的房子，盖多大，用什么材质，缺不缺料，房子盖好后怎么来住，这便是长篇小说。

如果您想盖一个藏珍屋，房子一定不要大，奇珍异宝不能炫耀，这便是微型小说。

长篇小说是时代的画卷，小小说是生活的折子戏。

散文贵在散，像渔夫撒网，收网不是为小虾小鱼，而是为贝壳里的珍珠。

散文如在天地间漫步，沿途览胜，从所见所闻中得以感悟。悟，便是贝壳里的珍珠。

诗缘情，志在情中。诗是无言的画，无声的歌，却有画的形象，歌的韵律。

诗要用形象思维，把不可视转化为可视。

诗到唐代已到鼎盛，盛极必衰，诗也将消亡。

诗归何处，当融入众体，表述如诗，为文增美。

诗从哪里来，诗从歌里生，诗伴歌行，走到永远。

写一部洋洋百万字的长篇，如大树参天，树高千尺，树粗数围，华盖如伞，可容数十人纳凉。纳凉者中需有痴男怨女，以身相许，生死相依。然，双方父母不允，一嫌清贫，一嫌无权无势，棒打鸳鸯。藕断丝相连，远在天涯心在咫尺，历经数十年风吹雨打，雪压霜欺，乃至相会，已是白发苍苍，喜极而厥。

小小说如魔术师，东拉西扯，关子卖尽，天桥把式，光说不练，观众心急火燎，他却满脸嬉笑。等他说得口干舌燥，这才将遮遮盖盖的黑布一抖，原来此物就在手中。

观者着急，文学不急，于急中生出许多变故。平坦大道故设陷阱，草丛隐蛇，洞中藏兽，观者需耐着性子，一路看下去，待山重水复，忽见柳暗花明。

作品之高，全在作者之高。作品的吸引力，全是作者所悟，为读者所未悟。

读者的寡众，是对作品的评价。

红娘

《西厢记》里的红娘，在小姐莺莺无能为力的情况下，冒着被老妇人拷打的危险，与张生通风报信，相约西厢。

自古卑贱者多聪明。她不能不聪明，每天都要遇到难题。卑贱者不是人格的卑贱，而是生在了不平的时代。小姐用不着聪明，遇到难题都由丫鬟来做，久而久之，便成了白痴。

红娘的命，本不值钱，她是一个卑贱的丫鬟，却成全了一对姻缘，受到了莺莺和张生的尊敬。不是莺莺、张生要尊敬，而是她为她们的婚姻命运带来了完美的结合。

事发后，老妇人手持家法拷红。红娘在老妇人的拷问中，据理力争，指出老妇人的背信弃义，使得老妇人无言以对。拷红，实为拷老妇人，拷封建礼教，仁义道德的虚伪。

红娘的胜利，是正义的胜利，预示着封建礼教的灭亡。

回音壁

天坛南部的回音壁，始建于明朝嘉靖九年（1530 年）。何为回音壁？就是能把发出的声音沿环形的墙面传回来。

古时候没有邮局，更没有邮递员。亲人外出，想报个平安，家里人也想知道外地亲人的情况，便修书一封。可信要由邮差一站一站骑马投递，路远的得跑上好几天。投递费当然贵。于是修书人就想出了办法，外出人无须看信内容，只在封面上画个记号即可，邮差看无人查收，信只好原封递回，这既省了最昂贵的邮资，又获得了信息，成为一个聪明的好办法，就像回音壁，传回了信息。

随着科技的发展，有了邮局，只要把信投进信筒，贴足邮票，便能送到收信人那里。再以后，有了座机，开始是手摇，摇后是拨号，再以后又有了手机，可随身携带，既方便又快捷。今天又有了可视电话，不光能听其音，还能观其貌，千里之遥近在咫尺。

人发出的声音何以要得到回音，就是要知道对方的情况，包括身体、工作和对环境的适应，希望不但身体健康而且精神愉快，这是从外到内的关怀。人对人的爱，无不表现在关爱上。

如今逢年过节，手机爆响，问候祝福之声不绝。亲切的话语萦绕耳畔，免去了多少牵挂。

回音壁走进了新时代。

舞 伴

凡舞者，多有伴共舞。交谊舞不管是三步、四步、探戈、伦巴，均离不开舞伴。没有舞伴的为独舞。

如今，连歌者也有伴舞，好为歌者营造出一个情感上的氛围，增加观赏性。

舞伴多为异性，这来自先人击壤，且歌且舞。如今的舞伴更为的是和谐，给人以力与柔的结合。

舞是用肢体语言示人的艺术，是无声的歌，是动感的画。独舞，只适合大舞者，要有大舞技，加了舞伴反觉画蛇添足。初舞者，感人，大舞者感天地万物。

交谊舞的舞伴，男的为领舞者，如乐队指挥，让舞伴充分展示舞技。领舞与舞伴实为一体，下体紧靠，上体后仰，头部 45 度斜视右上方，更显高贵典雅，绅士淑女风度，这便是人与人的最高境界。

问　天

早在两千三百多年前，楚国屈原就对上天发出了一百个问询，名曰《问天》。后有唐代柳宗元，根据他对上天宇宙自然和人的认知，代屈原回答了他的提问，名曰《天对》。

人，吃饱了，总想看看别人家是怎么过的。先是左邻右舍，以后越走越远，随着科技的发展，以至飞出了地球家园。1957 年，苏联宇航员加加林首先登月，迈出了太空探索的第一步。后来美国奋起直追，从月球到火星，到太阳系，再到太阳系外，去寻找人类地球的兄弟姐妹，频频发出信号，以期得到回音。

我国对太空的探索起步较晚，但步伐较快，如今已能登月，并即将登上火星。

如今，科学家已发现火星上曾有水，有水就会有生命。这说明浩瀚宇宙，也和沧海桑田一样，无不都在演变中。如今的无生命，不等于不曾有过生命，如今的有生命，也不等于永远会有生命。浩瀚宇宙就像四季交替一样，无不在更替变化之中。宇宙那么大，有边吗？那边以外呢，宇宙就孤零零一个吗？它就没有兄弟姐妹吗？宇宙大爆炸是第一次吗？承载着无以计数生命的宇宙，也会在大爆炸中化为乌有，那么，大自然就会再造一个宇宙。

我们的一切都在回答屈原的问天。我们聪明的先人，早就预测到，人外有人，天外有天。人类永远不会停止想看看外星人是怎么过的好奇心。

中药

中药的药材多来自草本植物，如红花、白芍、黄芪，也有其他材质的，但大部分来自草本，所以又叫中草药。

中药不像西药，只提取有用成分。西药多为成药。中药是根据医生开出的处方用药。医生用食指和中指按在患者的寸关节处，根据脉象的升降沉浮来诊断。诊脉又分视诊、叩诊、触诊、听诊，切诊以进一步确定病情。中医断病由外到里，望闻问切步步深入。

中药讲的是君臣佐使。君是主攻药，其余的皆为佐，就像战场上大将横刀立马，身旁有副将相助。

中药采自天然，古人常常上山采药。因山上清静，少有人迹，宜于一些药物生长。

中药讲的是天人合一。人所以有病，皆因不能适应自然环境，中药就把不适应的调节过来。

中药富含多种高深学问，如患者的病不急于医治，便先调节营卫，先补后攻，待身强体健后，再行祛病，就像大敌当前先巩固国防再出精兵一样。

中医的高明全在处方上。药味的种类，药量多少十分严格，正所谓，差之毫厘，失之千里。中药多煎服，将水火不容为相融。

一个资深的老中医，必有高深的文化功底，所以有儒改医如切泥之说。中医为患者诊脉，闭目养神，静中求动，寻找病灶，大有气功小周天运转之法，所以医者，既医人又医己。医者救死扶伤，甚而悬壶济世，高尚的医德，无形中提升了医者人品，故医者多高寿。

西药讲的是急攻，这也有些道理，有些急病就不能慢慢来。

不管中医西医，中药西药，皆为治病。中西医结合当为大智慧。

白蛇传

一个美丽的传说，久唱不衰，还被多个剧种演绎，这便是《白蛇传》。

舞台上的白素贞和小青，原是白蛇、青蛇，因修炼得道，才幻化成人形。她们原来游走在新德里、加尔各答、孟买、班加罗尔的土地上和民间的舌头上，后来才游走到了中国。中国的土地虽然广袤，却没有那么多蛇。印度人对蛇有特殊的感情。有个小说《胜利花环》，说的就是一个小伙子为了追求一个美丽的姑娘，不惜以生命为代价去捕蛇，作为求婚的礼物。

《白蛇传》之所以久唱不衰，皆因故事的凄美。

向往人间的白蛇、青蛇，化成人形来到西子湖畔，适逢天降大雨，不期而遇开药铺的许仙。许仙虽生活清贫却富同情之心，宁肯自已伫立雨中，执意把伞让给了白素贞。一把伞借也就借了，可白素贞执意要登门奉还。白素贞有感于许公子的品德，还伞实为认门，好日后联系。两人一见倾心，许公子便许给了蛇仙白素贞。婚后夫妻自是恩爱，可故事并没那么简单。白素贞在端午节喝雄黄酒时现了原形，吓死了许仙。白素贞为救许仙，不顾身怀六甲去盗仙草，却因触犯天条，被法海压在了雷峰塔下。

爱，一向是人类永恒的主题，为追求纯真的爱更被人赞扬。人们早已忘了舞台上的白素贞是条白蛇，还对法海强行拆散美满姻缘深恶痛绝，剧演到此处台下竟有人忘情地喊起了口号。

看完此剧，不禁掩面思之。一条蛇，可以幻化成人形，皆因常年修炼。修炼就是为了追求一个目标，不惜用一生的代价去寻找。量变终成质变，就像蛇能成龙，所以管蛇叫小龙。蛇在民间叫碜虫，一旦成小龙，不但面目全非，而且上天下海入地本领巨大，这不能不说是把不科学变成了科学。

世上有多少痴男怨女，为了心中的爱，不惜赴汤蹈火粉身碎骨，有的拔去了身上的鳞片，有的割舍了游动的尾巴而换上两条腿。人们只感于她们的精神，早忘了故事的真实。从不可信到深信不疑，这便是《白蛇传》久唱不衰的魅力。

梁山伯与祝英台

一个生在“女子无才便是德”的封建社会的女子，为了抗争命运的不公，断然易装打扮外出求学。这就有了祝英台与梁山伯同窗三载结下了深厚情谊。

三年学业期满，二人十八里相送。这时祝英台再也不想隐瞒，她对山伯早就有了深深的恋情。一路之上，她不便直言相告，明示暗喻，可山伯就是浑然不觉。不是山伯傻得可以，而是太过纯朴毫无邪念。如果换到今日，别说三载，就是三日，也会拥抱亲吻。

英台对山伯是恋情，山伯对英台是情谊。同样一个情字，却有天壤之别。英台回到家里重现女儿身，等山伯与其楼台相会时，山伯才大梦方醒。此时，英台之父早已把她许给了马文才。英台一个文弱女子，怎能抗拒一个封建时代，只能以命殉情。山伯久蓄于心的情谊一旦化为爱情，如山洪暴发。两人不求今日，但为来生，化作双蝶翩翩，了却一生大爱。

人间离不开爱，悲剧不悲，化作千古绝唱让人赞叹！

包公

包公戏久演不衰，当唱到先铡世美后铡包拯时，听众掌声四起，好声连连。

包公原是一白面书生，只是为了需求才成了黑脸，黑是容不得杂的颜色，所以黑即铁面无私，刚直不阿。

包公因世代忠良，有盖世之功，被赐龙头铡、虎头铡、狗头铡，能上至君，下至民，中至臣。包公一生只用虎头铡，那两样基本闲置。包公拥有如此特权，并不滥用，而是秉公断案，依法行权。

自古官场险恶，不乏强人，办案需有超强胆识。秦香莲一案十分棘手，本来对陈驸马包公早有预料。今秦香莲领着一双儿女来告当今皇上女婿，就难定罪。包公在此两难情况下，本想给些银两也就了事，而秦香莲要的不是银两而是公平正义。陈世美早就知道自已闯下弥天大祸，犯有欺君之罪，良心泯灭，不认妻，遂派韩琪手提钢刀，于半路杀妻，以杀人灭口伎俩蒙混过关。包公在铁证如山的情况下，不顾官官相护，皇权通天，断然依律行权，将杀人犯处死铡刀之下。

河南一地，物阜民丰，有这样的土壤，怎么会不滋生贪腐官员？包公不避艰险，知难而上就选在了河南开封办公。在情与理，人与法上依法办事，依律行权，铲除了多少皇室家族的显赫败类。他明知以情废法乃举手之劳，以法废情小则罢官免职，大则引来杀身之祸，而包公始终站在公理与正义一边，苟利国家生与死，岂因祸福避趋之，为百姓树立了信心，为官员立下了明镜。

插头与插座

插头往插座上一插，就接通了线路，让昏暗的屋子，大放光明。

插头与插座的功能全在一凸一凹上，如阴阳。上至天地日月星辰，下至山凹河流，无不呈凸凹之势，凸凹为自然的普遍现象。没有凸凹，便没有阴阳，便没有万物。高山凸出，山坳凹陷，正应了自然大法。世间男女，衣服纽扣与纽襻，脚与袜，锁与钥匙，人们根据这一原理研制出钻探上的公锥母锥，螺钉螺母，瓶与瓶塞，碗与碗盖，自然万物无不按阴阳大法自然形成。

这些都是有形的，无形的如君子与小人，真善美与假恶丑。17 世纪英国唯物主义哲学家霍布斯曾说过：

把成千上万的生物放在一起，剔除了坏的，笼子里便不热闹了。

看来凡是存在的，就是合理的，相辅相成，相克相生，缺一不可。

沙

你从哪里来？我从山巅来，带着风和霜。因受阳光雨水和风霜的侵蚀，久而久之，便风化成颗颗沙粒。沙粒从山顶滚落下来，滚落下大海，有的盖房铺路，有的和兄弟姐妹一起成了沙漠。浩瀚的沙漠，虽然有水，也少得可怜。沙漠承载的骆驼，奏出了叮叮当当的歌声。沙漠在风的指挥下，唱出了别具一格的歌，绘出了道道风景。

沙漠是塑造顽强生命的好去处。沙漠上的仙人掌，原先也有宽大的叶片，只因长期得不到雨水的滋润，叶片便卷曲起来，越卷越紧，最后成了刺，抗击着风暴雷霆。仙人掌家族，虽形态各异，色彩纷呈，开出的花却全是漏斗型，就像承露盘。

物竞天择，大自然总是为各种生命设置了道道障碍，这便促进了生物的进化。如果没有自然环境的逼迫，猿猴也不会进化成今天智慧的人。

从高山之巅的一块岩石，到一粒沙不能不说也是进化。

雁双栖

翻天山，踏云端，一路牵手向南飞。飞向南，浩浩南海浩无边，苦无边，幸遇一树在眼前，菩提树，救苦难，助力天国九重天。

想当年，贫富划出天河界，鸿沟难越如登天。含悲忍泪双自尽，化作天边双飞雁。雁双飞，翻天山，踏云端，一路牵手飞向南。

在天愿做比翼鸟，在地愿做连理枝，双飞双栖万万年。

幽　会

夜深深，歌靡靡，像夜莺，似百灵，寻寻觅觅，影无迹，莫非娇羞潜草丛。一路行，只听咯咯笑，草掩花映不见踪。咯咯笑，笑不停，她在哪里呀，在哪里，一条溪流扬波横。扬波送我上大道，眼前又见山重重。山不高，笑声引我去攀登。树相阻，枝相绕，歌声起，轻盈盈，像夜莺，似百灵，耳畔萦。

夜深深，雾蒙蒙，身影意在迷蒙中。在山顶，咯咯笑，扑向你，一脚蹬空梦已醒。今夜有约，天已明。

剑　缘

晨练场，寒光闪，一剑挥下一道虹。飒爽英姿一女子，立横空。

是她？她在哪里？日思夜想今得遇，走上前，空叹息。

她在哪里呀，在哪里？出自武林世家女，有女不嫁武外人，族规如剑晴空劈。

再相见，剑如虹，泪如雨。

自此入深山，探古刹，入武林，拜高僧。

一天，晨练场上又相遇，她的剑，好熟悉。我也有，是雄剑，双剑合一并雄雌。

女子说，以剑相赠许终身，晴空顿起一阵风。

相遇在雨中，泪，打湿了晴空。

梅

群英丛中数芳菲，百花娇媚她最美。寒风过，春风吹，迎春绽笑多妩媚，迎春春风挽，如意郎君双双飞。

春去也，芙蓉举伞笑微微，一支红焰映红日，青蛙见了心儿醉，蛙鼓蛙歌唱不休，唱得芙蓉展笑眉，心随歌儿把家归。

秋送爽，凉意频频来谢幕，已是万木萧疏声声悲。自有青女驾露来，挺立寒风舞姿美。一朝朔风乍吹起，已随寒露挽手回。

天转凉，北风吹，碧草枯，树憔悴。只见红梅傲崖头，朱唇绽笑雪中媚。她把情献大地，她的爱让姐妹，百花娇媚她最美。愿随白雪化春泥，养育子孙下一辈。

读《卖火柴的小女孩》

不知读过多少遍《卖火柴的小女孩》，每次都让我热泪盈眶。

天气冷得可怕，正下着雪，夜幕慢慢降下来了，这是一年最后一个晚上——除夕之夜。在这个寒冷与黑暗中走着一个小女孩。她光着头，赤着脚……

故事一开始，便设置了这么一个特殊环境。小女孩正是该上学的年龄，她应该得到父母和亲人的疼爱，然而，这个世界上唯一喜欢她，对她好的人，她的奶奶走了，她的妈妈也离她而去了。在这个合家团圆的除夕之夜，她不能和正常的孩子那样，吃着年夜饭，吃着满街都可以闻到香味的烤鹅肉。而这一切都不属于她，是命运让她走在大街上，光着头赤着脚去卖火柴，她甚至连双可脚的鞋也没有，她的妈妈只留给她一双太大的拖鞋，而这双太大的拖鞋也在过马路时，被两辆朝她狂奔而来的马车给弄丢了。在这飘着雪花极其寒冷的冬夜里，她必须走在大街上去卖火柴，这就是命运的安排。她的承受能力毕竟是有限的，她失去知觉的小手，不得不拿出一根火柴来点燃。她比谁都需要温暖，而她却要把这仅有的温暖送给别人。她小心翼翼地拿出一根火柴，这根火柴就是她的生命，就是她的全部财富。火柴被她点燃了，她把这微弱的光热看成了一根小蜡烛，甚至是一个带有黄铜把手的火炉。火柴瞬间熄灭了。她又燃起了一根，从这小小的火光里，她看到了墙壁里的屋子，屋子桌子上铺着一块花缎桌布，上面有上等的瓷碗、瓷盘，盘中盛满了苹果、李子和香喷喷的烤鹅。更奇妙的是这只背部插着叉和刀子的鹅跳下桌子，摇摇摆摆地朝她走来，小女孩赶忙伸出手，火柴的光亮把她带进了美好的想象里，可就在这时，火柴熄灭了。

小女孩又点燃了第三根火柴，火光闪亮着，她现在坐在一棵圣诞树下，它比她在圣诞之夜透过玻璃窗在富商人家看到的圣诞树更大，更漂亮。它的绿色树枝上燃烧着成千上万支蜡烛和你在橱窗里看到的美丽画面一样。她笑着望着它们，但就在这时，火柴又燃完了，圣诞树上的蜡烛变成了天上的星星，这些星星中的一颗落下来，在黑暗的天空划出一条火线。

有人快死了，这是她奶奶生前告诉她的。当小女孩又划一根火柴时，她在亮光中看到了她的奶奶，那么的甜蜜，那么的和蔼。

小女孩终于点燃了她手里剩下的全部火柴，火柴燃烧着熊熊的火苗，把夜晚照得跟白天一样。她的奶奶从来没有这样的美丽，漂亮。她抱着小女孩飞走了，飞到那没有寒冷，没有饥饿和恐惧的地方去了，和上帝在一起。

一个凄美的故事就这样结束了。

读完这篇故事，掩卷思之，小女孩是多么需要温暖和温饱，可她却要去卖火柴。她在除夕之夜那么需要合家团聚，享受一顿美味大餐的时候，可她没有一个完整的家，她的家在一间阁楼里，正好是在一个瓦屋顶下面，屋顶有很多洞，风呼呼地刮进来，差不多也和街上一样冷。小女孩所求不多，只需一丝温暖，她的需求只能在微弱的火光里。小女孩无名无姓，她不是个例，是一种社会现象。我们从称之为人那天起，就活在一个不公的世界上。

这篇不足2000字的故事，告诉我们的是那么多。文学就是生活土壤里开出的花，只有在思想阳光的照耀下才能艳丽多姿、芳香四溢，所以思想是文学的魂，是人精神的脊梁。

让每一个有良心的作家，走进生活，走进百姓，写出生活在最底层人的心声。

一根小小的火柴，划出了一个世界。

八大菜系

相传商初有一位叫伊尹的名臣。尹是他的官名。提出了治大国若烹小鲜的理念，助汤灭了夏桀。他治国缘于对烹饪的理解。烹饪讲的是五味之和，治国亦然，把不同主张，不同级别整合在一起，共同对敌。在汤灭了夏桀之后，他声名鹊起，一时一些名厨、烹饪大师纷纷前来求教，他便开了烹饪讲习所，全国四面八方有志烹饪者云集商都朝歌。经伊尹严格选拔只留下8人。伊尹有个严格要求，参赛者只能做创新菜，不能做已经做过的，如果拿不出创新菜便自动淘汰出局。这样一轮轮较量，最后只留下8人。

一是来自山东的名曰鲁菜。由济南胶东（福山）为主的地方风味构成，原料以山东半岛的海鲜，黄河和微山湖等水产，内陆的家禽为主，技法多样，尤以爆炒见长。味型以咸香取胜，口味适中，代表作有糖醋鲤鱼、三美豆腐、爆双脆、醋烹大虾、清蒸加吉鱼、金银裹蛎子。孔府菜有怀抱鲤、诗礼银杏、烧秦皇鱼骨、御笔猴头、油泼豆莛、孔府一品锅、带子上朝、八仙过海、闹罗汉等。

二是来自四川的名曰川菜。由成都菜（亦称上河邦）、重庆菜（亦称下河邦）、自贡菜（亦称小河邦）为主组成，原料以省内所产海干品为主，调辅料以本省井盐、川糖、花椒、姜、辣椒及豆瓣腐乳为主。味型以麻辣、鱼香、怪味为突出特点，素以“尚滋味”“好辛辣”著称，其代表作有红烧熊掌、葱烧鹿筋、樟茶鸭子、干烧鲜鱼、干烧鱼翅、麻婆豆腐、豆渣鸡脯等。重庆菜有官燕孔雀、干烧岩鱼、鱼香肉丝、烧牛头方、灯影牛肉、绿枸杞牛鞭汤。素食有仿荤素的麻辣“鸡块”，糖醋“鲤鱼”，清蒸“全鸡”。技法有爆、熘、炸、煎、汆、煮、熏、卤等多种。

三是来自江苏的名曰苏菜。由淮阳、金陵、苏锡、徐海四个地方风味组成，原料以水产为主。注重鲜活，讲究刀工，注重火工，擅长炖焖煨焐。注重本味，清新平和，咸甜适中，其中淮扬菜有荷包鲤鱼、蟹粉馓子、炒软兜、大煮干丝、炒东鳌、水晶肴肉等。金陵菜以口味醇和为主，有板鸭、烧鸭四宝、松鼠鱼、美人肝、蛋烧麦、凤尾虾等。苏锡菜清新爽口，浓淡适度，名菜有叫花鸡、碧螺虾仁、雪花蟹斗、莼菜塘鳢鱼、太湖银鱼、鸡茸蛋、四喜面筋等。徐海菜口味咸鲜，五味兼蓄，淳朴实惠。名菜有霸王别鸡（姬）、大鼋烩羊方、藏鱼熏烧兔、鳝鱼辣汤、清蒸鲥鱼等。

四是来自广东的名曰粤菜。由广州菜、潮州菜、东江菜组成。广州菜烹饪技法多样善变，能运用熬煲、炖熗和泡扒焗等技法，名菜有清蒸鲈鱼、烧乳猪、狗肉煲、烧鹅、炸禾花雀、白斩鸡等。潮州菜刀工精细，注重造型，口味清纯，以烹制海鲜见长，名品有烧雁鹅、豆酱鸡、生菜龙虾、红烧鱼翅、明炉烧螺、炊鸳鸯膏蟹、甜皱炒肉、玻璃白菜等。东江菜又称客家菜，多以家禽入馔，较少水产品，有无鸡不清，无鸭不香，无肉不鲜，无肘不浓之说。主料突出量大，造型古朴，力求酥烂香浓，代表作有东江盐焗鸡、香酥鸭、酿豆腐、爽口牛肉丸、什锦煲等。

五是来自湖南的名曰湘菜，由湘江流域洞庭湖区、湘西山区的地方风味组成。以炒、蒸、熘腊见长，特点是集酸辣咸甜焦香鲜嫩为一体，而以酸辣鲜嫩为主。湘菜以湘江流域菜品菜肴著称。用料广泛、制作精细、注重刀工、火候，菜肴浓淡分明，口味讲究，酸、辣、软、嫩、鲜香、淡香、浓香。洞庭湖区菜肴以烹制家禽、野河鲜见长。多用烹烧腊的技法，重色芡大油厚咸辣香浓。湘西山区擅长制作山珍野味，烟熏腊肉和各种腌肉，口味咸香、酸辣，代表作有筵席菜的一品海参、清蒸水鱼、红煨八宝鸡，生煨鱼片。婚丧喜庆宴以烧煮蒸炒并举，味浓色重量大，荤素兼备，朴实无华，经济实惠。代表作有虎皮肘子、大杂烩、清蒸整鸡、红烧鱼、小炒肉丝、小炒牛、猪肚等。大众便餐菜又叫堂菜，如麻辣仔鸡、生姜肉片汤、干烧鳝鱼、清炖牛肉、粉蒸排骨、干炸鳅鱼等。家常风味菜有红烧猪脚、黄焖鱼、清蒸鸡块，家常菜有豆腐粉蒸肉、小炒肉丝、小炒蔬鲜等。

六是来自浙江的名曰浙菜。具有醇正、细嫩细腻、典雅的特色。口味从淡多变，讲究时鲜。主要由杭州菜、宁波菜、绍兴菜等组成。杭州菜以制作精细、清新爽脆淡雅细腻为风格，名菜有西湖醋鱼、东坡肉、龙井虾仁、油焖春笋、叫花鸡等。宁波菜简称甬菜，以海鲜为常用原料。以蒸烤烧炖等技法，注重原汁原味，讲究鲜嫩香糯软滑，名菜有冰糖甲鱼、苔菜拖黄鱼、全虾仁、彩熘黄鱼、虎皮全鸭等。绍兴菜以烹制河鲜家禽见长，有浓厚的江南水乡风味，讲究香糯酥绵鲜咸入味，轻油忌辣，汁浓味重，名菜有干菜焖肉、白鲞扣鸡、糟熘虾仁、鲈鱼豆腐、豆豉烧鱼、红乳卤蒸笋等。

七是来自安徽的名曰徽菜。以烹制山珍野味河鲜与讲究食补见长。具有选料严谨，火功独到，原汁原味，菜式多样，适应南北方人口味，尤以滑溜、清炖、生煎见长。有筵席菜和菜五规，八碟、十大碗菜。大众便餐菜和家常风味菜。名菜有砂锅鲥鱼、方腊肉、腌鲜鳜鱼、符离集烧鸡、无为熏鸭、问政山笋、云雾肉、徽州毛豆腐、石耳炖鸡、红烧划水、奶汁肥王鱼、寸金肉鱼扇、油炸麻雀、鱼咬羊、花茹石鸡等。

八是来自福建的名曰闽菜。以山珍海味著称，巧烹海鲜见长。菜品淡雅鲜嫩和醇隽永，质嫩味鲜，富有南国风味。原料丰富，烹调技法严谨，重在开发原汁原味，以味取胜。刀工巧妙，汤菜考究，调味独特细腻，由福州菜、闽南菜、闽西菜组成。名菜有佛跳墙、鸡汤氽鲜蚌、淡糟鲜竹蛏、醉糟鸡、龙身凤尾虾、沙茶焖鸭块、荔枝肉、东璧龙珠、鸡茸金丝笋、橘汁加力鱼、白斩河田鸡、桂花虫截肉、扒烧四宝、开鸟参、红焖通心河鳗、八宝芙蓉鲟等。

各大菜系经过千百年的发展，全国各地名厨高手根据自己的特长和爱好，纷纷加入各大菜系中，并研制创新出一些招牌名菜，主要代表菜不下百十种。既丰富了饮食文化，也被亚欧各国借鉴，逐渐形成了具有中国特色的美食，被誉为世界三大美食国之一。

学海偶得

喜欢文学的人，大多从散文和小说开始，而我却是从诗开始。

我出自名门望族，是抗倭民族英雄戚继光的后代，中国的优秀文化，自然是必修课。中国的文学起源于诗，《诗经》便成了我接触文学的启蒙。那时年幼，便像私塾的孩子，先背下来再说。后来，慢慢知道了诗用字少，精练。再后来，又知道了诗还要押韵。押韵不是顺口溜，要有韵律美，就像一首歌的主旋律，有根线穿着，不能跑调。再后来，又知道了诗要用形象思维，把概念转化成形象，把不可视转化为可视，还要富于想象。

随着对文学求知的拓宽，我开始读一些小说。有一次，在文学期刊上读到邓友梅写的《在悬崖上》，作品中的加丽亚深深印在了我的脑子里，成了我走向文学道路的开始。

文学，既然是精神食粮，就不应忌口，只有把各种精神食材备充分了，写起来才能得心应手。

古人说，读书破万卷，下笔如有神。书，不但要多读，还要读懂。就像认识一个人，不但要熟悉他的音容笑貌，还要摸清他的内心世界，他的人品，可交不可交。

知识只有转化在应用上取得成就，才能说知识就是力量。

读书，要读好书。

文学作品的优劣，全在细节上，没有细节就不能感人。有深厚的生活基础，才能发现细节，挖掘细节。

文学作品的遣词造句，要精准。“体贴”一词，为什么不用“关心、关爱、爱护”替代？据说，从前有个叫荀奉倩的，这年冬天，他老婆病了，高烧不退，他就脱了衣服到外面去冻，用身子为老婆降温。此处若用“体贴”再恰当不过了。

文学作品最能撼动人心的是悲剧。因为，人大都同情弱者，悲天悯人是人的天性。

《红楼梦》中的林黛玉，性格绝不可取，但作品却能感人。她整天泪珠儿从秋流到冬，从春流到夏，命运多舛，不能实现心中所爱。

作品，是生活土壤里开出的花。感情挫折，历经磨难，是生活土壤里绽出的奇葩。

人生如流水，成就像登山。

人，总是愿意走在洒满阳光的康庄大道上，但这些多容易被遗忘，唯有那些泥泞的小路和崎岖的山路，却牢记在心。文学作品里写的就是那些泥泞的小路和崎岖的山路。

老子《道德经》共81章，写出了四季交替和生死轮回，被誉为哲学中的哲学。如一生二,二生三,三生万物。回答了先有鸡还是先有蛋的难题。世上需要什么就生什么，也回答了哥德巴赫猜想，几加几的问题。这不是简单的数学命题，是哲思。任何学科的终极，同归于哲。九九归一，如一山加一水，等于一个景点；一男加一女，等于一个家；一个星球加另一个星球，等于一个宇宙。同时也回答了万物从哪里来又回到哪里去的问题。人类家园从天地玄黄宇宙洪荒始，也将终于此。

《红楼梦》自问世以来，解家鹊起，其实，曹翁在以贾家为代表的辈分称谓中写得明明白白。先是贾源，源自皇恩雨露；后为贾政，为皇家效力，自然高人一等。再后为贾宝玉，尚可维持锦衣玉食。再然后，贾蓉，沦为草民，演绎了盛极必衰的自然规律。

文学作品在悟，当遇到困难，只能靠自己改变现状。心不能倒下，要立起来，立成金箍棒，战胜艰难险阻。

求知如登山，上山路千条，而山的最高处，只在山巅，山巅就是哲学。文学的最高境界，就是表述哲理。

前进是在反作用力的推动下完成的。没有假就没有真；没有丑就没有美；没有恶就没有善。作品要在人间的假丑恶中写出真善美来。

世上最先遭毁灭的，往往是弥足珍贵的稀世之宝。把这些珍宝打得粉碎，展示在世人面前，造成悲剧，传世经典，无不如此！

人，总是败在弱处，扬长避短，方为智人。

为了一部作品，废寝忘食、呕心沥血，这是何苦？作家就是活在这样的以苦为乐中。

陆翁云，功夫在诗外。我的理解是，先要参透世上的人和事，再用诗的语言把感悟表述出来。

人，总是要死的，唯一留给后人能保存长久的财富，就是精神，其中就包括所写的书。

文学的发展，是随自然的变迁和人事的变化而发展的。文学是自然和人事的产物。

作家只有走出康庄大道，步入曲径，作品方能通幽。

|童话|

白天鹅

在碧蓝的晴空里，飞翔着一只白天鹅。它洁白的羽毛，就像一朵洁白的云，于是，天上便有了一朵会飞的云，成了晴空万里一道亮丽的风景。

白天鹅有双美丽的翅膀，而且坚强有力，它飞起来舞动双翼，就像扇着两把大扇，上下左右自由飞行。它飞得比任何鸟都高，在高高的天上俯瞰，就像站在高高的山顶上看地上的小花小草。每逢大雁从它下面飞过，它就像站在高高的检阅台上，面对下面的仪仗队。这时大雁齐声叫着，就像向它欢呼，白天鹅好不快活。

一天，白天鹅突发奇想，想知道下面是什么样子，便扇动它的双翼，飞呀，飞呀，向下飞去。在接近地面的时候，突然，它看到了下面也有一个湛蓝的天空。它把看到的告诉了老祖母，老祖母抚着它的头说：

“孩子，那不是我们的家园，那是大海，海里是没有空气的，那是水。在很早很早以前，那里还没成为海，水从四面八方流到那里，就成了海。”

“噢，原来是这样。”

从此，白天鹅就记住了老祖母的话，可它是个较真的孩子，既然海也和天空一样湛蓝，海里一定也会有和天上一样，有着各式各样的居民，它们有没有翅膀呢？是不是也长着尖尖的嘴和长长的脖子，还有高挑的腿呢？它要探个究竟。

在一个风和日丽的日子，白天鹅出发了，它把洁白的羽毛梳理得整整齐齐，就像演员演出前化装一样认真。一路上，它扇着双翼前行。由于它的扇动，引来了不少鸟的青睐，赢得了极高的回头率。它终于看见大海了，大海捧着洁白的浪花，像洁白的玫瑰，一朵又一朵，千千万万朵，在它眼前绽放。开了又谢，谢了又开，永远也没有完结。它看得呆了，这是在迎接它吗？是在向它献花吗？大海还哗哗地向它欢呼。白天鹅兴奋极了，大海多有礼貌，那里的居民一定非常文明，热情好客。如果我能做那里的居民，该有多好。哪怕像走亲戚一样，逢年过节在那住上十天半月，一定会很开心。它想着想着就飞上了海面，可脚还没站稳，就感到不对，大海不像地面，一点也不结实，就像天上的云，站在上面，腿脚即使再长也会被海水淹没，以至整个身子。于是它又飞起来，小心翼翼地试着把头扎进去，过了不一会儿，不行，憋得喘不过气来，得赶快把头再从海水里拔出来。可就在它把头扎进水里的瞬间，它看到了海里有许多居民，比天上多多了，有大有小，成群结队，形状各异，穿着不同颜色的衣裙，自由游动，就像鸟在天上飞一样快活。

又过了几天，白天鹅又出发了，因为，它日夜想着大海，想着那里的居民。既然要跟海里的居民做朋友，就不能空手去。它本来要挎一个大大的篮子，里面放上各种美味的烤肉、糕点和刚刚从树上摘下的鲜果。可是它没有手，只有翅膀，翅膀是不能挎东西的，不然怎么飞行。它只能用它尖尖的嘴叼一块肉，这已是尽力了。它把头小心翼翼地扎进水里，把嘴轻轻一张，那块肉就掉下来。这时，就有许许多多鱼来争抢，就像它端上了一道大餐，大家争相品尝一样。

就在这时，它看到有一条身材苗条的鱼，不知穿了什么衣裙，闪着奇异的光，浑身上下，像镶满了珍珠。它把看到的这一切，告诉了老祖母，慈祥的老祖母在听了它详细的诉说后，告诉它，那是一条美丽的鲱鱼。它的家丁兴旺，儿孙满堂，有许多兄弟姐妹。白天鹅听了老祖母的话，第二天又出发了，因为它一宿没睡。这次它带了一块更大的礼物。就在它把嘴张开的瞬间，那条美丽的鲱鱼来了，它准确无误地记得就是上次见到的那条，因为它脖子上挂着一串项链，这是别的鱼所没有的。在白天鹅把肉送给鲱鱼的时候，鲱鱼张开了粉红小口，它们的嘴几乎碰在了一起，就像情侣亲吻一样。就在白天鹅忘情地想着的时候，它看到鲱鱼叼着它献上的礼物，并不一口吞下，而是半含在嘴上，向它回眸一望。这一望，它感到了有无限深情，明亮的眼睛闪着晶莹的泪花。白天鹅想，它心里一定有许多话要对它表白，可它不会说，即使说它也听不懂。就这么回眸一望，让白天鹅刻骨铭心，过目不忘。

入夜，白天鹅趁老祖母熟睡的当口，悄悄来到了幽静的山谷，那里住着女巫。女巫神通广大，法力无边，而且专为世上有求于她的人排危解难。女巫早就预感到今夜会有人来访，便早早敞开了大门。白天鹅一眼就看到女巫坐在高高的法坛上，闭着眼睛静静养神，口中还念念有词，似乎在默诵经典。白天鹅双膝跪下。

“孩子，这么晚了，又走这么远的路来看我，一定是遇到了难处，说吧。”

“至高无上的神灵，您大慈大悲，救救我吧。”

“孩子，不要这么说，只要是我能做到的，我一定会帮你。”

“至高无上的神灵，请您让鱼和我在一起，飞上天空，因为我爱上了它。”

“孩子，这是不可能的。我可以让鱼飞上天空，可天上没有水，鱼会死掉的。”

“那就没有别的办法吗？”

“嗯，让我想一想。”

“要不，把我变成鱼也行。”

“孩子，我也能让你变成鱼，可那是非常痛苦的。”

“我不怕，只要能和鱼在一起，再大的痛苦我也能忍受。”

“痴情的孩子，那可是要脱胎换骨啊！”

“就是死上一千次，一万次，我也愿意。”

“既然你已铁了心，那就承受痛苦吧。”

“我愿意。”

“首先，你要把尖尖的喙掰掉，这样，你就可以张开大口，像鱼那样吞食了。”

“还有呢？”

“还有，你得把长长的脖子缩到胸腔里。”

“还有什么？”

“你得把美丽的双翼掰下来，让翅膀变成鳍。”

“就这些？”

“你得拔去身上所有的羽毛，每拔一根，就会从毛孔里流出一滴血，然后变成一片鳞。”

“没有啦？”

“最后，你得拔下尾部的羽毛，因为粗大的羽毛每拔一根，都要昏死过去，也有可能再也醒不过来。”

女巫说完，便伸出双手，抚摩白天鹅的每一个地方。

白天鹅打了一个冷战。

“好吧，让痛苦早早降临我吧，我已做好了准备。”

白天鹅趁着夜色又来到大海，它看到鲱鱼已在那等待，它浑身上下闪着银光，就像穿上婚纱一样美丽。白天鹅放眼望去，远处有座高高的宫殿，灯火通明，那是水晶宫，是龙王居住的地方。白天鹅不敢去打搅鲱鱼，因为姐妹们围在它身旁，正说着悄悄话，为它送行。

白天鹅站在海边，它遵照女巫的吩咐，先掰去了喙，又把脖子缩到胸腔里，掰下双翼，又拔下根根羽毛，最后，它深深地吸了一口气，沉静了一会儿，开始拔尾部粗大的羽毛。一根，两根，它忍着撕心裂肺的疼痛，尽量不叫出声来，当拔到最后一根，怎么也拔不下来。最后，它拼尽全身气力，终于拔下来了，殷红的血顿时从粗大的毛孔汩汩流出来，它昏了过去，再也没有醒来。因为女巫在施法术时，忘了去摸尾部那根羽毛的地方。

鲱鱼在海面上看得清清楚楚，它幸福极了，它能有这样为它献身的人爱它，是一生的福分。它纵身一跃，跃出了水面，跃到岸上，跃到白天鹅的身旁，跃到白天鹅的怀里。鲱鱼毕竟不是鲤鱼，它不能跃过龙门。

天亮了，人们发现了白天鹅和鲱鱼这对恩爱情侣，自动为它们修墓，高高的墓地立着一方洁白的大理石墓碑，碑上刻着四个大字：

真爱永存。

云和火

一日，云在天上漫步，不经意间往下一瞥，看到地上有篝火。火，燃烧着，红红的火苗在微风中舞蹈。火，似乎看到了云，便伸出手臂向云招手，云感动极了，她看到了他的热情，那红红的火苗似乎就是他火红的心。于是，云，在微风的牵引下，像生了双翼向下飞去。云，越飞越低，离火越来越近。火，手臂越伸越长，他几乎要跳出来去拥抱云。云被感动得哭了，化作了水，扑向火的怀抱。火，亲吻着云脸上的泪，幸福极了，发出吱吱的甜蜜声。瞬间，云，化作了一团蒸汽，洁白的一团，如她素雅的衣裙，升腾，升腾。火仰望着云，渐渐飞升的倩影，模糊了双眼。

从此，火，每次燃烧都伸出长长的手臂仰望天空，向云召唤。云，每次漫步都俯视大地，寻找那火红的一团。

自此，天地间便有了生灵，人们说我们都是云和火的孩子。

江中蛟

江茫茫，独钓寒江雪。一天，两天，无果。他只钓来两袖风，一江雪。第三天，夕阳晚照，撼动心悸，有鱼上钩，是条锦鲤。

他正在把鱼收入竹篓，锦鲤竟泪流满面哭诉道：

“放了我吧，我死不要紧，我还有许多孩子和年迈的爹娘。”

他惊呆了，这绝不是一般的鱼，说不定是什么化身，便把锦鲤放回江中。

从此他夜夜入梦，梦一美女名唤娇娇，遂牵手畅游。他不善水性，女子耐心教他习水、搏浪、潜游、仰浮、蛙跃、蝶飞。

如此三年，冬夏不辍，他竟跟水结缘，见水如命，在水中来去自由如履平地。

逢游泳大赛，不管地方还是省级，乃至国家级，他都参加，项项夺冠。最后，在世界大赛上，他如鲤鱼跃龙门，身前剪开梨花万朵，身后撒下千条白练，把洋人远远甩在身后，纪录无人能破。

人送雅号，江中蛟。

诗词、曲艺篇

养 花

为了给陋室添道亮丽的风景
我成了全天候的养花工
问它渴不渴饿不饿
让它晒晒太阳一身轻松
三九严寒为它拉上了遮寒帘
三伏天为它避雨通风
花绽开了美丽的容颜
只为感谢我对它的侍奉
望着它羞答答的样子
我的心绽放了如它的娇容

焊　接

手握焊枪把缝隙缝合
钢花飞舞绽出美丽花朵
美丽的花朵又在瞬间陨落
瞬间有了美丽花朵
焊条越来越短那是生命的奉献
焊出的钢板连成一片
不再分离亲密无间
时间需要多少缝合
四海一家欢欢乐乐

美丽的蝴蝶

王军霞披着国旗
像美丽的蝴蝶
蹁跹在奥运赛场上
五千米的赛程
像丛绚丽的花
因蝴蝶而绚丽

美丽的蝴蝶
创造了中国奇迹
也创造了世界奇迹

也许若干年又若干年
会有一只美丽的鹰
像美丽的蝴蝶
在世界大舞台上飞翔
同样披着国旗
再创辉煌

蒲公英

小小的蒲公英举着小伞
难道是怕晒黑了容颜
小伞在空中悠悠飘浮
僻静的山野把风景平添
蒲公英为什么要举着小伞
小伞会把它带到天边
到天边创业会有艰难
为的是让后代都是精英强汉
我们是否也会如此疼爱子女
小小的蒲公英为我们做出了示范

天　鹅

蓝天下飞翔着白雪一团
那是丑小鸭的梦在天上蹁跹
丑小鸭也有振飞的双翼
为什么梦想就不能实现
是上帝的不公
还是世上的偏见
注定了丑小鸭要在地上蹒跚
它缺少凌空的双翼
肥大的身躯一次次把它拉回地面
夏日丑小鸭练得大汗淋漓
冬日丑小鸭顶着风雪严寒
终于热汗化作白雪一团
意志托起了丑小鸭梦的双翼
无声的歌载着丑小鸭的梦翱翔蓝天

蚯　蚓

是上帝挖去了你明亮的双眼
还是你把眼睛遗失在了路边
没有了双眼你穿行在土壤
躲过了多少人踩车碾
你在土壤里屈伸着前行
松软的泥土成了你的乐园
黑暗里有你明亮的王国
你看得清清楚楚活着就要向前
闪开了多少风雨雷电
避开了多少风霜严寒
厚厚的土层犹如地下宫殿
衣食无忧自行繁衍
生前你为人耕
死后你成了药引
引向病灶为人身强体健
死后更觉生的伟大
一生只为无私奉献

壁虎

你本是恐龙家族
时代浓缩了你的身躯
更浓缩了你的能量
才避免了一场灭顶的灾难
脚上的吸盘如强有力的五指
行走在陡峭的壁上如一马平川
张开如虎的大口吞食蚊虫
从此壁虎的美名与你相伴
为了除害你不惜登高爬壁
何惧前方路途艰险
遇到强敌你自断真尾
丢卒保车让生命平安
生命无不在竞争中发展
爬行在壁上的蜥蜴
让光秃的墙壁平添了一道风景线
游动的画游动着智慧的生命
生命在力与智的较量中发展

蛙

你是鱼和爬虫的过渡
是鱼把你推出了水面
还是爬虫把你拉上了岸
水是你的故乡
陆地是你新的家园
你在陆地从不挑拣
有个小坑就能生息繁衍
你跃身池塘重温当年
荷叶成了小小扁舟任你摇橹扬帆
蛙鼓蛙歌伴着树上天蝉
荷塘泛起微波随歌声越来越远
坎坷的历程孕育出顽强的生命
进化着生命的意志代代相传

狮　子

慈祥的母狮领着心爱的孩子
来到一方险地
险地是高高的山崖
脚下是万丈深渊
放眼望去
草原上奔跑着獐狍野鹿
好一个美丽的家园
突然母狮一掌打去
它的一个小宝宝落进谷底
孩子们不敢尖叫
更不敢逃窜
一个个就这样下去了
像鲜红的花朵开在深渊
幸有一个孩子被树枝的双手抱住
母狮泪流满面惊喜地望着
为了种族的强大
用生命换取百兽中的王权

玻 璃

窗户上安了玻璃
便安上了一道风景
窗外是流动的世界
大千世界每天都在上演
窗外人看见窗里人
伏案疾书，规划蓝图
窗外人加快脚步
让蓝图成了风景线
把不可视变为可视
透明的世界就在眼前
窗户上安了玻璃
屋里屋外连成一片
大自然原本一体
就像一家人
笑语喧哗和和美美

自行车

轮子取代了双脚
漫步在大好河山
河山像青春少女
有着越来越美的容颜
那里的坑坑洼洼哪里去了
绿茸茸的小草铺成绿毯
这里的臭沟哪去了
成了芳菲的花园
你坐着漫步
是休闲还是锻炼
两个轮子一前一后
画着一个同心圆
同心协力只为一个梦想
减少污染碧水蓝天

玫瑰田

玫瑰峰下玫瑰山，玫瑰山外玫瑰田。
玫瑰田人种玫瑰，山上山下花开遍。
玫瑰盛开游人盛，玫瑰绽时香亦绽。
平素常以花疗饥，兴来邀朋玫瑰宴。
闷时滴花花佐酒，又拿玫瑰换酒钱。
玫瑰田人玫瑰心，田人常与玫瑰伴。
欲买玫瑰难买心，我赠玫瑰不要钱。
以花定情结同心，玫瑰花开逾百年。
玫瑰田里情爱多，花开花落代代传。

乡 村

乡村是城市的母亲
泥土把他们养育成人
到处谋生来到城市
高楼的现代化应有尽有
却没有乡村邻里亲情的乐趣
没有了鸡鸣狗吠
有的只是冷冰冰的水泥
告别了往昔
只能把美好留存在回忆里
多想再享受一下乡村的乐趣
回忆的美好只能一代代传送

魔 术

在见证奇迹前总要用布遮掩
布幔下的人偷梁换柱
快速搬运溜之大吉
一块布既掩了物和人
也遮住了观众的眼睛
看不见只能去想去猜
等把布揭开才恍然大悟
痴痴地感叹惊奇
世上有多少人被蒙住双眼
被骗了还赞叹神奇

灯　塔

灯塔不是没主的孩子
守卫者孤零零一人
为夜航者照亮方向
明灯和他的心
永不熄灭彻夜通明
长年的守卫终将老去
他去何方
化作了一盏灯塔
照亮夜空
让夜航者不会迷踪

收 集

把一些物件收集起来
便成了一道风景
让风景变得美丽
邮票记录着历史
讲述古老的故事
和有趣的插曲
树叶有它母亲的年轮
美丽的传说就藏在叶脉里
石头讲述各自的经历
惊心动魄化险为夷
还有凄美的爱情生离死别
种子讲述着不幸
蒙受着永生不能发芽的痛苦
滴滴泪凝在心里
谁断送了它们的生命
各种物件无声的泪在一起汇聚
汇聚成一个大千世界
让爱好者去拼
还原往昔的时光

冰　河

河在严寒中
穿上了坚硬的外套
告别了一叶扁舟
迎来了对对冰鞋
轻松一划
如流星飞逝
人心不能结冰
也无须外套保暖
让一颗火热的心
去融化世间的寒冰

火　锅

火锅点燃
滚烫的水
让美味更加诱人
至爱亲朋围在一起
让暖暖的味道慢慢滚浓
小小的肉片
引进众多调料助兴
如人气兴旺
十里八乡纷纷赶来
红红的中国
迎来了五洲宾朋

活　动

仰望苍穹
霞走云飞日落日升
天在动，地在动
一切无不在动中
要活就要动
不动则僵
人成了僵尸
遇事心在动
办事才智才灵

种　子

小小的一粒
落入泥土
就会生根发芽
你把爱
撒在我心里
也会开花结果
香甜的果实
压弯枝头
待到秋风起
我会还你一粒
在你心里
长成参天大树
让我们共享
爱的甜蜜

风 景

最美的风景
景在风中走动
像孔雀开屏
像花绽放笑容
动的景
活在了我们心中

祖 先

猿是我们的祖先
学者早有论断
猿是我们的祖先
和猪狗不同
不尊重天下的生灵
却偏偏尊猿为祖先
珍爱生灵就是珍爱我们自己
珍爱家园
家园里有我们的祖先

天　鹅

碧蓝的天空和湛蓝的湖水
洁白的羽毛在长风中蹁跹
你的飞翔美丽了晴空
晴空多了一幅流动的画卷
画卷上有你洁白的倩影
你展开双翼俯瞰大地
并不搜索猎物
只为划出一道美丽的风景
我们能否和你一样
拥有洁白的羽毛
为世人添一道美丽的风景

黄昏

太阳要下山了
挥手向世人告别
她微笑着
红红的面孔映红天空
天空变成了巨大的红宝石
闪耀着美丽晶莹
我们也会有这么一天
像太阳下山
是否也会带着微笑
朗朗的笑声响彻天空
把灿烂的笑容留给后人
让世界灿烂得如红宝石般晶莹

雨

淅淅沥沥
雨下起来了
蒙尘的大地
享受着天赐的沐浴
山也青了，树也绿
草翠花红
我们的心
是否也该来一次沐浴
让心更加纯净

相逢

瞬间的相逢
像天上的流星
两颗心狂跳不已
万分激动
瞬间的相逢
化为永恒
千年万年铭记心中
相逢未必长相守
即使天涯海角
心与心近在咫尺
相伴终生

牛乳

你不哺育自己的孩子
却哺育天下人
不管老人孩子
喝着你的乳汁
身强体壮精力充盈
你不知道他们是谁
却知道为了他们
我们每天喝着
甘甜的乳汁
是否也会感恩
为他们做点事情

爱

走在路上睁大眼睛
去寻找爱
穿过千条阡陌
万条小径
跋山涉水
大漠草丛
不经意间被绊了一跤
原来是爱
在此专等

竹

穿石而出，破土而生
艰辛是你的摇篮
顽强是你的生命
抗拒着雪雨
风暴雷霆
你向往太阳
节节攀升
空虚的心
外壳坚硬
一节节如梯子
向天庭的路上
攀升攀升
世上的人
多么需要像你这样
不畏艰辛
天天向上
节节攀升

暖房

她的心如一座大大的暖房
让贫寒的人得以温暖
手脚不再僵硬
每天伴着笑声歌声
天下还有多少寒士
连避风御寒的茅舍也没有
只有悲声哭声
让我们人人都像她一样
有一颗火热的心
去温暖天下寒士心上的寒冰

雪

雪花飘飘
像白色的贺卡
在风中欢快地舞蹈
如白色的烟火在燃烧
要烧毁人间的邪恶吗
让肮脏的灵魂
也来一次洗涤
雪花飘飘
不会就这一次
它是严冬的使者
坐看风车莅临
熄灭贪欲
让青草萌芽
夏草繁衍
雪花飘飘
像白色的贺卡
在风中欢快地舞蹈

遗弃

一生下来就被遗弃
不管男婴女婴
遗弃儿被扔在垃圾旁
哭声拉住了行人的手
于是她有了家
但愿世上不再有遗弃儿
不再有垃圾旁的哭声

露

夜受不了黑暗的羁绊
无声地哭了
点点滴滴
撒在了草尖上
太阳来了
看见这些小精灵
把它们抱走
抱到了光明的世界

枷 锁

从木枷到手铐脚镣
再到囚笼囚室
虽然住进了一个更大的家
被枷者不知犯了什么罪
世上莫须有的罪时有发生
为什么偏偏摊上了我

到此一游

不管你到黄果树
还是九寨沟
不管你到大佛寺
还是鹿回头
你用利刃
刻下了“到此一游”
你给名胜文身
把洗不掉的恶名
刻在了自己身上
永生存留

路

路是一条流动的河
日升朝霞满天
路便流动着绚丽斑斓
太阳冉冉升起
路便金光闪闪
月亮升起来了
路便流动着白银
我们走在路上
去创造财富
创造绚丽斑斓的生活

烦 恼

永别了，别为我哭泣
你曾对我那么依恋
让我心神不宁
坐立不安
点燃暴躁
偷走平和的心
如今，我们永别了
让我永别烦恼
请不要再纠缠我
给我一个轻松，一个安宁

背　叛

我们曾爱得那么深
你为了我敛取了万两黄金
串串珠宝
你为我名声大噪
远扬天涯
我视你为珍宝
把你藏在密室
如今，你背叛了我
让我一无所有
一无所有的我
一身轻松
恢复了我昔日的名声
背叛，使我一身轻松
恢复了我的名声

习 武

习武只为强身健体
可总有一小撮人
恃强凌弱
闯入家园霸人妻女
让富饶变成荒原
欢声变成哭泣
是可忍孰不可忍
习武之人奋力一击
还天下以祥和安逸

本 色

爱心是什么色
助人是什么色
光谱上又添了一种色
本色，是最美的色
英国护士海伦小姐
深夜为救助病人
高举阿拉丁神灯
我们人人都是一盏灯
这盏灯，叫心灯
高举心灯
让畏缩者奋力前行

爱你到永远

海枯了，爱还活着
石烂了，爱还活着
太阳熄灭了，爱还暖暖的
星星不再闪烁，爱还在闪烁
月亮消失了银辉，爱的银辉还在
爱你到永远
我的爱就在一切陨灭中
爱还没有陨灭
爱你到永远

你的心

你不用表白
你的眼神告诉我
微微一笑，让我心跳
回眸一望，让我难以忘掉
你的心早已进到我心里
你不用表白
我全都知道

山水诗篇

山写下步步高的诗篇
悬崖峭壁问谁敢攀缘
水写下浪花飞溅的诗篇
狂澜滔天问谁敢向前
我来了，山水一阵战栗
攀上山巅，驾驭狂澜
山和水笑了
一起写下壮美诗篇

彩云之南

彩云之南，绚丽的画卷
像孔雀开屏霞彩斑斓
山是雄伟的画卷
水是波澜的画卷
大地是多彩的画卷
人是缤纷的画卷
彩云之南
为祖国描绘出一笔
像天上的彩云
霞光万缕，金光闪闪

雪域高原

你站在高山之巅
雪域高原是你美丽的花园
世上没有哪个民族
敢面对严寒
把劳作演绎成美酒
让酥油茶香飘天边
你仰望着太阳
用微笑面对着温暖
为伟大的祖国
书写着壮美的画卷

异域风情

是吐鲁番的葡萄喂甜了你的歌喉
你的舞姿像架上的藤蔓舒展翩翩
哈密瓜是你热情好客的问候
你把香喷喷的羊肉，串成串让远方的客人共享
你水灵灵的眼睛，甜甜的面孔让人流连忘返
能歌善舞的民族舞动着异域风情
祖国有你，有了甜美的一员

叹人生

山崎岖
路弯弯
林涛吼
雾漫漫
过激流
渡险滩
大浪涌
花飞溅
路何方
问肝胆
整装好
欲征战
丽日出
云雾散
一轮红日照大道
金光闪闪通天边

大美中国

山唱水合
风唱林合
云飞阳合
树长莺合
花绽草合
小桥舟合
山水和鸣
大美中国

我的心

太阳的心火热，给我温暖，让生命存活
月亮的心洁白，给我素雅，让品格纯洁
太阳的心，月亮的心，照进了我的心
我的心便有了火热，有了洁白
我用心去温暖寒冬
让天下人不再饥寒交迫
用我心去拯救危困
让天下人走出困境欢欢乐乐
我用太阳的心让大地生机勃勃
我用月亮的心让黑夜有银子般光泽

我的歌

我的歌，如画卷慢慢展开
让你在激昂的旋律中攀上山崖
让你在飞溅的音符里涉过大海
让你在苍茫的旋律中走进草原
让你在舒缓的旋律中看鲜花盛开
让你在民谣中走进千家万户
让我的歌走进你的心，与你把画卷展开

你的心我的心

你就像那天上星
夜夜闪烁我心中
你就像那天边月
夜夜照亮我心中
我心中有了你
也有一颗明亮的心
你的心，我的心
心心相印照夜空

太 阳

你是光和火相恋的星球
不停地旋转
旋转出众多姐妹兄弟
她们是在联欢歌舞
炽热的心照亮了联欢广场
爱让一些星球存活
你会永远活下去吗
即使万寿也会寿终

银　河

你有一个庞大的家族
家庭成员无以计数
她们亲如手足
从不打斗纷争
如果谁迷失了
也无法搭救
她跌进了万丈深渊
你有一个庞大的家族
家庭成员无以计数
有走失也有新生
这是一个庞大的家庭

月　亮

你是星空里的美人
凝脂的肌肤如藕似银
你的心并不冰冷
暗夜里提灯照亮行人
夜空里的美人
你的心皎洁无尘
暗夜里提灯照亮行人

星 星

是哪位电工接通了线路
让天空亮起万盏明灯
灯光闪烁，眨着调皮的眼睛
让人去猜你隐藏的故事
故事一定美丽动听
天上的星亮晶晶
那是你的心
把爱撒向夜空
让黑夜一片光明

心

心纳百川，纳天空，纳大地
心中有爱则宽，无爱则窄
心宽化解矛盾其乐融融
心容不下尘埃
尘埃玷污了心的纯洁
让病毒繁衍滋生
心有时只容下一颗心
那是爱人的心
让她走进心中
种植爱，把爱繁衍
给所有需要爱的人

嘴

你是美味的收容站
佳肴入关由你品评
品着酒的香醇
评着茶的淡雅
品着人心
评着世态炎凉
让美的滋味长留人间
韵味无穷

鼻 子

有了你才有了五味
花的芬芳瞒不了你
你传递着芬芳也传递美名
有了你才有了美食的滋味
让人在享受美食时
也有美的心情
是你把美带给人间
让美在家园中漫步
美的滋味回味无穷

眼 睛

有了你才有了世界的容颜
山峦起伏浪花重重
草的青翠花的艳红
给人间以美丑善恶
世上有了你
才有了五彩缤纷
像变幻的万花筒

耳 朵

有了你才有了美妙的旋律
知道雨雪风雹雷霆
你用风传递情书
把爱演绎成万缕思情
你有一对孪生兄弟
左右值勤爱岗敬业
从不放过细微的风声雨声
你用旋律演奏着美感
大爱无疆把欢乐传送

在雨中

相遇在雨中
你的泪打湿了晴空
你悲痛，我也悲痛
我的心让你打得好痛
苍天呀，为什么不赐我一柄长剑
让天边呈现彩虹
而此刻，我只能吻着你的泪痕
轻轻，轻轻

惊雷

他挥舞着旗帜
在他的麾下越聚越多
一声惊雷
让他心惊肉跳
他不知道今后的命运
他默默地
默默地等待着

叶片

在萧疏的秋风里
从树上凋落
凋落的叶片落在地上
它伤心地哭了
它看不到高大的树
和曾经捧起的红花
尽管它踮起了脚尖
在大地的怀抱里
在泪水的滋润下
进入了漫长的梦乡
待到春风起
它慢慢醒来
挺直了腰身
它终于看到了那高大的树
和树上的红花
它相信，那红花
是它捧出来的

春之歌

春风徐徐扫残冬，
紫燕剪春春意浓；
柳梢飞舞绽鹅黄，
春雨一洗山河容。

夏之谣

池塘芙蓉映日红，
蛙鼓蝉鸣齐助兴；
红日高照腾热浪，
正好潜心慢品茗。

秋之声

秋高气爽起秋风，
满园秋色遍西东；
休言萧疏黄叶落，
遥望枝头枫叶红。

冬之曲

万木凋零朔风起，
红梅崖畔笑凌空；
围炉夜论今古事，
遍地银装庆年丰。

梦相随

梦相随，相逢在梦中
情相融，意相融
相融在梦中
真爱不多，知心难逢
天涯无缘长厮守
心在咫尺思念中
念你的热，念你的冷
念你一生无困境
春光秋色催人老
不怨白发皱纹增
遥爱几多情
一生活在情爱中

我的心

你就像那天上的云
时刻飘浮在我脑海
你就像那天上的星
时刻闪烁在我心中
天上云，天上星
飘来闪去亮晶晶
我脑海，我心中
你可知道情深义又重
相知何必又相逢
只要心中有了你
你我天天心相逢

节日

饥饿的年代
节日是美食
温饱的年代
节日是安康
安康的年代
节日是快乐
节日的节日
是重阳
重阳的节日
是登高
耄耋的节日
是生命的远望

妻　子

是谁把你带到我身边
是那圆圆的明月
是那潺潺的清泉
你的容颜
像露珠的花瓣
你的话语
像百灵般婉甜
你给了我一个家
又给了我可爱的儿女
你用温柔的话
抚平了我孤独的心
你用辛劳
分担了我身心的疲惫
你用歌声
驱散了我的忧烦
你和我
像并蒂莲
共享风雨
同浴霜雪雷电
我们手牵着手
心连在一起
分享生命的天年

化 蝶

蛹在漫长的黑暗中
从不气馁
身陷囹圄
心怀广阔世界
即使没有活动的自由
也聚集着能量
终于破茧而出
斑斓的双翼
起舞翩翩

我的诗

情牵着我的手
眼前分明是平坦大道
偏要翻越崎岖的山巅
情牵着我的手
眼前分明是一片碧波
偏要投身激流
哪怕浪花飞溅
情牵着我的手
眼前分明是相知相爱的情侣
偏要挥刀斩断
情叫我把所有的不幸
写成流动的画
谱成无声的歌
把不可视变成可视
写出我的诗篇

我

一缕春风
把我从沉睡中唤醒
我掀开沉重的土层
探出头来
看到了一个陌生的世界
从此
我有了数不清的姊妹兄弟
有的一身绿装
有的披着彩衣
散发着浓郁的芳香
我拽着春的手
走进了炎热的世界
炽热的阳光
大地厚爱
让我充满勃勃生机
在广袤的大地
我像一个真正的男子汉
浑身都是天天向上的力量
一场风雨
吹去了我的幻想
让我不再稚嫩
聚集能量
手上肩头

都是累累硕果
我要把爱回馈给
养育我的大地
万木萧疏
朔风牵来飞雪
片片雪花闪着六角形的晶莹
把我覆盖
在洁白的万花丛中
我安然睡去
我笑着
又回到曾经的家园
卸下一生的辛劳
挥手向世界告别

乐园

我建起一座乐园
别墅精致
小桥流水
青草盈绿
鲜花吐芳
假山奇石
喷泉喷出道道彩虹
别墅里
金银堆成小山
珠宝如星星般晶莹
在这人间天堂里
为什么我闷闷不乐
遍赏珍宝
让我气喘吁吁
腰腿酸痛
突然
一声沉雷炸响
乐园化为灰烬
从此
我住进了昔日的旧居
享受从未有过的快乐清闲

睡　莲

一汪碧波把你轻轻托起
托起你也托起了你的梦
你睡得是那样安详
粲然地笑 让梦
把湖光山色也潋滟绯红
你划着梦的小舟
越过条条大河
飞溅的浪花
为你披上了绚丽的彩衫
你拄着梦的手杖
攀登高山
即使悬崖峭壁
也轻轻跨过
如履平地般轻松
你就这样
默默地睡着
默默地蓄芳
终有一天
你会绽放出
素馨的笑容
让世界惊艳

天 宇

仰望天宇
群星闪烁
密密麻麻拥在一起
像亲密的姐妹弟兄
其实
它们相距甚远
只有燃起闪烁的灯
向周围招手
而心
却紧紧相牵
即使出门办事
也不会走远
因为
它惦记着
家里的姐妹弟兄
惦记着
大大的家园

钟乳石

为什么要把它
推到这幽暗的洞穴
伤心的泪水滴滴洒落
而它是清白的
它用清白的灵魂
点亮世上的幽暗
多少人来了
来到它面前
发出声声惊叹
正义的眼睛闪着泪光
把幽暗的洞穴
照亮
像白昼般灿烂

我的心

不知什么时候
我的心丢了
心丢了
何处寻觅
我翻越高山
高山依然青翠
我涉过大河
大河依然默默扬波
我问询老人孩子
他们都摇头不语
我在人群里
千万次地问
有个姑娘向我回眸一笑
我的心呀
你在哪里

裂 痕

争吵中一记耳光
打在脸上
痛在心上
一道裂痕慢慢裂开
从此
情感不再完好无损
心
慢慢裂开
破碎的心
再好的工匠
也无法修复

烈 焰

烈焰熊熊
在心中燃烧
它能融化顽石
它能融化钢铁
不知它还能融化什么
胸中的烈焰
越烧越旺
烧得我安然睡去
醒来
突然觉得分外轻松
是烈焰吞噬了我的贪欲
我感到从未有过的快乐

扫　墓

来看您了
我的父母
我的兄长
您走得那样匆忙
让我毫无准备
您走到了一个陌生的地方
离家园很远很远
来看您
只给您带来无尽的思念
像期待素馨花的绽放
再见您慈祥的容颜
您走了
我们的日子
一天比一天好
我知道
这是您一直惦记的
无声遗言
每当深夜
我们都会梦中相见
您如银的须发
依然闪着银光
您慈爱的心
依然如金色的阳光般灿烂

我想多少年以后
我会和您团聚
叙说着过去的故事
朗朗的笑声
冲上云天

漫　步

我用脚丈量土地
我用眼拍摄风景
地在脚下一步步退去
风景在脚下一步步牵我向前
春花秋月在脚下演绎
炎夏寒冬在脚下变幻
在漫步的路上
洒下泪水
在漫步的路上
留下悔恨
越过不幸
走出悲伤
迎来笑声和快乐
走着走着
终于走到了路的尽头
如果我还能
从头再走一遍
我会把泪化成笑
把苦酿成蜜

博　弈

遍观全球
哪天没有炮声隆隆
杀声阵阵
你争我夺
攻城略地
人
从博弈中胜出
强者争霸
弱者不屈
不强不弱者
隔岸观火
狡猾多智者
坐收渔利
绿茵场上
凌空射门
排坛赛场
大力扣杀
桌上围棋象棋
调兵遣将
排兵布阵
把对方杀得
丢盔卸甲
一败涂地

人
从弹丸弓箭
到枪炮核弹
哪天不是弱肉强食

冰 雹

不知为什么
上天把我制成弹丸
噼噼啪啪向下砸去
花草树木光秃秃的
失去了美丽的容颜
剥去了华美的外衣
田野里的禾苗
不再绿油油一片
像瞬间害了大病
躺在地上
奄奄一息
飞鸟归巢
游鱼四散
熙攘的街巷
不再人头攒动
渺无人迹
我们曾经经受过
一次次人为的冰雹
对杰出的
空前地清洗

咏 春

春风春雨春草绿
春日春晖春花香
春山春水邀人游
春桥春亭赏春光
春酒春芽醉春日
梦回春时戏春章
此心愿春春永驻
四时皆春春悠长

心 舟

把心刻成一叶扁舟
江上行，荡悠悠
逆流而上经风雨
百转千回帆不收
穿风刀过箭雨
恶浪连天越激流
赢来丽日艳阳天
江上行，乐悠悠
驭风骑浪如平川
一叶扁舟荡悠悠

夜朦胧

月朦胧
夜朦胧
拥衾卧枕梦境中
忽如一支踏歌来
桃色随春笑盈盈
久违相逢面羞涩
款款含娇入怀中
欲嗔又止无尽意
朝霞初照难入梦

忆秦娥 千古事

千古事，有多少冤魂嗟叹。空怅望，人寰无限，丛生哀怨。　　泣血蝇虫笑苍生，刀光剑影不休战。不休战，你争我夺，残阳血染。

相见欢　夜静思

无言独坐窗前，云遮月。寂寞夜幕重重锁清秋。　　忆不断，理还乱，是离愁。别是一番滋味在心头。

乌夜啼　相思泪

人去楼空悄悄，太匆匆，常恨聚少离多回眸中。　　相思泪，留人醉，几时重。自是人生长恨水长东。

满江红　看人生

人生百年，空长叹，苦海无边。回眸望，英烈壮士，人杰先贤。瞬间聚成天长久，微善垒成德如山，莫辜负、锦绣好年华，白发添。多少事，身边过。当珍惜，莫安闲。立宏愿大志，励精图治。砥砺前行坎坷路，厄运多舛脚不息。待暮年，再看人生路，笑仰天。

如梦令　忆当年

常忆小桥溪水，贪玩忘却归路。听唤急回家，误入荷塘苇蒲。急返，急返，惊起一滩鸿鹄。

虞美人　再回首

年少不知读书好，时光虚度了。暮年长夜也难眠，春光依旧，当年再难找。　　往事历历应犹在，只是朱颜改。问君何日再回首，春水已任潺潺向东流。

忆秦娥　情难天

圆月缺，阑干影卧西厢月。西厢月，府墙花影，玉人心切。　　自古好事多磨难，泪洒罗裙泣成血。泣成血，片片春梦，痴情难灭。

清平乐　望晴空

万里晴空，望断天崖处。天宫玉帝可设宴，只见宫娥无数。　　天上人间同贺，红旗飘飘西风。今日追梦中华，天耀巍巍华夏。

鹊桥仙　两心印

春风送巧，春雨滴泪，恋情依依心头。长夜辗转梦相随，便胜却、人间无数。　　柔情似水，佳期如梦，甜甜蜜蜜绵绵。两心若是相印时，又岂在、耳鬓厮磨。

卜算子　咏菊

秋雨送夏至，秋风迎秋到。已是万木叶凋零，犹有一枝俏。　　倩女不争芳，只为秋色好。待到霜天艳阳照，她在秋风笑。

虞美人　名利休

争名夺利何时了，珠宝值多少。庄园昨夜起杀生，战云密布，浓浓遮月明。　　画廊雕栏应犹在，只是主人改。问君能享几度秋，恰似川上逝水滚滚流。

卜算子　幸此生

人在生之头，去在生之尾。日日漫步不觉尾，生与终相随。　　瞬间铸长久，错过难追回。把握瞬间幸此生，当庆走一回。

渔歌子　咏春

春雨山前白鹭飞，柳岸如烟绿如翠。花红红，草青青，春光春色惹人醉。

如梦令　春光里

今朝旭日临窗，融融一派春光。试问赶路人。却道相约赴会。知否，知否，应是春色同会。

忆江南　故园好

故园好，风雨又一新。日出灼灼霞万道，日落缕缕尽披金。能不惜现今？

忆江南　赏春

花落去，有劳春风扫。娇杨弱柳扶春风，一派春色迷蒙中。赏春春亦融。

浣溪沙　抒豪情

一曲诗词酒一杯，豪情壮志人未遂，人生何时能再回。　　荏苒时光易逝去，犹觉昔日情景现，漫步诗词又举杯。

菩萨蛮　续华章

酸甜苦辣复酸甜，谁人能解此中味。坎坷又崎岖，多舛写人生。　　幸喜豪情在，此心犹未改。再续写华章，初心愈觉坚。

钗头凤 苦海渡

千丈涧，无底舟，苦海息帆争上游。谁悟得，弄桨橹，登岸放眼，耕耘沃野。悠！悠！悠！

人如旧，心儿透，不为名利把血流。衣无忧，食无忧，儿女膝下，享尽天伦。乐！乐！乐！

清平乐 残雪融

日暖夜寒，天旋又地转。何日春光现，屈指冬已去。春色已出高峰，层林渐绿葱葱，今日残雪将尽，指日水绿山青。

忆秦娥 风雨

朔风烈，彤云密布朗空遮。朗空遮，山雨欲来，关山如铁。　风雨从来自天降，岂是人为能操略。能操略，山摇地动，风吼天阙。

卜算子　遥寄

莫道鸿毛轻，千里遥寄小。与君情意君尽知，不言君自晓。　朝见花似锦，暮见花落了。道是花如汝的心，心随花去了。

山渐青　送君行

山无情，水无情，山水相隔送君行，山水又几重。　行匆匆，步匆匆，行到天涯又几重，何日与君逢。

生查子　名利休

名如世上尘，利似烟一缕。两两互不让，韶华无觅处。　酒面扑春风，泪眼零秋蒙，待到猛醒时，须发霜雪重。

阮郎归 窗前思

绿柳窗前静沉沉，杨花吹满襟。晚来闲向池边寻，惊走鱼一群。　　隔日后，重登临，转眼暮寒深。吾心移得汝君心，方知情意深。

一剪梅 把盏吟

吟到诗词尽兴时，情意也真，音韵也真。大好河山看不尽，山绕河绣，河绕山绵。　　更有余兴共把樽，酒香溢杯，盏溢香醇。豪情忘却忧烦事，今也兴兴，明也奋奋。

清平乐 梦相随

美人娇小，痴情容颜好。秀色可餐恨见晚，梦里相逢盼早。　　人生知己难觅，全凭缘分巧遇，两情相悦知心，今生无怨无悔。

四字令　创业艰

少小离家，下海创业，宏志步履维艰。痴心尚不移。　行路过半，创业过半，兢兢业业贵专，今生了无怨。

菩萨蛮　何日再聚首

修篁密密枝如织，风过飒飒歌一曲。暝色入村舍，何日再聚首。　忆昔竹前立，相看共携手。何处是归程，山重水又重。

如梦令　梦中人

昨夜彤云密布，浓睡不消残酒。试问梦中人，却道梅花依旧。知否，知否，应是翘首枝头。

渔家傲　莫嗟叹

烦接愁云心似雾，朦胧恍惚不计数。连日企盼家书来，可奈何，邮差踪迹无觅处。　　忽然大风从天降，心花绽放丽日出。休怪人人多磨难，莫嗟叹，朗朗乾坤逍遥路。

十六字令

川，浪卷云翻花飞溅，奔腾急，滚滚勇向前。

山，层峦叠嶂万仞高，穿云端，天宫齐惊叹。

心，海阔天空无疆界，接环宇，天庭是家园。

小令

天外有天楼外楼，人上有人意未犹，诗外有诗歌一曲，曲外有曲天外游。

盖世何以刎乌江，楚歌虞歌泪飞扬。泪飞扬，成绝唱，殷殷碧血耀千古，留于后人细思量。

岁月东去淘千古，又闻咚咚擂战鼓。纵沙场，挥刀展雄风，争霸主。风云过，但见朗天丽日，把酒天下事，难言酸楚。

心沉沉，履慢慢，邀得放翁返沈园。东风何以恶鸳鸯。情景依稀又重现。错错错，错在岁月欢情薄。莫莫莫，莫要昔日今重演。

豪放飘逸有诗仙，举杯邀月竟成三，妙想奇思传千古，后人吟诵多汗颜。唐诗业已登峰巅，而今难有堪比肩，星光灿烂耀夜空，一代诗仙越千年。

雨霏霏，雨丝如织，更觉潋滟旖旎。风过处，景随风移。云如纱，江山如画，楚楚我中华。

人间情多，真爱难说。一张情网网男女，网住了多少貌美娇娥。爱比天大，情比海阔，痴男怨女何其多，世世代代叹蹉跎。

邀来白云进我家，举杯对坐品新茶，白云即兴舞蹁跹，长袖如练水泛花，我欲抚琴相伴奏，悠悠白云向天涯。

青山白云满树霞，小桥流水笑语哗，蛙鼓渔歌稻花香，夕辉灿灿映舍家。

跋山涉水走天涯，不图眼前镜中花，一路走来歌一首，千难万险踩脚下，迎面走来甜甜的她，携手天涯是我家。

人生犹如酒一杯，遥路漫漫苦相随，初始入口味苦涩，渐行渐远有香味。酒未入喉心已觉，甘洌醇香难言美，苦尽甘来化人生，好人好酒好滋味。

肩挑两担云，云轻脚亦轻，脚轻云更白，云浮我心中，一生多劳顿，何须中规形，不怕路人笑，手指老顽童。

不花分文买来秋，五谷瓜果香味稠，秋光秋色秋满屋，不羡豪门仓廪流。世上尚有饥馑人，愿倾所有来分秋。

铁圆环，儿时伴，圆环滚走我童年。时光不催人自老，老来常忆铁圆环。不惧铁环滚动催人老，唯喜铁环伴我永向前。

酒鬼与小偷

酒鬼脖子上挂着一个大酒壶歪歪斜斜躺在地上。

“今天喝得那叫痛快。我把媳妇的项链给老板，老板就给我灌了满满一壶酒，满满一壶酒。这下我没钱了，不信，我掏给你看，上边没有，下边没有，裤兜里也没有。我是一无所有。不行，我得向人家要点。现在社会上好人越来越多。我得要点，要点。”

“大妈，您给我点钱吧。嗯？不是，是小姑娘。”

“大爷，您给我点钱吧。嗯？也不是，是小孩儿，看我这眼神，越来越好。心明眼亮，心明眼亮。”

“要不，您给我点吧，怎么，没听见，装的。”

“唉！这个大个子准有钱，我跟他要点。”

“大个子！”他一下撞到水泥柱子上，屁股上鼓起一个包来。

“给钱就给钱，干吗还打我屁股，怪痛的。”

“唉，那边走来一个小子，我瞅有点眼熟，我找他好几天了，我跟他要点。”

小偷东张西望，贼眉鼠眼上。

“唉，看什么看，我在这儿。”

酒鬼叉开两腿，拦住小偷。

“好汉，从我裤裆底下钻过去，当年韩信就钻过。”

“我——”

“你钻不钻，此路是我开，要把路过去，留下买路钱。”

“瞧什么瞧，还不快钻，不钻我报警了。”

“报警！别别别，我为什么要钻你裤裆。”

“为什么，因为我没钱了。不，我就剩下屁股后的钱了。”

“你这不是还有钱吗？”

“我有钱也不是容易来的。”

“你本事大，来钱容易。”

小偷摸摸酒鬼的屁股笑了。“好好，我帮你，你别卡我的脖子，放开我。”

“哥们儿，看你就是能人，今天我也不叫你钻裤裆了。”

“你为什么跟我要钱。”

“兄弟，我钱叫人偷了，偷了很多钱，够买一栋楼的。”

“那么多呀！”

“不多，不多！”

“我这人心软，就见不得人家有困难。可干我们这行的，帮不能白帮。”

“不白帮还叫帮，算什么兄弟。”

“大哥，亲兄弟明算账。”

“明算账，好，我给你钱。”酒鬼从屁股兜掏了半天也没掏出来。

“怎么？钱还长屁股上了。”

“哎，我这有酒。”

“不行，酒也不是钱。”

“不是钱，也是拿钱买的，你倒说句痛快话，你帮不帮，不帮，我灌死你。”

“别别别，我帮，我帮还不行吗？”

“说说，你都帮过谁？”

“我帮的人可多啦，我能把大款帮成赵光腚。”

“啊？吹去吧，你有这能耐？”

“能耐？我最大的一次是帮老钱。”

“老钱是谁？”

“银行行长啊。到现在因为失职还写检查呢。”

“兄弟，既然是遇见你，这是缘分。今天我这壶酒全归你。”

“咱哥儿俩一起喝。”

“一起喝，我酒量大，我喝了，你喝什么。这可是好酒啊，这一壶老贵了。”

酒鬼扳过小偷的脖子，捏住他的鼻子，咚咚咚，把半壶酒灌了下去，把小偷灌得直翻白眼。

“这酒真香，好酒，好酒啊！”

“这就对了，感情深一口闷啊。”又把剩下的半壶酒灌进去了。

小偷当即瘫倒在地，酒鬼也顺势倒在地上。两人头对头，用手比画。

“干！干！”

“我先干！”

“我先干！”

“先干为敬！”

“我自罚三杯！”

“我也自罚三杯！”

“这酒真好，大哥，你把这么好的酒给我，到家也不怕嫂子说你。唉？怎么？也没见谁打炮，我怎么就腾云驾雾了？”

“大哥！你这人够义气，这么好的酒，叫茅台？”

“嗯，猫台。不对，这是为你特制的狗台。”

“狗台？没听说过，准是新产品。”

“来来，别光说，喝喝喝。”

两人用手比画当酒盅。

“哥儿俩好哇，六六六哇。”

“五魁首哇，喝个够哇！”

“不对，我干什么来了，我得摸摸他的钱包。”

“兄弟，你干吗摸我屁股，我又不是女的。”

“兄弟，那边警察来了。”酒鬼顺势掏出小偷的赃物。

“哈哈，你当我是酒鬼啊，我根本滴酒不沾。我是特警，前年银行被盗案，这下破了。”

爱

（提示：演员需具备一定演唱功力）

小伙近寻远望。（唱《敖包相会》）

“十五的月亮升上了天空哪，为什么天边没有云彩哟，我等待着美丽的姑娘哟，你为什么还不到来呀。”

姑娘歌声由远而近。（唱《蝴蝶泉边》）

“大理三月好风光哎，蝴蝶泉边好梳妆，蝴蝶飞来采花蜜，阿妹梳头为哪桩？蝴蝶飞来采花蜜，阿妹梳头为哪桩？”

小伙唱《传奇》：

“只是因为在人群中多看了你一眼，再也没能忘掉你的容颜。梦想着偶然能有一天再相见，从此我开始孤独想念。”

姑娘唱《蝴蝶泉边》：

“哎，蝴蝶泉水清又清，丢个石头试水深，有心摘花怕有刺，徘徊心不定啊咿哟！”

小伙唱《阿拉木罕》：

“阿拉木罕什么样？身段不肥也不瘦。她的眉毛像弯月，她的腰身像绵柳，她的小嘴很多情，眼睛能使你发抖。阿拉木罕什么样？身段不肥也不瘦。”

姑娘唱《一见你就笑》：

“我一见你就笑，你那翩翩风采太美妙，跟你在一起，永远没烦恼。我一见你就笑，你那谈吐举止使人迷绕，跟你在一起，永远乐逍遥。”

小伙唱《九百九十九朵玫瑰》：

“怎堪相识不相逢，难舍心痛，难舍情已如风，难舍你在我心中的放纵，我早已为你种下九百九十九朵玫瑰。”

姑娘唱《甜蜜蜜》：

“甜蜜蜜，你笑得甜蜜蜜，好像花儿开在春风里，开在春风里。在哪里，在哪里见过你，你的笑容这样熟悉。我一时想不起，啊，在梦里，梦里梦里见过你。”

小伙唱《牵手》：

“因为爱着你的爱，因为梦着你的梦，所以悲伤着你的悲伤，祝福着你的祝福。因为路过你的路，因为苦过你的苦，所以快乐着你的快乐，追逐着你的追逐。”

姑娘唱《你是风儿我是沙》：

“你是风儿我是沙，缠缠绵绵绕天涯。叮咛嘱咐，千言万语留不住。人海茫茫山长水阔知何处，浪迹天涯从此并肩看彩霞。缠缠绵绵你是风儿我是沙。点点滴滴往日云烟往日花。天地悠悠有情相守才是家。朝朝暮暮不妨踏遍红尘路，缠缠绵绵你是风儿我是沙。”

小伙唱《爱你一万年》：

“我爱你对你付出真意不会飘浮不定，我要为我再想一想，我决定爱你一万年。”

姑娘唱《糊涂的爱》：

“爱有几分能说清楚，还有几分是糊里又糊涂。情有几分是温存还有几分是涩涩的酸楚。……这就是爱，说也说不清楚，这就是爱，糊里又糊涂。”

小伙唱《美丽的姑娘》：

“美丽的姑娘见过万万千，唯有你最可爱，你像冲出朝霞的太阳，无比的新鲜，姑娘啊！把你的容貌比作鲜花，你比鲜花还鲜艳，世上多少人啊想你，望得脖子酸，姑娘啊！你像鱼儿生活在自由的水晶宫，姑娘啊！又像夜莺歌唱在青翠的林园，姑娘啊！你的舞姿轻盈妩媚就像天上的神仙。你那流星似的双眼能把海底看穿，姑娘啊！话儿从你的嘴里说出来就会变得香甜，只有最吉祥的日子，你才下凡，姑娘啊！”

男女对望，姑娘对小伙儿说，我妹妹比我更漂亮。小伙儿说，她在哪？姑娘往后指指，在后面。小伙掉过头去，手捧玫瑰追去。

租 房

一老太太拄着拐棍，戴着老花镜，脖子上挂个特大号的放大镜。对着小区的楼门号，走来走去。

“555，是这个数，怎么和555牌烟一样。”从兜里拿出字条，看看字条，再看看门牌号，对呀，都是555。

笃笃笃，“家里有人吗？”

门开了，从门里钻出一个头来。

“您找谁？”

“找，找谁您也得出来呀，我还当叫门给卡住了。”

门开了，走出一位老先生。

“这是555，我还当是贴的小广告呢。”

“咳，这楼盖得密，楼门多，排的号也多，排到这就成了555。”

“那么说，我找对了。”

“什么您找对了，您上这来干吗？”

“您这房不是要出租吗？我是来租房的。我不是一般的人，我是有身份的人，这是国家的证啊，身份证。”

老先生拿过身份证。

“您可看好了，上面有照片，看是不是假冒。”

老先生看看身份证上的照片，再看看老太太。

“那进来吧。”

“验明正身啦。”老太太进屋。

“哎呀，这房也太大了，现在房租这么贵，我租不起。”

“大妹子，您别走，这是客厅，里面还有单间。”

“噢，这叫三进三出，过去我在老财地主家见过。”

“里面的单间不大，可也有卫生间、写字台、书柜。”

“那您住哪儿？”

“大妹子，您说哪儿去了，我老头子也不是一般的人，有国家发的证啊。”

“房产证。”

“我的身份都在墙上贴着，不信您过去看看。”

“我还当是糊墙纸呢，我说没见过这样的糊墙纸。”

“那我看看。”老太太又拿放大镜往墙上挨个看。

“抗日战争冒枪林弹雨，消灭日寇一个班，荣立一等功。解放战争率一个排，歼敌一个连，荣立二等功。抗美援朝歼美国王牌军一个营，荣立一等功。

“不行，我还看看。在抗日战争中冒枪林弹雨。那是 1937 年 8 月 16 日，1937 年 8 月 16 日。”

【音乐响起，场景转换】

呼，呼，呼呼！

随枪声跑上一个人来，

“大妹子，我临时躲一躲。”

紧接着，走上一个持枪的鬼子，用刺刀挑来挑去。

“嗯，你的八路的。”

“他不是八路，他是俺男人。”

“你男人？为什么头有汗，是跑的吧。”

“有汗？是这样，他在家里替俺搬东西累的。”

“不对！我明明看见跑进一个人来。”

鬼子刚要进屋，走出一个人来，“我就是从外面跑进来的那个人。”

“哈哈哈哈，走！”鬼子走了。

“大哥，不用说，我一看您就是好人，就住在我这吧，再说，您身上还有伤。”

“别，别！”

“留下吧！”

“大妹子，这是一块大洋，算我交的房租。那上面有一个洞，是枪打的。”

"大哥，这钱我不能要！"

"我走了。"他放下大洋。

【场景转换至现在】

"大哥，这些年您出生入死，能活到现在不易呀。"

"大妹子，这些年您省吃俭用，整宿为八路做军鞋，为支持革命能熬到现在，比我艰难呀。"

"我进屋以后也没见您夫人，她上街买菜去了？"

"我一直单身，国家要帮我介绍一个，岁数大的，谁照顾谁呀，岁数小的，这不给人家添麻烦吗？"

"大哥，这些年了，那么苦都熬过来了，有国家的好政策，农村也不像从前了。再说，支前模范国家还发给俺一个月两千多块，打针吃药也不花钱，我一个老太婆哪花得了哇。"

"那您现在也没找？大妹子，我看咱们都一样，我猜得对不对呀？"

"国家要出钱给我找个保姆，可我能自理呀，国家已经够照顾我了，我不能再麻烦国家。"

二人陷入深思。

"哎呀，我得交房租，国家有规定，租房要交租金，这是天经地义的，我先交这一块银元。"

老先生拿起银元，双手颤抖，半天说不出话来。

"当年，没有这一块银元挡着，我的命早就完了。好，我收下，收下。"

"这是见面礼，以后房租该多少是多少，绝不拖欠。"

"大妹子，您这就见外了，年轻轻的时候就假扮过夫妻，你说过，他是俺男人，到现在我还记着呢。现在咱们都老了，也好有个照应，起码还有个说话的。"

两人抱头痛哭。

"这地方是市里的黄金地段，出门就是超市，需要什么还可以网上订购，打个电话也能立马送到家。"

"大妹子，您来这儿，也没想干点啥？"

"我老了，当年我为八路军做军鞋，一宿能做两双，现在做不动了，就算做得动也不需要这样的鞋了。我想在您这开个茶站，让过路的人喝上一口热茶，好赶路，并且免费提供。”

“这主意好哇，那我把客厅腾出来作招待室，您这是涌泉相报呀。”

“什么涌泉相报，共产党的恩情大如天，我一个老太婆报得过来吗？我这一滴水，也算回报国家吧。”

“那，大妹子，那我烧水。”

“大哥，这不，茶壶茶碗我都带来了，咱不沏别的，沏碧螺春，让路过的人喝上一口，永远走在祖国的春天里。”

“党啊！我的亲娘，您打江山为了谁，实现中国梦又是为了谁，让我们这些老人不忘初心，尽一分绵薄之力吧。”

到时候咱就唱：

“同志哥，请喝一杯茶呀，请喝一杯茶。”

“那我买茶叶去。”

“我也去。”

上 学

“上学喽！”身穿小马褂，头戴瓜皮帽的小胖墩边喊边上。

“哎！来啦来啦！”一驼背瘦老头，边应边快步上。

“您不是说要敏而好学吗？我上学，您就得麻利点。”

“是！是！那咱们走吧。”

“慢！根据您一贯的表现，本上学委员会特颁发您书包一个。”

“嗬，还有这么多书，委员会还真够大方的！”

小胖墩把一个沉甸甸的大书包挂在了老人的脖子上。

“咱们走吧，来，我领着你。”

“慢，颁奖仪式刚开始呢。”

“还有什么。”

“本上学委员会，根据您一贯的表现，特授予您纪念奖章一枚。”

老爷子拿起水壶，摇了摇。

“嗬，这么大的纪念章，里面还注了水。”

小胖墩把大水壶挂在了老爷子的脖子上。

“这回走吧。”

“慢！”

“还有奖呐。”

“本上学委员会根据您一贯的表现，特颁发特制奖章一枚。”

小胖墩把一块特大巧克力挂在了老爷子的脖子上。

“知道吗？这叫减负！”

“你倒减负了，我又增负了。”

“快走吧，来，我领着你。”

“慢！您还没蹲下呢？”

“蹲下干什么？”

"背着我呀！"

"好，蹲下就蹲下。我像你这么大早打鬼子去了。"

"我这是叫您活动活动筋骨。活动活动，想活就得动，省打针吃药了。"

"哎，我想活，想活。"

"不是曹操写过一首诗吗，诗中有一句'老骥伏枥，志在千里'。"

"好嘛，这么个老骥伏枥，不用志在千里，一里就累死了。"

老爷子背起小胖墩。小胖墩骑在老爷子的脖子上，手拿马鞭，抽打马屁股。

"马儿马儿快快跑，我的马儿不吃草。好，上坡了喽！"

"马路平整整的，怎么还上坡了？"

"我这不是调教您嘛。"

"调教就调教吧，可轻点打呀，我这匹马听话就是了。"

"下坡喽！"

"吁——吁！"

"怎么不跑啦？"

"路滑，小心，咴——"

"起来。"（演员可表演劈叉、跪跳等动作）

"拐，往左。"

"学校不是在右边吗？"

"少废话，服从命令听指挥。"

"哎！"

"吁——"

"又怎么啦？"

"往右，往右！"

"哎，这就对了。"

"我这是训练马的服从能力。"

"都说孙子自有孙子福，我这是甘为孙子做马牛，现在我成孙子了。"

"驾，驾！转，转，快，快。"

老爷子晕倒了。

孙子撂下马鞭，向学校跑去。

"哎，书包，你的书包！"老爷子在地上喊着。

| 相声 |

说美食

逗：我国有八大菜系。

捧：煎焖烹炸，熬炒咕嘟炖。

逗：嗯，这是做法，不是菜系。

捧：那八大菜系是什么？

逗：鲁、川、苏、粤、湘、浙、皖、闽。鲁是山东，有孔府菜。川是四川，有宫保鸡丁。苏，江苏，有金陵叉烤鸭。粤是广东，有白斩鸡。湘是湖南，有洞庭鲍鱼肚。浙是浙江，有龙井虾仁。皖是安徽，有徽州老豆腐。闽是福建，有佛跳墙。

捧：这连幼儿园的小朋友都知道。中国就这么大，就八大菜系？

逗：我说的是代表。

捧：那，像地方菜呢，像北京全聚德的烤鸭，东来顺的涮羊肉，都一处的烧麦，穆柯寨的炒疙瘩，还有老北京的炸咯吱盒、豆腐脑，天津的狗不理包子，十八街的麻花。

逗：打住，打住，我说的是菜系，不是小吃。

捧：中国是世界三大美食国之一，除了八大菜系以外地方菜就多了去了。

捧：那你就说说有哪些地方菜。

逗：地方菜，只能拣主要的说，像上海菜有贵妃鸡、扣三丝。天津菜有玉兔烧肉、七星紫蟹，河北菜有金毛狮子鱼、群龙戏珠。山西菜有红焖猴头、鹌鹑茄子。内蒙古菜有烤全羊、金饺驼掌，辽宁菜有兰花熊掌、碧波龙舟。黑龙江菜有冬梅玉掌、白扒鹿筋。陕西菜有三皮丝、寒梅鱼丸。甘肃菜有百合鸡丝、珊瑚羊肉。宁夏菜有翡翠蹄筋、丁香肘子。青海菜有虫草雪鸡、猴头驼峰。新疆菜有哈密瓜盅、曲曲海参。江西菜有炒双层肉、三杯鸡。台湾菜有火把鱼翅、苦瓜封。海南菜有琼州椰子盅、白切文昌鸡。江南菜有煎藕饼、琥珀冬瓜。云南菜有汽锅鸡、桃花肉。西藏菜有蒸牛舌、吹肝。清真菜有灯笼鸡、它似蜜。素菜有罗汉斋、半月沉江。仿古菜有鱼藏剑、抓炒鱼片。孔府菜有一品豆腐、带子上朝。仿唐菜有凤凰胎。仿宋菜有群鲜羹。红楼菜讲的是排场。民间菜讲的是实惠。至于地方小吃就更多了。

捧：你说的都是名菜，有没有特殊的。

逗：特殊的？

捧：就是不一般的，二般的，三般四般的。

逗：你这是考我？

捧：哪敢，这不是向您请教嘛。

逗：我想想，还真有。

捧：那你说说，咱也好长长见识。

逗：你听好啦，先说果品。

捧：果品？

逗：就是开席前上的鲜果。

捧：那谁不知道，不就是瓜果梨桃嘛。

逗：还叫你说着了，就说这桃。

捧：桃谁没吃过，咱北京平谷就有。

逗：我说的是仙桃。就是隐居在山林里的仙人所栽。三千三百年一开花，三千三百年一结果，又三千三百年成熟，嗅一嗅，能活六千六百六，吃一个，能活六万六千六，所以那儿的人门框上都写着寿比南山。

捧：是有那么个对联，寿比南山松不老，福如东海水长流。

逗：你知道是从哪儿来的吗？

捧：不知道。

逗：它源自河南桃源，顺甘肃桃江，又分两个支流，一支到湖北，一支到台湾。湖北有个仙桃市，市上全卖桃，台湾有个地方叫桃园，园子里全种桃。再说说粥。

捧：粥就不用说了，小时候穷，天天喝粥。喝的是棒糙粥。以后又有了大米粥、小米粥、紫米粥，讲究一点的有八宝粥。

逗：这算什么？这不是一般的粥。

捧：那粥还有二般的吗？

逗：有啊，我说的粥，够上三般四般了。

捧：那叫什么粥？

逗：贵州。

捧：贵州？不就是要钱吗？讹人。一小碗，就仨俩米粒儿，十块钱。

逗：嗯，做买卖讲诚信，讹人哪儿行。

捧：那是什么粥？

逗：贵州。

捧：贵州不是省吗？

逗：我说的贵粥是贵州产的粥，大的有花生米那么大，小的就跟芥菜籽差不多，这两种一掺和，喝一口想两口，甜香软糯。还有瓜粥，在甘肃。

捧：甘肃不是干吗？熬粥多费水呀。

逗：所以，物以稀为贵。除粥以外还有枣。

捧：这谁没吃过，我们老家院子里就有一棵枣树。

逗：我说的枣，是枣中最强的，在河北。

捧：这不稀罕，山东有金丝蜜枣，新疆有和田大枣。

逗：比这些都强，枣强的枣甜而不腻，腻而不齁，脆而不面，面而不软，香中有甜，甜中有香，吃上一颗，三天口有余香，可说是香甜绵长。

捧：你说的是鲜果，有没有小吃呢？

逗：有哇。河北有个鹿皋，就是把鹿肉绞成泥。

捧：唉，你说的皋是水边的高地不是肉。

逗：我说的是鹿皋产的鹿，把鹿肉绞成泥，做成膏，比猪牛羊肉泥都好吃，还是滋阴补肾的美食。

捧：就这一样？

逗：一样？陕西有宝鸡，这鸡个头不大善走能飞。日行千里见日，夜飞八百不明。

捧：这不是当年吕布，以后又给了关公骑的赤兔马吗？

逗：马？马能连续奔走吗？

捧：没听说过。
逗：这鸡是连走带飞，走累了飞，飞累了走。
捧：那敢情——
逗：这鸡鲜美异常，所以说宁吃飞禽一口，不吃走兽半斤，它运动量这么大，能不好吃吗？再说宝鸡浑身是宝。鸡头叫凤冠，鸡屁股叫凤尾，鸡爪子叫凤爪，鸡脯肉叫凤脯，鸡大腿叫凤腱，鸡内脏叫凤肝，鸡骨头里面那点脂肪叫凤髓，连鸡毛都叫凤羽。
捧：那有没有海鲜类的？
逗：说海鲜最好的要数安徽的蚌。不但肉质鲜美，而且开锅即熟。比鱼鳖虾蟹更胜十倍。营养丰富，你缺什么能补什么。
捧：除了吃，喝的呢？
逗：那就是酒了。无酒不成席呀。
捧：这我知道，那就是茅台、五粮液了。
逗：茅台、五粮液谁没喝过。我说的是酒泉的酒，在甘肃，那地方的酒，就像山东济南的趵突泉一样，突突往外冒。
捧：好喝吗？
逗：好喝吗？不是一般的酒，为什么卫星发射基地设在那儿，就是基地的人都喝那儿的酒。喝了如有神助，所以神舟飞船发射一个成功一个。
捧：除了这些主食，有没有副料呢？
逗：副料？就得说是陕西的咸阳了，那里的盐，加上河北唐山的糖再加上香河里的水，这甜中微咸，咸中微甜，甜咸有香，口感可就不一般了。
捧：三般四般了。那菜就不勾芡了？
逗：炒菜不勾芡哪儿成，又不是炸活炖活。勾芡得用北京海淀的淀粉。
捧：为什么？
逗：海淀的淀粉不是用土豆、玉米、绿豆做的。北京海淀是高等学府云集的地方，那里的中关村又是高科技园区，研制的淀粉加水，杂质全漂走，单把有用的微量元素沉淀下来，像硒、磷、钙、镁、铁等，再说泡淀粉用的是甘肃的天水，是天宫玉皇大帝御厨的水。调和五味，菜一出勺醇香四溢，就是挑不出弊端没毛病，熟而不烂，甘而不浓，酸而不酷，咸而不减，辛而不烈，淡而不薄，肥而不腻。

捧：你说的好是好，是地方，不是美食。

逗：不是美食，就不能造出美食来吗？过去没有的，现在不是都有了吗？过去讲吃香的喝辣的，就是喝酒吃肉，现在我们要吃营养，吃健康。

捧、逗（唱）：再过几年，我们来相会，伟大的祖国，你看有多美，美酒加美食，桌上摆成堆，为梦想，为复兴，人人加把劲，举起杯，你一杯，我一杯，喝好不喝醉。

广　告

逗：如今进入商业时代，为了促销，干什么都做广告。

捧：广而告之。

逗：像电视，演着演着停了，插播一段广告。航班、码头、地铁、公交、车站、商业大厦，凡是人口密集的地方都能看见广告。

捧：为的是让更多人知道。

逗：你看，每天打开电视，做酒的，做酱油的，做醋的；牙膏，药品，滋补品，保健品，晾衣架，旅游胜地，五花八门，应有尽有。

捧：想尽了办法。

逗：过去老北京，那些老字号，也没做广告，知名度也挺高。

捧：靠的是诚信、口碑。

逗：像全聚德烤鸭，东来顺涮羊肉，爆肚王爆肚，都一处烧麦，穆柯寨炒疙瘩，内联升的鞋，盛锡福的帽子，瑞蚨祥的布，天津的狗不理包子，十八街的麻花。那是家喻户晓，尽人皆知。

捧：靠的就是两个字——诚信。

逗：也有的不是这样，我们那儿有个私人诊所，说该博士年仅 36 岁，毕业于哥伦比亚大学，专攻针灸，一针下去手到病除。

捧：哎哎，你说的中医还是西医，针灸可是中医。

逗：甭管中医还是西医，广告上就这么写的。

捧：有人瞧吗？

逗：有啊，他拿个大针。

捧：大针比小银针见效快啊。

逗：针有收粮站的“探子”那么粗。

捧：啊？

逗：啊什么，您就合眼吧，噗嗤一针下去。
捧：好了？
逗：昏过去了。
捧：赶紧送医院吧。
逗：到急诊室大夫一瞧，亏送来及时，晚一步就没命了。
捧：就这一家？
逗：一家。我们那还有一个私人诊所。
捧：怎么都在你们家附近。
逗：不是我们那儿人实诚，又缺文化嘛。
捧：专捡这样的人家。
逗：这家倒不针灸，吃药。
捧：吃什么药？
逗：祖传秘方，从神农氏那儿传来的。
捧：吹去吧！
逗：还别说，还真有人信。谁去瞧病白送五个鸡蛋。一天，一个老太太去了，神医也不号脉，也不望闻问切，从小学生作业本上撕下一条纸来，拿起笔刷刷刷药方开好了。
捧：到药房买药去吧。
逗：不用，一条龙服务，本诊所就有。
捧：都几味药？
逗：两味，绿豆 10 斤，紫皮茄子 10 斤，共计 1368.84 元。
捧：呵，还挺精确的。
逗：无零不成交，下面一行小字，二味药掺和均匀用大药罐文火炖制 1 小时 26 分半，早中晚各服一次，连服 3 个月，百病全消。
捧：结果呢？
逗：结果连服了一个星期。
捧：怎么样？
逗：体重减了 24 斤 6 两，脸可变色了。
捧：白里透红？
逗：不是，对镜子一照差点没晕过去。
捧：怎么着了？

逗：青不拉唧，紫不溜秋。

捧：这怎么好呀？

逗：怎么好，一天叫京剧院的院长看见了，这样的花脸哪儿找，演三花脸不用化装了。

捧：我看这家的庸医烂肠子了。

逗：还有专治牛皮癣的。

捧：这准有绝招，牛皮癣又叫银屑病，是糖尿病的并发症，病在胰岛素上。

逗：嗯，甭那么复杂。

捧：他有办法？

逗：有啊，拿块纱布蘸上盐，在身上搓，哪儿痒痒往哪儿搓，忍着点，口中还念念有词，多会搓得冒血筋算完。

捧：结果好了。

逗：住院了。皮肤病再难治毕竟能治。城市长了皮肤病就不好治了。

捧：什么病？

逗：小广告。

捧：也叫城市牛皮癣。

逗：是。一个好端端的城市净贴点小广告太不像话了。哪儿人多往哪儿贴，厕所里，游椅上，连立交桥的护栏上都有，专治性病，有午夜小姐陪聊，观看刺激录像等。

捧：这违法呀。

逗：管他违不违法，搂钱就行。

捧：前一阶段曾搞过“呼死你”让手机失去功能。

逗：有成效，但成效不大。

捧：还有文明热心人专铲街头小广告的。

逗：是，这些老头儿、老太太发挥余热，自制了专门铲广告的长把铲子，还组织了专业队。

捧：这小广告少多了。哪有什么好办法？

逗：彻查制小广告窝点对主谋者加大惩处力度。

捧：别说啦！

逗：干什么去？

捧：端小广告窝点去！

说相声

逗：相声讲的是四门功课。
捧：连蒙带骗。
逗：是说学逗唱。
捧：连蒙带骗。
逗：怎么到你这儿就变味了。
捧：不是今天变味了，是早就变味了。
逗：你看当年侯大师说的相声多好，至今还耳熟能详。现在呢？
捧：现在有的小品，我说的是有的小品，把正常人都忽悠傻了，还说我就纳闷，人和人的差距怎么就这么大呢？连观众都给忽悠傻了，台下还鼓掌叫好呢。
逗：是有这么回事。
捧：还说拐啦拐啦，不走正道拐斜道，把好端端一个人的腿忽悠瘸了。
逗：嘿，他叫人抬起一条腿使劲往地上一跺，腿都跺麻了，走路能不一瘸一拐的吗？
捧：还有的拿自己家人开涮。
逗：有段时间流行过。
捧：更不该的是。
逗：拿残疾人取乐。
捧：残疾人受法律保护。
逗：他可倒好，不仅不关爱，有的演员还说一只眼好呵，参加奥运会射击不用合上一只眼。
捧：不像话。
逗：还有的说腿瘸好。瘸子穿大褂抖起来是另一种广场舞跳法。

捧：不像话。
逗：更有的说，有人头上长了秃疮是头上人体彩绘，是五彩斑斓的图案。
捧：太损了。
逗：有一段时间，大兴网络用语，连电视台报刊都用过。什么驴友。有的旅行社干脆广而告之，欢迎广大驴友前来组团或个人报名。
捧：这更离谱了，谁要是到各地走走，看看祖国的大好河山，连人都不是了，成驴了。
逗：你知道这是怎么来的吗？
捧：不知道。
逗：这是从嬉皮士那趸来的，美国垮掉的一代。
捧：我们国家有那么多优秀文化，五千年的灿烂文明，摘上一朵就够说一段的，干吗净找低级下流的。
逗：所以，我们每一个文艺工作者应该传播正能量。
捧：好，我为你点赞。
逗：我们国家的好人好事太多了，各行各业都涌现出不少先进人物，光说说就催人泪下，不用说编成段子演了。
捧：那文化界呢？
逗：我看见有位戴眼镜的，拿手机拍照。
捧：照什么。
逗：照一个茶庄。
捧：那是取证，空说无凭。
逗：横匾上写着“一口香茗茶”。
捧：我也见过，还不少呢？
逗：茗是茶的别名，也是茶的嫩叶，过去文人雅士爱管喝茶叫品，是品茶的口感。要是茗茶就是茶茶了。
捧：这不画蛇添足吗？那一口香呢？
逗：那就是第一口香。
捧：敢情是实话实说。
逗：还有个万寿堂私人诊所，门外有一个这么大的牌子，上面写着李大拿系李时珍之孙，现年 34 岁，博士生导师，专治久治不愈各种疑难杂症，手到病除，经他手可延寿百年以上，如差一岁可到阎王爷那投诉，本人愿打愿罚。

捧：嗬，万寿堂不是陵园吗？哎，等等，李时珍是写《本草纲目》的明代名医，他孙子怎么能活到现在呢？

逗：干吗叫孙子，真够孙子的。演艺界就更多了。我就举一个例子。有个女演员，说花木兰贪生怕死，还在军中谈情说爱。

捧：这不是胡编乱纂吗？

逗：岂止是胡编乱纂，简直是诋毁中国人千百年来心目中巾帼英雄的形象。

捧：太恶劣了。

逗：像这样的演员就该从演艺界清除出去，纯洁我们的队伍。

捧：那我们应该怎么样。

逗：咱们要对得起文艺工作者这光荣称号，像当年侯大师说的边道走，让人遵守交规。说喝醉了爬电筒光柱，劝人适量饮酒，健康为要。说关公战秦琼，不仅不能歪曲历史，还能弘扬国粹。

捧：现在呢？

逗：冯巩和周涛演的《马路情歌》，交警与司机换位思考，避免了多少纠纷。孙涛和秦海璐演的《你摊上事儿了》，说的是一个正直的保安。郭冬临演的《新闻人物》，水下砸汽车玻璃营救落水者，正是凡人英雄壮举，等等，所以不能把社会上的个别丑恶现象当歌唱。

捧：你再举几件。

逗：有的饭店把油炸去皮花生米，写成是裸花生米，把小西红柿说成裸果。

捧：不像话。

逗：我们文化界天天发愁没得写，总书记说文艺工作者要深入生活，深入到群众中去。

捧：你得到群众反映了吗？

逗：太多了，就拿最近群众呼声最高的我说几件。

捧：说吧，我听听。

逗：顺义区有个叫迅风的，古稀之年，写了一本《风雨故园》，一本《寒凝大地》为家乡人民树碑立传，为伟大的抗日战争讴歌，这事迹该不该宣传。还有一位叫遥路的，年已八十，出了一本《遥路短歌》

又出了一本《遥路短歌行》，他可是农民啊！在国家困难时期1962年自动到农村落户并无收入，靠攒下来的钱出书，两次捐给顺义图书馆。他对我说："他出自名门望族，是抗倭民族英雄戚继光的后代。把一切苦难都加在我身上，把所有荣誉都献给您。祖国，我是您的儿子，您是我的亲娘！石景山区有个叫杨石坚的居委会主任，当主任十多年，成了老主任，级别依旧，工资没涨。他专解决群众反映的热点难点问题，被人们称为当代的焦裕禄。等等。

捧：现在国家对我们这么好，过去说快板是叫街的，说相声是耍贫嘴的，我们享受着优厚待遇，为我们提供这么大的舞台。

逗：我们得感恩呀！

捧：哎，你上哪儿去？

逗：去宣传正能量中国梦呀！

捧：我也去。

中国省拜访世界省

逗：今天，我给大家说个人。

捧：什么人？

逗：省啊。

捧：什么省？

逗：不是地方，是人。

捧：是人？

逗：这人跟别人不一样，别人省该花的少花，不该花的多一个子儿也不花。

捧：这也没什么，我见过的多了。

逗：见过的多了，我说这个人，一到做饭就数米粒儿。

捧：好嘛，没见过。

逗：一天，他正在数米粒儿，听说有个世界省，就站起来要去拜访。

捧：那就去吧。

逗：刚要走，不行，我是向人家讨招，得拿点进见礼。往屋里一踅摸，什么也没有，又一踅摸，墙上有幅年画，还是十多年前捡的，就把画揭下来。

捧：送画呀。

逗：画上不是有鱼嘛，中国省这下露脸了，捧着鱼就去了。进了世界省的家，世界省的孩子一看送来金翅金鳞的大鲤鱼就乐了，忙招呼中国省坐下。

捧：家有椅子吗？

逗：椅子？连凳子也没有。

捧：那坐哪儿呀？

逗：那孩子两手一比画，这就是凳子，紧接着两手又一比画，请喝茶。

捧：噢什么也没有，就干比画呀，我得学着点。

逗：中国省一想，敢情世界省是个孩子。

捧：孩子就说，你找的是我爹，他叫人请去讲课了。

逗：那我得等等，好向他讨招。可左等也不来，右等也不来，肚子咕咕直叫，实在坚持不住了，就起身告辞。

捧：孩子一看都过晌午一大会儿了，就伸出两胳膊一比画有锅盖那么大，你拿去回家吃吧。

逗：是得学着点，就两手一比画要什么就来什么了。

捧：中国省头脚刚走，后脚世界省进门，一看厨房里放条金翅金鳞的大鲤鱼，就知是有人送的，便问儿子。

逗：你没还礼？

捧：还礼啦。

逗：儿子两手一比画，送他一个大饼。

捧：世界省一听火儿大了，上去就是一个耳光，这么大的饼吃得了吗？送半拉还不行。

逗：这时，从外面哭哭啼啼走进一个人来，说孤儿院的孩子经费花完了，现在连一粒米也没了，眼看要饿死了。

捧：那怎么办？

逗：世界省说多少人？

捧：来人说 218 人。

逗：世界省动心了，当年你爹就是叫好心人救活的，忙从箱子里掏出钱罐，一数不够。

捧：他儿子说我领您到中国省去。哎哎，怎么不省啦。

逗：省呀，这不是省孤儿饿死呀。

|返场小段|

小不点

手拍手，当竹板，我俩说个小不点。小不点，一小段，人人献出爱心一点点。一点点，别看小，点点水珠汇成河，点点细沙汇沙漠，点点石头垒高山，点点爱心苦成乐。十三亿人，人人献出爱心一点点，中国梦早日实现就快点。

爱孩子

逗：孩子是祖国的花朵，是国家和民族的未来。
捧：所以关爱下一代人的健康成长是全社会的责任。
逗：先从起名说起。
捧：叫什么？
逗：心肝、宝贝。
捧：嘿，够疼爱的。
逗：还有的叫龙、叫凤，说龙翔九天，凤遨环宇。
捧：都是高高在上高人一等。
逗：就拿上学来说，爷爷奶奶，姥姥姥爷总动员，有车的车送，没车的骑在爷爷、姥爷脖子上，奶奶、姥姥一个背书包，一个拿保温杯。
捧：孩子呢？
逗：孩子也没闲着，骑在老人脖子上，老人腿脚慢，就拿柳条抽。“驾，驾，快跑！快跑！”
捧：跑得起来吗？
逗：跑不动也得跑，架不住孙子劈头盖脸抽呀。
捧：真的给孙子做牛做马了。
逗：这还不算，有的给孩子吃巧克力、烧鸡、卤鸭、酱肘、牛排。
捧：怎么样？
逗：嘿！眼瞅着长个了。
捧：没白吃。
逗：不是往高里长，是上下左右全面发展，不到12岁，就120斤，走12步，就得坐下来歇会儿。
捧：这不是溺爱吗？

逗：可不是嘛，这溺字怎么写。

捧：左边三点水，右边一个弱字。

逗：这不是注水的爱吗？照这样下去用不了几年，准是个弱者。

捧：有的家长，也不都是这样。

逗：刚 5 岁，就报名参加奥数班、国学班、瑜伽班、钢琴班、美术班。

捧：那么点孩子学得了吗？

逗：打呀！棍棒底下出神童。晚上 11 点还在那弹钢琴，早上 4 点又开始背《三字经》。说不能让孩子输在起跑线上，这叫童子功。

捧：结果呢？

逗：结果住进了医院。大夫说要晚来一步，就过劳死了。

捧：太危险了。

逗：所以我们每一个做父母的，都要端正爱孩子的态度，让幼小的心灵健康成长，还他们一个快乐的童年。

捧：父母是孩子的第一任老师。

逗：那得我们一起努力，动员全社会的力量来关爱下一代的健康成长。

识 数

逗：人不能不识数。
捧：得知道哪多哪少。
逗：可有的人就不知道。
捧：那是傻子。
逗：错啦，不光不傻，还挺机灵的。
捧：那怎么回事？
逗：说要用五匹马换六只羊。
捧：不少人都这么说。
逗：还甭说是黄骠马、红鬃马、乌骓马、赤兔马、卷毛狮子马，就一匹马也价值连城。
捧：没错。
逗：没错？换了还说货换货两头乐。
捧：也不知谁乐。
逗：还有的不换羊。
捧：干什么？
逗：砸锅呀。
捧：闲着砸锅干什么？
逗：卖铁呀。
捧：这就更不识数了，锅多少钱，铁多少钱。
逗：这不是不识数嘛，还有的就更不识数了。
捧：还有更傻的？
逗：说舍不得孩子套不着狼。
捧：啊？套狼得舍孩子。

逗：要不说傻呢，还有比这更傻的。

捧：这就傻得可以了，还有比这更傻的？

逗：有啊，说舍不得媳妇逮不着和尚。

捧：啊，那可傻到家啦，报警不得了。

逗：报警？还能舍媳妇吗？

捧：到底是为了舍媳妇还是为了逮和尚呢？

逗：那你为了逮我舍媳妇了？

捧：你才舍媳妇呢。

说歌曲

逗：我问你，先有曲还是先有词。

捧：这，说不清，就像先有鸡还是先有蛋一样。

逗：这么简单的问题你都不知道。

捧：那么你知道。

逗：也不是先有鸡，也不是先有蛋。

捧：先有什么？

逗：先有无呀。

捧：这不是废话吗，说了半天，无，等于什么也没有。

逗：无中生有啊。

捧：长学问。

逗：这么跟你说吧，一首歌，也有先有词的，也有先有曲的。

捧：你说个例子。

逗：像《国歌》，当时叫《义勇军进行曲》，是田汉在被捕前在香烟盒的背面写的词，后由聂耳谱的曲，成了今天的《国歌》。

捧：也有先有曲的。

逗：那叫填词。

捧：那歌曲是谁最先发明的？

逗：最早的歌叫《击壤歌》，一面击打一面唱，是我们先民在猎食后唱的。

捧：那唱歌和说话有什么区别。

逗：唱歌源于说话，是在说话的基础上，根据情感有的音拉长，有的音缩短，有的音上扬，有的音低沉。朗读就是说话与唱歌的过渡型。

捧：唱是比说得好听。

逗：所以歌为耳悦。

捧：那是为什么？

逗：说好比一汪碧潭，只能风吹微澜。歌好比江河，时而狂涛万丈，时而浪花朵朵。

捧：看来你对歌还真有研究。

逗：也就略知一二，像邓丽君、李玲玉多以甜美达情。

捧：就跟含糖一样，所以叫甜歌皇后。

逗：像《甜蜜蜜》《天竺少女》。

捧：蒋大为呢？

逗：蒋大为是以花传情，像《牡丹之歌》《在那桃花盛开的地方》，再加上姑娘，就分不清是花是姑娘了。

捧：杨洪基呢？

逗：杨洪基的声音恢宏深厚，具有历史沧桑感，所以他唱的《三国演义》片头曲，《滚滚长江东逝水》别人比不了。

捧：为什么？

逗：因为他占一个洪字，天地玄黄，宇宙洪荒，所以别人比不了。

捧：还有呢？

逗：还有就是田震，她唱歌一顿一顿的。

捧：为什么？

逗：不顿能震吗？

捧：还有呢？

逗：还有就是王二妮，她一张嘴就有地方特色，是民族的就是世界的，所以她出道了。

捧：那王大傻，王三愣怎么不行。

逗：王二妮出道全在“二妮”上了，你想啊“二”，就是她的两条腿始终站在家乡的土地上，“妮”就更不用说家乡的泥土啊。

捧：还有呢？

逗：你对外国歌懂不懂？

捧：不懂。

逗：非洲的歌多节奏明快，他们地处热带，不这样身上的热能没法散发出来。

捧：还有呢？我不信问不倒你。
逗：还有，还有……
捧：傻了吧。
逗：像美国，建国晚，他们的歌多用萨克斯、钢琴伴奏。不过，有的也挺好听，像《泰坦尼克号》里的插曲《我心永恒》也非常好听。
捧：还有呢？
逗：像日本的拉网小调，他是岛国，四面环海，不拉网吃什么。
捧：为什么不是大调唱小调呢？
逗：国家小呀，唱大调就像孩子穿大褂，得合体呀。
捧：还有呢？
逗：还有完没完。唱歌和说相声一样，不能翻来覆去就说这一段。
捧：得与时俱进。
逗：对！不进则退。
捧：你再说说。
逗：九月奇迹，小玮和小海这么受人喜欢，不光是小玮的双排键，还有他们的歌，把老歌词曲重新创作，赋予了时代特色。
捧：还有呢？
逗：我看你是不把我问趴下了不算完。北京奥运会开幕式上刘欢和布莱曼唱的《我和你》。"我和你，心连心，同住地球村……"
捧：唱出了大国风范。
逗：这是人类命运共同体，不能一国独大。
捧：为什么要刘欢和布莱曼唱，别人不行吗？
逗：刘欢这不是用歌声欢迎你吗？更欢迎你别走了，留下吧。
捧：那布莱曼呢？
逗：因为这是一个长期工程，不着急，急大发了欲速则不达。慢慢来，为梦想我们有的是耐心。
捧：你认为在这些歌里谁写的词曲最好？
逗：好的太多了，我就说一首。
捧：哪一首？
逗：高枫写的《大中国》。词曲都好，"我们都有一个家，名字叫中国，兄弟姐妹都很多，景色也不错，家里盘着两条龙，是长江与黄河呀，还有珠穆朗玛峰儿是最高山坡……我们的大中国呀，好大的一个家，经过那个多少风吹和雨打，我们的大中国呀，好大的一个家，永远那个永远我要伴随她，中国，祝福你，你永远在我心里，中国祝福你，不用千言和万语。”

捧：敢情你是真懂不是假懂。我再问你，春晚结束时为什么要唱《难忘今宵》？

逗：是春晚结束了，大家还要在各自的岗位上为实现中国梦奋发图强。

捧：干吗非要李谷一唱呢？

逗：这是古老的中国必将统一，包括台湾必将回到祖国的怀抱。

捧：歌曲究竟要表达什么？

逗：表达是一个情字，歌咏情。

捧：你再说说。

逗：像汉朝乐府有一首《上邪》。“上邪，我欲与君相知，长命无绝衰，山无陵，江水为竭，冬雷震震，夏雨雪。天地合，乃敢与君绝。”

捧：嗬！太瓷实了。这是爱到地球毁灭吗？

逗：到那时还有歌曲吗？你也不用问我了。

医　疗

逗：人吃五谷杂粮没有不得病的。

捧：生老病死是生命的必然规律。

逗：所以国家把关爱人民的健康提到重要议事日程，出台了大病统筹、医疗保险，还有异地报销。

捧：要不，怎么说共产党爱人民呢？

逗：有人偏信巫师、庸医。

捧：举个例子。

逗：这种骗人的勾当古时就有，占卜、算命、跳大神、请大仙、扶乩。

捧：现在呢？

逗：现在的庸医比古时还多，像神针、推拿、点穴、祖传秘方，除了艾滋病、癌症不治，什么病都治，手到病除，疗效快。要不，所有的手法和处方都加了一神字。

捧：有神则灵。

逗：要不说是巫师，庸医呢。为此，电视台纷纷举办了健康讲座，什么养生堂、中华医药，收视率非常高。

捧：国家关爱咱百姓呀。

逗：有的人不信这些科学知识，专听小道消息，还说偏方能治大病。

捧：治了吗？

逗：经专家一看，什么偏方，纯粹是骗方。

捧：所以要尊重科学。

逗：电视台纷纷请各科名医专家讲课，从上到下，从外到里讲个遍。

捧：这对普及健康知识有好处。

逗：我也对健康作了一番总结。

捧：你也想当专家？

逗：不敢当。

捧：你说的比专家讲的详细。

逗：不，简单。

捧：简单？

逗：就三个字。

捧：哪三个字？

逗：吃、睡、动。简单不？

捧：是简单，可健康这么大的课题，三个字就概括了？

逗：把一件事说复杂了谁都会，农村叫车轱辘话来回说。

捧：那说简单了呢？

逗：把复杂的事说简单了，就不那么容易了。

捧：举个例子。

逗：中国梦，就三个字，就说出了十三亿中国人千百年来的梦想和追求。

捧：那你先从吃说起。

逗：吃的学问就大了，得会吃。

捧：谁不会吃，不会吃得饿死。

逗：有的人就不会。脾胃不好的，少吃生冷，少吃不易消化的；小孩不能缺乏营养，也不能营养过剩；老人不能多吃，要吃些软糯的，营养要均衡，禽蛋奶脂肪，维生素比例合理。

捧：有道理。可有的人就不这样。

逗：有人该吃的不吃，不该吃的猛吃，专吃反季节蔬菜食品，偏食高糖、高盐、高脂食品。

捧：那非吃出病来不可。要不现在得糖尿病的人那么多。

逗：所以国家反复强调要膳食平衡，北京市还向市民发放了膳食平衡小册子。

捧：还甭说，多数人按这个标准做了。

逗：有人还在厨房墙上贴了自编的饮食歌谣："冬吃萝卜，夏吃姜，洋葱茄皮通经络，韭暖腰膝扔拐杖，蔬菜含有粗纤维，体内垃圾清肠胃。"等等，总之不偏食，不狼吞虎咽，不胡吃海塞。

捧：照你这么一说，我看能做到的人不多，那你再说说睡。

逗：人为什么要睡，睡眠能保持体内能量，干了一天不歇会儿还不累死，过劳死。
捧：这不用你说，谁都知道困了就睡。
逗：困了就睡，会睡吗？
捧：又加了一个会字。
逗：有人的枕头，有一尺高，说这叫高枕无忧。
捧：那准得颈椎病。
逗：有人看连续剧、球赛，眼都睁不开了。
捧：怎么办？还不拿小棍支上。
逗：去你的，喝浓茶、浓咖啡，不困了。
捧：精神头来了，神经衰弱了。
逗：有人晚上有饭局，喝大酒。
捧：睡着了，胃喝坏了。
逗：光会睡还要看睡的质量。
捧：睡觉还有质量，找质检局测试。
逗：有人说打呼噜准睡得香。
捧：是有这么个说法。
逗：其实打呼噜是鼻腔里有息肉，影响了正常呼吸，严重了能憋死。
捧：那睡觉质量的好坏拿什么来衡量呢。
逗：一般健康人躺下不超过 10 分钟睡着了，就算睡得好，睡好了得到了充分休息，白天准有精神。
捧：那有人干起活来睁不开眼，一躺下眼珠子瞪得溜溜圆怎么办？
逗：一是有意识从头到脚放松，排除杂念，再是切一小碟洋葱放在枕边，也很有效。
捧：好，我试试，那动呢？
逗：活动活动，要想活就得动。
捧：停腿那是死了。
逗：动分脑动和体动，所以一开运动会就说发展体育运动，增强人民体质。
捧：什么是最好的运动呢？
逗：要量力而行，像大妈跳广场舞，只要不扰民，一边跳一边乐，身心准健康。还有漫步，是有氧运动，沿着绿地走，小草向你招手，鲜花向你微笑，你的烦恼还有吗？这叫既愉悦了身心，又健康了身体。

捧：还有呢？

逗：还有就是晒太阳，特别是坐办公室的，要隔一段时间到太阳底下晒晒。晒太阳能增加维生素 D，提高人体免疫力。

捧：别说了，赶快运动起来吧。

说春节

逗：我问你，今天是什么日子？
捧：这还用问，春节呀！
逗：那咱就给大家说说春节吧。
捧：春节有什么好说的？
逗：我问你春节的春字怎么写？
捧：春，三横中间一个人字，下面——
逗：先说这三横中间一个人字，念什么？
捧：念什么不知道，字典上也没有。
逗：听好啦，是众。
捧：众，三个人，上一个，下两个，也没把中间串起来。
逗：这是三个人抱成一团。
捧：噢，抱成一团。
逗：众，代表众多，十三亿中国人万众一心，团团圆圆过大年。
捧：那节字呢？
逗：节字怎么写？
捧：过去一个竹字头，下面——
逗：现在竹字头改成草字头了。
捧：为什么？
逗：竹子资源有限，不像草，遍地都是。
捧：下面呢？
逗：下面把多余的都省去了，就一个小耳刀。
捧：为什么要简化呀？
逗：就是这一天要简省。

捧：为什么那么多汉字，像爨啊，就是过去烧火的灶。

逗：纛啊，就是古代军队的大旗，矗啊，就是直立高耸。这么复杂的笔画不简化，单把节给简化了。

逗：这不是这一天忙吗？

捧：忙什么呢？

逗：忙该忙的，也有的人忙不该忙的。过去有副对联："爆竹一声除旧，桃符万户更新。"

捧：相传起源于五代后蜀主孟昶。我看现在还有意义。

逗：说得太好了。这就告诉我们要节俭过春节，不能铺张浪费。爆竹一声除旧，桃符万户更新，爆竹一声就够了。

捧：就一声？

逗：一声是告诉大家旧的一年过了，新的一年开始了。

捧：就一声？少点了吧？

逗：爆竹怎么来的？那是农耕文明的喜庆方式，在广袤的大地敲鼓打锣，响动不大，放放爆竹，惊天动地，天地人和。现在是工业文明，高科技时代，孤零零的，村舍变成了高楼林立，再放爆竹污染空气，你说是健康重要还是听响重要？

捧：当然是健康重要了。

逗：那就应该少放烟花爆竹。

捧：这就促使烟花爆竹厂家聘请高科技人才，研制出电子爆竹。

逗：电子爆竹。

捧：怎么个电子爆竹？

逗：就是不用去点，一按电钮爆竹就像一条火龙腾空而起，五光十色。再一按遥控器，道道彩虹划破天空，奇光异彩，又好看又不污染空气。

捧：那回家团聚呢？

逗：也聘请高科技人才研制出太阳能汽车，不用汽油。方向盘前面安装上酒精测试仪，司机往驾驶座一坐，只要喝了一滴酒测试仪立马报警，汽车刹闸，如果非要坐，就得下来四个人抬着走。

捧：这倒是好主意。那窗上面玻璃呢？

逗：玻璃厂聘请高科技人才研制能自动翻面的窗户，玻璃脏了轻轻一按电钮，窗户就自动翻过来了，你在家里爱怎么擦就怎么擦，既安全又干净一举两得。

捧：太好了，这就是爆竹一声除旧。那桃符万户更新呢？

逗：除旧就是除过去的陈规陋习，更新就是创新。

捧：怎么个创新法？

逗：比如，回家过年，坐太阳能汽车，节后走亲访友，徒步，走走看看，看看走走。再不然坐旱船，骑小毛驴，或在腿上绑两根长木棍，一步顶两步。

捧：那叫庙会。还有压岁钱呢？

逗：过去少的给老的磕头拜年是敬老。老的掏出一个铜子给少的压岁是爱幼。现在味变了，少则一千多则上万，成了拿钱的多少来表示。那还有亲情味吗？

捧：还有把好端端的盆碗愣给摔了，美其名曰碎碎平安。

逗：这跟平安挨得上吗。

捧：还有把钱往大街上撒的，这叫破财免灾。

逗：这就更挨不上了。

捧：还有可劲花钱。一看是商家促销，打折，明明有 36 双鞋了，不行，再买 10 双，这么多也穿不了哇。

逗：便宜呀，有便宜不捡是傻子。

捧：商家能做赔本的买卖吗？明明是 388 元一双，改了标签 888 一双，打五折 444 元，比没打折还多出 56 元。不知谁是傻子。还有就是副食，拿肉来说。

逗：过年免不了亲朋好友聚会，是得预备点肉。

捧：家里本来一个冰柜都满满当当的了，还去买。

逗：为什么？

捧：凑热闹呀，中国人本来就有凑热闹的习惯，商业心理学上有个专业名字叫从众心理，那就买吧。

逗：先上肉铺，五花肉 20 斤，里脊 20 斤，肉馅 20 斤；牛腩 20 斤，牛腱 20 斤；羊大腿前腿 20 只，羊蝎子 20 副。

捧：这么多往哪儿搁呀？

逗：往哪儿搁，活人还能叫尿憋死。往窗户外空调机台上。我家有四个空调，那就东西南北空调机上都放一些。我一看这一大堆肉都放窗户外就放心了，呼呼睡着了，还甭说睡得真香，连外面的动静都没听见。后来声音越来越响喵喵叫个不停，我就揉揉眼睛往窗户外一看。好嘛，哪个空调机台上都有一大群猫，它们正会餐哪。你抓把雪，它抓把雪，再吃口肉，好不快活，在提前过年哪。

捧：好嘛。

逗：眼看过了初五，我把亲朋好友请来。酒也准备好了，肉也准备好了，生的、熟的、酱的、熏的、熬的、炖的、炒的、溜的，整整十八大盘。

捧：吃得了吗？

逗：吃不了不要紧兜着走。我一看那个乐呀，肉也没了，我也不用担心了。这时手机响了。

捧：谁打来的？

逗：亲朋好友呀。

捧：说什么。

逗：说得的是馋痨。我一听，还是肉准备的不够，就四门贴贴，广而告之，甭管八竿子胡噜得着，还是八竿子胡噜不着统统请来。

捧：那得多少肉？

逗：不吃肉，来个精神聚餐，每人一个盒饭，开个联欢晚会。咱知错就改。

捧：改了就是好同志。

逗：照中央电视台春节联欢晚会那样。大家欢欢喜喜，说说笑笑，热热闹闹，过一个除旧迎新的年，过一个团团圆圆的年，过一个健健康康的年，过一个祥祥和和的年，过一个腾飞年吗，过一个十三亿中国人为早日实现中国梦的年！

捧：早就该这样！

小说篇

闪小说

（一）

雨打芭蕉叮叮咚咚，流浪歌手敲着鼓点走来，鼓点越来越近，叮叮咚咚声渐远。梁上燕子惊了巢，鸡鸣犬吠，屋里主人哪去了？鼓点再次响起，叮叮咚咚淹没了鼓声，一切重归平静。

（二）

朔风急，彤云飞，风声夹着脚步声。脚步声越来越近，屋里一片狼藉。血滴在笔记本上，血上有狗毛。谁来过？财物完好无缺。是行窃？是奸情？

（三）

大雪纷飞，马蹄嘚嘚。大雪无痕，人去无踪。砰的一声，惊飞宿鸟。砰砰砰，马蹄踏踏远去。大雪纷飞，踪迹难觅。来此何干？此乃贫寒人家，父老惊魂，战栗不止，幸喜人安好，雪停天晴。

（四）

午夜，砰，砰砰，砰砰砰，枪声越来越近。接着有女人撕心裂肺的号叫。枪声稀稀拉拉，渐行渐远。是谁进来了？一个人，两个人，有皮靴踏地板的噔噔声，声音消失了，一切归于平静。天亮了，我刚要敲隔壁的门，从里面传出一个女人娇滴滴的声音：“都折腾一宿了，睡会儿吧。”

（五）

起风了，电闪雷鸣。淅淅沥沥，是雨声？声音越来越大。惊雷炸响，噼噼啪啪敲着窗上的玻璃，比机枪扫射还密集。一会儿有打在芭蕉上的声音，继而似大珠小珠落玉盘，从上空传来月亮穿过云层的声音。荷塘畔，情人窃窃私语，蛙鼓蝉鸣。笋在拔节，柳梢退尽鹅黄嫩芽，花笑草长。

（六）

“又爱上别人啦，你给我滚！”一个声音怒吼着。接着是两人搂抱的声音，一个嗲声嗲气的声音：“轻点，要搂死我呀！”那个男人转过身来。“哎，哎，松手吧，我们是在演戏呢。”

小贯

小贯不小了，为人实诚，长得又黑，三十好几了，孤身一人。

那年月，学大寨，秋收完了，地里就剩下棒秸没捆。小贯一面捆棒秸，一面看有没有落下的棒子。棒秸捆完以后，他把落下的棒子堆成一堆，用上衣包上，两只袖一系，送到队里场上。

队长说，这是落下的，又不是从队上拿的，拿家去，省得你老娘天天喝稀粥。小贯说，这是队里的粮食，不是分给我的，不管我家喝什么，也不能拿队里的粮食。

又一次，队上评工分，大家说脏活累活都叫他抢着干了，一等。小贯说，别别别，脏活累活都是笨汉子活，提楼下种我还不会呢，就评三等。大家瞪大了眼睛，最后队长来个折中，评了二等。

那时工分不值钱，一个劳日也就三毛，小贯起早贪黑一天才挣两毛多。

还有一次小麦冬灌，闸口开了一个大口子，小贯不顾天寒地冻，跳进水里堵，队长就给他多记了两分。小贯一看，又找到队长，说工分记得不对，队长说，怎么不对，给我多记了两分，队长说，这是队上奖励你堵口子有功。小贯说，这算什么功，我是社员，社员就该这么做。队长摇摇头，真是个傻实诚。从此，傻实诚的外号就叫开了。

事情传到公社，书记正愁没有学大寨典型，把他请去，在公社学大寨积极分子大会上讲话。领导亲自给他披红戴花。他说，要披红戴花拜堂就好了，把大家逗得哄堂大笑。记者给他拍照，他扭过头去，别别别，这玩意结实不结实，别把镜头憋了，我没钱，赔不起。又是一片笑声。

开完会公社管饭，他和领导一桌，他给领导敬酒，由于紧张，手哆嗦起来，一下子把酒倒桌上了，他扒桌上就舔。看着满桌子的鸡鸭鱼肉，他迟迟没有下筷，这是他从没吃过的，也从没见过的。吃完后，还剩下多半桌，他问剩下的还叫谁吃，服务员笑笑，谁吃，谁吃剩下的，他说别别别，我老娘在家还饿着呢，服务员就给他找个大盆提溜回去了。

这期间，有不少人给他提亲，女方一进门，三间草坯房，家徒四壁，出门连件像样的衣裳都没有，更不用说桌椅板凳茶壶茶碗了。还没等女方开口，他先说了，别别别我不配，我不配。

那年开春，正闹粮荒，虽说过了九九，河虽开了，地还冻着，柳树刚冒出黄色的嫩芽，哪有野菜，他顺河边踅摸了一个来回也没挖到一棵荠菜，苦丁丁。正在踅摸，忽听"扑通"一声，小贯一看有人跳河，顾不得脱衣裳，一头扎进河里，把姑娘托上岸。姑娘紧紧搂着他的脖子，丰满的乳房贴在他的胸口上，他身上像通了电流。姑娘叫郭翠花，长得就像一朵花，都叫她大美丽。大美丽不小了，三十出头还没嫁人。正经人家不敢问津，富家子弟又游手好闲，所以婚事难成。这次媒人说的东村有名的富裕之家，提着丰厚的财礼，父母见财眼开，逼着女儿答应婚事，大美丽才……

小贯为了救大美丽，患了伤寒，本来衣单食少，一头倒在了炕上。大美丽闻听二话没说就跑到小贯家。一面伺候小贯的老母，喂水喂饭，端屎端尿，一面又伺候小贯。小贯从来没受过如此款待，自然几天就好了。小贯说，你回去吧，这些天叫你忙这忙那，便从灶上拿起一个窝头掰成两半，递到大美丽手上。这是他过年过节最好的饭了。

大美丽一把抱住了小贯，小贯望着大美丽乌黑的长发，白皙的胳膊，水灵灵的大眼睛，像见到天仙。

"大哥，娶我吧，我和你一起渡过难关。"

青花冰纹盘

他开着豪车，一路向隐名街驶去。

他听到一个消息，在隐名街有一位六十多岁的长者，每天只是看看书，练练太极，别无所好。家里藏有青花冰纹盘，不摆在台面，更不轻易示人。

青花冰纹盘出自宋宣和年间，由于宋徽宗的喜好，才由官窑烧制，由于盘极薄，出窑时成品不多。

车，慢慢停下来了。门前绿树掩映，修竹擎天，竹篱柴扉，爬满绿萝，闪闪红星于纤细的蔓条中。未及通报，早有仆人迎出，遂引入会客厅中。说是厅，实为露天庭院，桌椅条凳，皆为天然梨木，地下有根，只是锯了上截。

主人鹤发童颜，待通报了姓名，仆人端上茶来，云雾缥缈，香气袭人。

双方言古道今，甚是畅快。日近中午，主人留饭，他言谢再三，驱车而回。

半月过后，他又驱车前往，品茗间，他从袖中掏出一个扁核桃，上刻一大猴，猴的身上、腋下、后背、腿间，爬有五六个小猴，形象生动逼真，世所罕见。

“不成敬意，乞望笑纳！”

老者已明贵客来意，遂领入藏珍室，打开三道雕花楠门，从紫檀座上小心翼翼捧出——青花冰纹盘。他双手接过，再三细看，盘底有“宣和年制”字样。如此观看良久，方才告辞。

又过了半月，他专程邀老者到一处看看，首先来到龙蛇厦，厦内尽收名人字画，真草隶篆、仕女、花鸟鱼虫，应有尽有。楷书，工笔精细，隶书形如钟鼎，草书，走笔龙蛇，笔锋粗细有致，飞白断连，如公孙大娘舞剑，一气呵成。再看异石厦，独石有渔翁垂钓、樵夫砍柴、牧童横笛，片石有山水、亭台楼阁，若隐若现，如入蓬莱仙境，另有珊瑚，红白相间，高达三尺有余。锦绣厦，内有单面绣、双面绣，更有三面绣。三面绣，直视，左右侧视，三种景观，金丝闪闪，银缕熠熠。

时近中午，佳肴美酒早已摆下。酒是绍兴女儿红，菜，说荤非荤，说素非素。老者于饮宴间已知其来意。双方对视一笑，他从袖中掏出一份三厦珍藏明细清单，双手递到老者手上。老者一看，大惊失色，如此价值连城，只为——青花冰纹盘，太过破费了。

饭毕，再到老者处，他双手接过青花冰纹盘，由于喜极欲泣。手便颤抖起来，只听“啪”的一声青花冰纹盘，跌落在地化为碎片。

原来，他家中也有一盘，与其不差分毫。世上珍品，不可有二。他看了一地碎片，仰天大笑，驱车而归。

种老头

种老头早上起来，第一件事就是到早市上逛逛。他逛早市什么也不买，只图消愁解闷。

种老头五十岁那年两岁的儿子丢了，至今杳无音信。

种老头本来老来得子，是桩大喜，四年前孩子丢了，一头青丝成霜，脸上也添了道道皱纹。

种老头想儿子差点想疯了，逢人就说“儿子，儿子”。看见人家抱着孩子就说是他的。老伴儿因为想儿子气绝而死，剩下他无依无靠，孤苦伶仃。谁见了都叹口气。

种老头白天想，夜里想，连做梦也想儿子。在梦里儿子骑在他身上，拿扫炕的笤帚打他的屁股，他从炕这头爬到炕那头，爬着爬着一翻身，把儿子抱住了。有时梦见他和儿子学狗叫，爷儿俩在炕上比谁爬得快。有一天，他梦见一道红光，红光是由红点发出来的，红光越来越大，原来是他儿子，他大喊一声，伸手一抱，醒了。他人醒着，还在梦里。

有人劝他，抱养一个，他摇摇头，说抱养的喂不熟。

他大部分时间泡在早市上。人家还没出摊，他就去了，人家收摊了，他还不走。他认定儿子是丢在早市上。他从早市东头走到西头，又从西头走到东头，两眼四下踅摸，说儿子藏在小贩的身后，藏在地缝里。

一天，他逛早市，临收摊时远远看见一个人领着一个孩子，他疯了似的跑过去，一看，原来是个女娃。

一个月过去了，又一个月过去了，他刚从早市回来，忽听有人喊他。

“大哥，慢走！”

回头一看，是个老太婆领着一个孩子。

“大哥，行行好，把这孩子领回家吧。自打我家老头子死后，断了进项，我也养活不起了，行行好，只当小猫小狗，救一条命。”

种老头看看，连连摆手，不是我的娃，不要，不要！便把娘儿俩推出门外。

第二天，老太婆又来了。

“大哥，行行好，我不是卖儿，我这是送子，我什么也不要，只要你脚上的鞋子。我家老头临死时光着脚丫走的，我把鞋子供在坟上叫他穿着去见阎王爷。”

种老头心善，犹豫了。

“我饿！”孩子一头扑在他的怀里。

种老头脱下脚上的鞋子。从此再也不逛早市，每天和孩子打打闹闹，像两个小朋友。

种老头的头发慢慢又变黑了，脸上皱纹也少了。

一天，种老头正在做饭，他的孩子拿起两个馒头，顺着早市跑了。

种老头一看孩子没了，差点昏死过去。谁知下午，老太婆又把孩子领回来了。孩子是怕老太太饿着。

种老头赶忙拿出所有的馒头，往老太婆手里递，孩子紧紧拽着她的衣裳，哇哇大哭。

“俺娘饿！俺娘饿！”就这样两家人成了一家人。

一天，种老头正在给孩子剃头，忽然发现孩子的后脑勺上有一块红痣，原来是他的亲生儿子。

种老头的两眼眯成了一条线，逢人便说：“不知是孩子变了，还是他老眼昏花了，咳！好事，好事呀！”

行窃

他好吃懒做，整天绞尽脑汁，捉摸生财之道。

一日，他看了印度电影《流浪者》，便记住了卡扎对拉兹的话，去偷，去抢，去杀人，去放火。他只能去偷去抢，杀人放火犯了死罪还怎么吃喝，再说，他也没那个胆。

他开始乘人不备偷了一辆摩托车，便骑着摩托走街串巷，在摊前顺手牵羊些瓜果梨桃。这些小物件总不能满足他的吃喝，想来想去，最终想到了银行。银行是存放钱的地方，一旦得手，吃喝不就解决了。

可他初次上道，毕竟胆小，再说银行也不是好抢的，便想寻个伙伴壮胆。几天过去了，又几天过去了，就在他一筹莫展的时候，他发现了一个人，东张西望，行为诡异，只是比他隐蔽，他上去搭话，二人一拍即合。从此二人同行，他开着摩托，那人坐在他的身后。每次外出，总不能白跑，何况还有同伙要吃要喝。他便顺手抄些啤酒，猪蹄肘子，再说身后还有人为他壮胆呢？

他选择了一个月黑风高的夜晚，天下着小雨，路上也没个人影，他关上了摩托车上的灯，便悄悄往前开。他来到一家银行，好在白天已踩好了点，看看四下无人，便开始行动。银行大门紧闭着，他掏出万能钥匙，“咔”的一声锁开了。正当他的手伸向保险柜时，突然一声断喝：“不许动，举起手来！”

他向四下望望，没有人影，谁知后背已被手枪顶住了。他选的同伙，原来是治安民警。

王老汉

王老汉一根筋，认准的事，九头牛也拉不回来。

在王老汉还没成老汉的时候，奶奶告诉他，咱们村老高家，深宅大院，门上一边一个铜把手，两扇门上还有用铜钉钉的“忠厚传家远，诗书继世长”的对联。家里人出门，不用赶脚，也不骑毛驴，而是坐带篷的轿。其家人知书达理，老街坊遇到什么困难，都愿意帮忙。逢年，不但不收租子，还舍粥赈济灾民。奶奶的话就像岳母刺字一样，扎在了他心里。

王老汉三岁念书，开始念的是《三字经》《百家姓》，以后又念《名贤集》，十三岁开始读“四书五经”。他家境贫寒，上不起学，就向村里的大人请教。他尊敬师长，见到长辈，一口一个叔叔，一口一个大爷，村里人没有不喜欢他的。村里有个上过私塾的老先生，主动找上门来义务教他。他聪明好学，记性又好，教过的书，三遍四遍就能背下来。十五岁，开始读楚辞、汉赋、唐诗、宋词、元曲和明清小说。每到老师累了，他便跪下来给老师捶背捶腿，还用枣叶炒熟当茶，双手捧给老师。饭熟了，总是让老师先吃。老师膝下无儿，便收他为义子，有了老师这样的义父，他看的书越来越多，知识面越来越广。临睡前，枕边总是放着老师给买的《辞源》，遇到不认得的字和词，一一查对。

王老汉世代卖瓜，逢到老师休息，他总是替爹卖瓜，看到有的老人、小孩没钱，他抱起两个，把瓜递到老人、孩子手里。

王老汉虽然没上过正式学校，可他知道的比上过学的都多。有时学校里的老师找上门来求教，他总是谦卑地说：

“不敢，不敢，一起讨论。”

他成了一方秀才。他熟悉家乡，热爱家乡人民，他随身携带着一个小本子，遇到生动的语言和感人的事便记下来。

教他的老先生有一小女，老人亲自为他做主，把爱女许配给了他，从此义父又成了他的岳父。

有了贤内助，不仅家里窗明几净，还能和他一起切磋文学，他如有神助，学问日见长进。他开始写诗，他的诗没有口号，没有说教，用的是形象语言，把不可视成为可视，以情动人。他说时间，一面看着书，一面剥着豆荚，把时间掰成了两半。农民上工，说是钟声敲出了黎明。他开始写散文，因为有了诗的基础，他的散文如心灵的春水顺着情汩汩流淌。他写杂文，因为生活的艰辛，让他悟出了许多道理。他写小说，因为说的是家乡话，记的是家乡事，口语化的语言，生动活泼，人物性格鲜明，有个性，有特色土而不俗。他崇拜鲁迅，认为鲁迅见地深刻，针砭时弊，语言辛辣。他热爱老舍，认为老舍是艺术大家，他笔下的《骆驼祥子》《四世同堂》里的人物，让人过目不忘，特别是他对语言的运用，他把北京口语发挥到了极致。他崇拜安徒生，他每次读《卖火柴的小女孩》都泪流满面。他看《皇帝的新衣》，折服文学大师的奇思妙想。他看丑小鸭，把自己当成了丑小鸭。他从中悟出了天助自助者，运降不降人。

王老汉走过了春，走过了夏，走过了秋，走过了冬。从一个贫苦的孩子，一步步走到了一个知识富有的人。

他大器晚成，厚积薄发，三十岁那年写出了《卖瓜人》。他不用下乡，他就生活在乡下，他不用体验生活，他就生活在家乡的土地上，他不用问卖瓜人心里想些什么，他世世代代就是卖瓜人。编辑部看了他的作品，一致称赞他的语言生动，比喻精准，人物活灵活现，构思严谨，谋篇巧妙。作品一经发表好评如潮。在他五十大寿的时候，他集一生心血，写出了180万字的两部长篇。为伟大的抗日战争立传，为家乡人民讴歌。古稀之年，他还节衣缩食自费办起了文学刊物，没有助手主编和编委，就他一肩挑。许多文学爱好者登门求教，称他为老师，他总是谦虚地说，言重了，文学没有什么捷径，只要你沿着这条道锲而不舍地走下去，终有到达设定目标的那一天。文学没有窍门，只要你不怕艰辛，日复一日地干下去，总有敲开文学之门的那一天。他的墙上贴着“世事洞明皆学问，人情练达即文章”。这是永远参悟不透的哲理。让多少来访者站立良久，沉思不已。

如今，他的小村已被誉为文学爱好村、高考状元村、文明村、最美村。他一生获奖颇多，奖杯奖状不计其数，他不挂在墙上摆在桌子上。他说，人有攻不下的堡垒，不能叫赞誉冲昏了头脑。

知音

他喜欢唱歌和演奏，但家境清贫。他的嗓子来自天赋，发音能从丹田，还能头腔共鸣。买不起乐器，就地取材，树叶、小棍、麦管、竹尖，甚至两块石头。他说不管什么，只要有风的吹拂，就能发出动静，不然竹林怎么会吟唱，大海怎么有涛声。

他所在的村，是个小村，百十户人家，因为大山包围，男女一大，婚姻不好解决。一年一度，村里举办赛歌会，就像今天的婚介为未婚男女牵线搭桥。

他多次参加赛歌，没人鼓掌，他唱的歌，就像小溪潺潺，大河滔滔。唱歌是为求爱的，这叫什么歌，便被评委轰下台去。

他懊丧极了，扭头往家走，忽听背后：

“大哥，留步！”

肖瑟回头一望呆了，如此俊美的姑娘，叫他干什么。

姑娘说：“到我们那去吧，这里人不懂，你唱的那些才是天籁之音。”

从此肖瑟认识了晓琴。肖瑟虽一见钟情，可不能跟她走。家有老父无人照料。晓琴与他只好挥泪作别。

晓琴回到家，日夜思念。究竟是想他的人，还是想他的歌，爱总是很难说清的。

三天后，晓琴把老母托嘱给了小姨，并替她保密。

晓琴失踪了，像风刮遍了全村。有人四处打探，有人猜想她与人私奔或被人拐卖。找归找，猜归猜，半个月过去了，音信皆无。

原来晓琴来到了喇叭沟，住在肖瑟家。三天后她本来想走，偏偏在这时肖瑟的老父病了，她不能走，她已把肖瑟的父亲，看成了自己的父亲，整天伺奉床前。

又半个月过去了，肖瑟老父在晓琴的精心照料下，日见好转。晓琴便挽着肖瑟的手，回到自己的家。

大家一看晓琴回来了，还领回一个帅小伙，都喜不自禁。晓琴的小姨也来了，主动当起了红娘，三天后他们举办了婚礼。

婚庆那天，热闹非凡，大家都说琴瑟和鸣，天然的一对知音。

独　剑

独剑一生爱画，收集名家画作不下十几大箱，然，赝品也是他一生的最恨。

独剑，独就独在他的一双慧眼上，如是珍品，两眼便放出一道灵光。

独剑年过五十，所藏名画足可办个人画展的，可他不愿示人，一旦闪失，无法补救。

如今，他一改常态，不要珍品，只要赝品，这就奇了。

他为此，走遍了琉璃厂、古旧街，遍访大小画店，凡能去的都去了，凡能打听到的即使千里迢迢也非去不可。

一天，独剑来到一画店，店铺不大，墙皮已有些脱落，看来已是年久失修。店主人是位老先生，端着绍兴泥壶正坐在那自饮自品。见有人进门，便慢慢立起身来。独剑说明来意，老先生从后堂的樟木箱里拿出一幅画轴。独剑一看，两眼闪过一道灵光，再近前细看，是清初的杰出代表朱耷的作品。朱耷善画鹰，他笔下的鹰，站在一枯木枝上，两眼炯炯。独剑问到价钱，老先生伸出了五个指头。

“五百万。”独剑连连摇头。

“怎么？价高了，还可再商量。”

独剑又连连摇头，也伸出了五个指头。

“不是价高了，此画当在五千万以上。”

老先生见遇到了行家，便邀至后堂，重新沏上好茶，慢品细述。

“敢问您何以对画有如此高深的鉴赏。”

“在下出自画界名门，郑板桥之后，一生专爱收集名画，如今在利益的驱动下，书画市场鱼龙混杂，以赝充真，真假难辨。在下一生爱珍品，对赝品深恶痛绝。”

“原来如此，既如此，老朽可代为搜集一些名人珍品。”

独剑连连摇手。

“不必了，我如今只搜集赝品，不要真作品。”

“这？”

“不便细说。”

两位老人，从中午一直叙到日落。

三个月后，独剑来到老先生处，老先生为其搜集了三十七幅。当独剑一一看后，忽然一道灵光闪现，便从中抽出，是郑板桥画的竹。画面一竹傲立，势可擎天。老先生笑了。

“您真是高人。这是老朽故意放上去的，知您是郑板桥之后特备小礼，不成敬意，乞望笑纳。”

“君子不夺人之爱，这厢拜谢了！”

回到府里，独剑一面亲到文物管理处，将赝品一一展示，并说明赝在何处，附有赝品经何人之手及联系方式。

从此古旧市场焕然一新，赝品已销声匿迹。

老耿头

老耿头年过半百，钱包鼓鼓的，粮袋满满的，三个儿子都是大款，又极孝顺。多次劝他享享清福，颐养天年。

说归说，劝归劝，就是我行我素，依然故我。他说人生最大的悲哀，莫过于饱食终日，无所用心，所以太阳刚挑梢他便骑着一辆破三轮走街串巷收破烂。

如今，收破烂的已瞄准了行情，随着生活用品的上涨，收破烂一律压低价格，以维持生计。

老耿头专收塑料瓶，别的让给别人。逢到有人来卖，明值三毛，他给五毛，明值六毛，他给一块。这样一来，大家都把塑料瓶留给他。一来二去，他成了收购塑料瓶的专业户。五年他收的塑料瓶已堆成了小山。

老耿头有一所庄园，两亩多地，塑料瓶便堆在庄园里。

他有的是工夫，每天收购归来，便起早贪黑造房盖屋。他不用柁木檀架，不用钢筋水泥，也不用砖石瓦块，就这么小心翼翼把塑料瓶码起来。他请教过别人，让瓶与瓶互相咬合，互相拉扯，再加上少许的黏合剂，造出的屋十分坚固，即使十级大风也纹丝不动。一年下来，他建起了客厅、卧室、浴室、厨房。

他又用塑料瓶在室外建起了水晶宫。水晶宫冬暖夏凉，就像高级塑料大棚，蔬菜满畦，瓜果满架。

就在他六十大寿的时候，他把这一切献给了国家，向人展示变废为宝，建设一个绿色家园。他的善举上了报，上了电视，不少人纷纷加入了他的团队，他的团队不断扩大。

他的目标是建美丽中国，建绿色家园。

解放

“新县太爷要来了！”消息像春风吹遍这个边远的老解放区。可新来的县太爷是什么样？和以前的一样吗？

廉仆接到调令已经三天了，三天来他忙的不是准备携带家眷，而是上任后要干些什么，先干什么，后干什么，要在几年内把这个老解放区换个样。那就从上任开始吧。

听说新县长要来，县委、县政府各级领导班子就忙碌起来，连夜开会商讨如何迎接新县长的到来。听说新县长贯彻上级政策雷厉风行，对下级要求严厉近乎苛刻，大家提心吊胆，从大方面到小细节一一安排，责任落实到人，不能有一丝一毫疏漏。

首先，由副县长牵头，在县里组织了一个八百人的欢迎大军。人人举着小旗，百人一组，由组长带领大家高呼口号。少年儿童则手捧鲜花列队欢呼。县政府门前拉起巨幅标语，上面用醒目的大字写着：“欢迎廉县长就任”。要求大家一律换上新装，面带笑容。另在全县选出大厨，让席面不但有地方特色还有全国八大菜系代表菜肴。酒是多年陈酿的茅台，茶是上好的碧螺春。陪县长的不管酒量如何，都要让县长吃好喝好。席间还安排了文艺演出，由县文工团助兴。一切准备停当，各档由专人负责，专等县长大驾光临。

时间定在上午10时30分，时间到了，大家伸长脖子远远望去，不见县长踪影。时间在期盼与翘望中一分一秒地过去。11点了仍不见动静，11点5分，10分，15分，时间好慢呀，好像一秒钟有一年那么漫长。欢迎大军中的小朋友有些支持不住了，有的坐到了地上。11点半了，前哨冒着满头大汗来报，还是没见县长踪影。各级领导同时对望，莫非？

新县长廉仆早就喝上了，喝的是30年前地方用薯干造的老酒，茶是用枣叶炒过的枣茶，桌上放着一盘土豆丝，一盘拍黄瓜，一碗熬粉条，一碗熬豆腐，中间一个粗瓷大碗，碗里的老母鸡炖得酥烂，香气突突地往外冒。这是 30 年前娶亲的最高席面。廉县长想起了当年，有一家办喜事，因为上不起鸡便上了一条大鱼，他用筷子去夹，竟是一条木鱼并且和盘子连在一起的，想吃只能蘸蘸浇在木鱼上面的汤。就座七人都是当年解放战争的模范，其中还有个妇女，是出了名的一夜做两双军鞋的主任。大家说着笑着，喝着家乡的酒吃着家乡的菜，其乐融融就像一家人。这些当年的姑娘小伙子如今青丝已被岁月染成了白发。衣裳还是当年的土布，抿裆裤，对襟袄，廉仆便有一些酸楚涌上心头。新中国成立 30 年了，老区人民用鲜血和汗水支援了革命，宁肯挨饿，捐出小米并用独轮车推到前方。这天下谁打下来的还不是共产党领导人民群众打下来的。30 年了，老区人民的生活没变，对党的赤胆忠心也没变，党应该怎样报答老区人民的恩情？想到这些，廉仆觉得身上的担子越发重了。

欢迎大军的各级领导左等右等不见新县长来，有机灵的提议，到当年贫协老屋看看。一看惊了，新县长正和大家喝得起劲，你敬我一杯，我敬你一杯，如果不从衣着上分辨，看不出谁是领导谁是群众。副县长一看，忙招呼秘书，撤了，再换席面，传唤大厨立刻燧灶开火。

廉县长站起来笑眯眯冲大家：

“实在对不住了，一路坐公交车饿了，就先吃了。好！我已经饱了，该你们了。”

副县长和几个头头你看看我，我看看你，文工团也愣在了一边，其中一个美女更是睁大了眼睛。

新县长说：

“快吃吧，下午两点，到会议室开会。”

不到两点钟，副县长、秘书、各级领导都到了，县长看看表，还差 10 分钟。

“谁唱支歌，咱们老区的歌。”

在座的都低头，谁还敢言语半句。

县长看看表。

“时间到，现在开会。”

还没等新县长说，副县长和各级领导就说上了。

“都怨我们工作不到位，还望廉县长原谅。”

“是啊，是啊，工作不到位，有失远迎。”

县长摆摆手：

“大家这么说就见外了，是我对情况估计不足，浪费大家的宝贵时间了。”

“请领导做重要指示。”在座的异口同声地说。

县长笑了：“咱们先立个规矩，以后凡我讲话，一律免去‘重要’二字。我说话怎么就那么重要？一个人也不能因为当官了，说话就重要了，那在家里我跟老婆说句悄悄话是不是也算重要讲话。”

一句话说得大家都笑了。

“我新来，对情况不了解，不了解不能乱讲。我提议，给大家一个月的时间，把情况摸清楚，摸透，根据群众提出的热点问题，定出工作方案，先易后难，慢慢来。抓实事讲实效，大家敢不敢立个军令状？”

“敢！”

“那好！拿纸来，办不到的可不要勉强。军中无戏言，后果你们自己掂量掂量。”

大家面面相觑，哑口无言。

“我先带个头，三年内不把咱这个县换个样自动辞去县长职务，请大家监督。如果谁发现了我有弄虚作假，不但不打击报复，还在全县通令嘉奖。在座的都是证人。

“同志们，我们共产党打天下靠的是什么？是老百姓，没有老百姓的支持能有今天吗？老百姓为什么支持我们，还不是我们能叫老百姓过上好日子。现在我们当官了，就一个县就成了百姓的爷，百姓倒成了孙子，你们不感到奇怪吗？早在几千年前就有公仆这个称呼了，改革开放的总设计师邓小平常说自己是人民的儿子。还有人为兰考县的县委书记焦裕禄写过《公仆铭》。

“位不在高，廉洁则名。权不在大，为民则灵。斯是公仆，服务于民。脚步迈基层，入脑深，谈笑有百姓，往来无私请。可以明察实情，无谎报之乱耳，无偏颇之爱心。兰考焦裕禄赢得万民钦，众人云：公仆精神。

“我建议，大家把它记下来。我愿和大家以此来鼓励自己，鞭策自己的工作。”

话音刚落，会场爆发出热烈的掌声。

副县长说：

“我以后的办公室就改为上访室，我在基层专听群众反映的热点难点问题。”

发改委说：

“要致富先修路。是山路崎岖道路泥泞影响了我们与外界的沟通，我保证在三年内让山区路路通。”

教委说：

“再苦也不能苦了教育。我们要用高薪聘请优秀教师，让他们住得下，留得住。让所有适龄儿童有书念，接受义务教育。”

卫生部门说：

“国家把卫生提到爱国高度，我们要彻底铲除不卫生的陋习，先从随地吐痰抓起。凡能坚持不随地吐痰的立奖千元，在全县通令表扬。”

文委部门说：

“发展地方文艺，培养新苗，凡是有潜质的，我们出资送专业院校学习。”

文化部门说：

“培养本土作家，扶植新人，以老带新，唱响主旋律，为中国梦放歌。”

“看来大家的热情很高，热情代替不了实际吗，我问你们，办这些大事，钱从哪儿来？”

“从精简节约，不铺张浪费开始。就拿这次迎接您来说，我们预算得耗资一万三千元。”

会整整开了一个小时，廉县长说：

“这只能算万里长征迈出了第一步。我们推倒了三座大山，可压在我们心头上的旧观念、旧传统还没解放，今天就叫它来个彻底解放把共产党的形象重新树起来。”

会场爆发出经久不息的掌声。

乔 迁

老乐接到通知，让他近期搬迁。由郊区的砖瓦房迁到城区的20层高楼。楼虽高，有电梯，上下自如，只需按下电钮便可上下。出门不远，有超市、药房、诊所、菜市场，牛羊猪肉水产专卖店，还有小吃、油条、豆腐脑、烧饼、肉饼、面条，甚至连饺子皮、馄饨皮也一应俱全，不光这样，还可现场包制各种馅料的包子、饺子，如想在家用餐，一个电话，即可送货上门。这是老乐盼望已久的。一家人乐得合不拢嘴。全家老少不用动员，捆的捆，摞的摞，打包的打包，装箱的装箱，只待老乐一声令下，就开始动手。在这搬家的物件中，唯有三件不让人动手，由老乐亲自捧送上车。

头一件是一幅画，上面画着在青岛的住房。那个年代青岛虽说是大城市，照相要到照相馆去，全市也没几家。再说照张2寸黑白照片价格昂贵，一般人是照不起的。后来只能根据实际让人画出。算是示意图。画上的一间破屋，小得可怜，中间一盘石磨，完全人工操作，对外加工玉米杂粮，只能站在凳子上一瓢一瓢地撮进磨斗里。全家六口人，没有床，只能一人躺在磨柜上，其余人只好打地铺，这样还有一个人没地儿睡，就用绳拴块木板算是吊铺，睡时爬上去。有一次睡着睡着吊绳突然断了，所幸房矮，吊铺更矮，才没伤着皮肉。再看看如今的新居，三室两卫一厅一厨，足有210多平方米。厅里放着39寸的液晶电视。待客室，储物间，观景台可品茶或下棋看书。透过观景台的玻璃，可见楼下河水淙淙，远山如画。老乐唉了一声，今非昔比，是梦吗？忙唤孩子来问，真是做梦也没想到。

第二件是张黑白照片，是在京郊农村用砖抱角，石块和土坯垒成的半土半石半砖平房。虽然有个小院可种些黄瓜、丝瓜、茄子、西红柿什么的，到屋内一看却是家徒四壁。靠窗处一个大连炕占了主要地方，炕上用两张席连在一起算是盖住了土炕。全家人的衣服只能堆在炕角，炕下有个木柜，当地叫趴柜，所有的杂物都在里面，只是全家并无多少杂物，要找什么，用不着翻箱倒柜。屋里立着一个用荆条编的用席围起来的粮囤，这是全家人最最珍贵的财富。囤里存放着棒粒和地瓜干。再看如今，杂物有储物间，卫生间有浴缸和淋浴喷头，旁边有梳妆台。老乐时不时走过去，对着镜子嘿嘿一乐。八十岁的人了，鹤发童颜，神采奕奕。

第三件是搬到石景山时的照片，虽说是彩照，家里的一切更显清楚。六层楼根本没有电梯，20 世纪 80 年代石景山公交线路稀少，外出乘车要等上几十分钟，甚至半个小时。六十几平方米的房子，只有一室一厅。厅也不大，只能放个小彩电，一张床不够用，还要支几个行军床。书只能摆木架上。全家一个衣柜，谁找衣服得上这个柜里。老乐看到这里，不禁老泪纵横。

新中国成立后，领导换了好几拨，谁让老百姓过上了好日子，谁是好领导。老百姓的要求并不高，一不愁温饱，二有病能报销，三出门不发愁，公交地铁一趟挨着一趟，就是打的招手即来。

老乐心里那个美呀，有事没事就下楼再上楼，不图别的，就图个步步高的感觉。再说三个女儿、三个女婿个个孝顺，过年过节不说，就是平素双休日，也大包小包地提着来看他。老乐生在海边，孩子知道海鲜是他的最爱，便上网查询，买来龙虾、螃蟹、深海海参、牡蛎、鲍鱼等各式时令海鲜送来。有时工作忙，不得脱身，干脆由快递送货上门。老乐一生从不吸烟，除了吃，就是酒、茶、书三大件。孩子们便提着茅台、五粮液各式名酒，还到张一元、吴裕泰专卖店，买上千元的龙毫、碧螺春、龙井，乃至几千元的普洱。老乐喝着名酒，吃着女儿亲手做的美味佳肴，听着邓丽君的轻音乐，不禁感慨道，真是神仙过的日子。老乐爱书，家里古今中外经典名著放了几大书柜，还买来奇花异卉，水里各式奇异生物图谱。逢节假日，孩子们便轮番请老爷子到各大餐厅享受美食，几乎吃遍了八大菜系名品。老乐博览群书，读书破万卷。有时兴起，爱亲自下厨，为孩子做道创新菜，像金裹银珠、水晶肘子、油条春卷。

仁者寿，老乐自信再活 20 年没问题。美食美味不能独享，常常把一些好的食物送给保洁员、门卫。老乐关爱弱势群体，经常做些公益事。

这是老乐的梦，也是中国人的梦，他坚信，这梦一定能实现。

蔡老板

蔡老板在县城近区与远区的交界处开了一家餐厅，名为美味居。开业当天，他请了地方官员和亲朋好友前来祝贺。鞭炮响过，早早摆下十桌，主打菜为贴饼子熬小鱼，还有酒菜，排叉、豆腐丝、糖拌西红柿、炸豆腐、豆芽细粉之类。喝的是地方造的老白干。可没过多久，客人纷纷撂筷，桌桌食少剩多，有些桌上的菜还根本没动筷。蔡老板心里纳闷，这鱼虽小，下锅前可都是活蹦乱跳，内脏也掏得一干二净，饼子是上好的玉米，又加了黄豆面，该是香甜可口，难道还不如馒头、烙饼。如此下去，饭店开了不到半年入不敷出，最后连师傅的薪水也难发下。蔡老板虽年纪轻轻，凡事总爱较真，一次失败总要弄个明白。况他是红案世家，祖上遗产丰厚，大不了从头再来。他便关了店面，移在县域中心，店名仍是美味居。这次他不再请地方官员和亲朋好友，也不放鞭鸣炮，他说饭店靠的是味美，请他们吃了也是白吃。当客人就座后，打开食谱一看，个个大惊失色。佛跳墙1500元，三不粘480元，贵妃鸡860元，清蒸鲥鱼730元，还有牛尾鹿鞭、生蚝、蛇羹、鸭舌汤、塞北口蘑羹、蟹黄灌汤包，均在四五百以上，最后顾客只要求上了几道家常菜。

蔡老板百思不得其解，低档的不行，高档的也不行，真是众口难调。这时他想起他的祖上曾说，三人行必有我师，他眼前豁然一亮。

蔡老板四门贴上广而告之。恳请业内精英建言献策，凡有新意者，一律免费用餐。不到半月，建言者达300有余。为此，他聘请了高参为其逐条分类研究。不光如此，还有一些名厨前来应聘。

忽一日，蔡老板正待就寝，就听有人敲门，声音不大却有节奏。

待老者就座，蔡老板奉上碧螺春。老者年逾八旬，鹤发童颜，抚髯言道："上次你开的饭店，虽价格低廉却都是过去的菜，如今生活好了，下一次饭店谁还想吃那些，这次你上的名菜佳肴却是帝王之家的美食，国人刚刚脱贫，如此高昂饭菜谁敢问津。孩子，饮食不光是吃吃喝喝，饮食也是文化，中国优秀文化源远流长。要想弄通饮食必先弄通中国优秀文化。"

蔡老板慌忙双膝跪下言道："恩师谆谆教诲，弟子谨记于心，没齿难忘。"

自此蔡老板闭门攻读，诗经、楚辞、汉赋、唐诗、宋词、元曲，明清小说，甚至京剧曲艺，这还不够，又浏览了一些世界经典名著。寒窗三载终有所获。真乃是世事洞明皆学问，什么是五味之和，正如伊尹所说，治大国如烹小鲜，有了进一步的理解。

经如此精心准备，蔡老板集祖上全部家当，在人间天堂之地杭州购置了一块 300 亩依山傍水荒地，经两年修理建造了一套豪华餐厅，仍以美味居为店名，成为此处一道亮丽风景。

整个餐厅设十大餐区，除八大菜系外尚有特色厅和贵宾厅，其中贵宾厅，不仅简朴高雅，而且舒适宜人，餐厅可容 150 人同时就餐。缘何叫贵宾厅，因为招待生活较困苦的平民百姓。贫困者最高贵。厅内提供五谷香粥和素馅大包子、高汤，随意自取，一律半价，还不足成本二分之一。美味居有名厨大师上百人，可做八大菜系。白案能做宫廷面点，如小糖窝头、蚕酥和各式面点，蒸出的动植物瓜果，生动逼真栩栩如生。美味居上午 8 时 30 分准时开业，进厅不能即刻用餐，因上午 10 时前饮酒对肝脏不利。就餐者需先跋山涉水名曰览胜。山水间藏有许多精美小巧饰品，任人发现收留。途中有山楂丸，大的如核桃，小的如花生米，消食健胃，任人自取。待跋山涉水完毕，恰 10 时 30 分左右，此时人人饥肠辘辘，等到菜肴上桌早已饥不择食，再品美味，分外香甜，冷盘热炒之后，厅内灯光渐渐转暗，早有服务小姐燃上宫廷蜡烛。家乡小曲仿佛从遥远的村舍随微风徐徐飘来，食客听着小曲，喝着美酒，品着美食，简直是神仙过的日子。而且各种菜肴，大厨绝不用味精鸡精，一律用鸡鸭坝上口蘑提前熬制，自是鲜上加鲜。酒足饭饱，再看墙上，都是该地名胜景点、特产，无疑为顾客扩大了视野，更为商家代言，自然赞助费不菲。这时顾客再看食谱，一套共 10 册，除八大菜系外尚有地方菜和民间小吃，均配有彩照。如北京烤鸭、砂锅通天翅、上海桂花肉、红袍登殿、天津宫烧目鱼、软硬飞禽。鲁菜有一品豆腐、怀抱鲤。皖菜有符离集烧鸡、方腊鱼。苏菜有天下第一菜、天下第一鲜。浙菜有干炸响铃、冰糖甲鱼。川菜有宫保鸡丁、樟茶鸭子。湘菜有口蘑汤泡肚、柴把鳜鱼。粤菜有蛇羹、红烧鲍鱼。闽菜有佛跳墙、东璧龙珠。地方菜有腐乳扣肉、栗子鸡及仿唐菜、仿宋菜、清宫菜。各大餐厅，绝不做鱼翅、猴脑、刀片活驴、热炕赶鸭、虎鞭、熊掌等国家保护的珍稀动物。不管出资多少，官居高位，也一概免谈。

贵宾厅不仅有粥，有蒸包和高汤，家有老人的还可把饭带回家。行动不便的老人，只要一个电话，就能送饭上门，如此一来，美味居名声大噪，门前人头攒动，络绎不绝，预约订餐的排到半月。夜晚美味居灯光辉煌，霓虹闪烁，甚至连外国友人也远渡重洋，一品中国美食。许多外国友人食后竖起拇指连连说好。有人还在留言簿上赋诗一首：

美味居，味道美
贵真价实集美味
中国特色赢天下
伟大中国美美美

美味居自开业，日进斗金，顾客盈门。待蔡老板六十大寿，已家产达十三亿之多。蔡老板断然做出决定，再增设一贵宾厅，每日可接待千人，且分文不取。时光不催人自老，在春光秋色中，伴着酒香菜香，蔡老板走过了百年。在期颐之年，蔡老板又做出决定，把美味居无偿捐给国家做公益。300 亩美味居一律改为贵宾厅。八大菜系厅室另择其地。蔡老板一生兢兢业业，虽腰缠万贯、富甲一方，却布衣素食，绿色出行。他倾其所有归还社会，归还人民，让奔跑在中国梦路上的中国人，步伐坚定有力。伟大的中国丰衣足食，举国不再有饥饿之人。

观　勉

观勉善观，他能根据人的相貌、举止、言谈来判断一个人的健康和身份。

观勉博览群书，属于杂家，尤对一些特殊人群观察得更为仔细。他的学习心得能写一本书。如：

大人物讲话，多右臂上扬，两眼俯视并随手势上扬而仰视。

官员讲话，多以手势相伴，唯恐听者不懂，且多重复。

学者讲话，多用术语。乡土作家讲话，多用俚语，有时还来点小幽默。

不事劳动的半老徐娘，多站立街头巷尾，说些家长里短、奇闻趣事及小道消息。

学识浅薄者被邀作嘉宾，多言之滔滔，旁征博引，唯恐听者不知其学识之渊博。

有识之士，多出语谦和，寥寥数语，说到为止。

大腕暴富，无论胖瘦，走路必抬头挺胸腆肚，两眼傲视，脚迈方步。

游手好闲者，逢人爱下蹲。听到别人言说美食美味，常不自觉舔舌。

学者多衣着素雅简朴。

衣着艳丽者，若非演艺界，多为学历不高之人。

蓄须披发男士，多为书画界，追求的是另类。

衣着妖艳，描眉画眼，挂金戴银者女士，多故作媚态，打情骂俏，是其强项。不是离异，便是红杏出墙。

颜面不论黑白，只要颜面有华皆为健康。若颜面无华，苍白者，多患呼吸系统疾病。面黄者，且有色斑，多内分泌失调，脾胃不和。面赤且小拇指有月牙者，并耳垂有横沟的，多为心脑血管患者。面青者，多与肝脏疾患有关。面黑者，且发如乱草的多为肾水亏虚。

一日，一人戴一墨镜，来到观勉面前。观勉视之，便说你腹大如盆，可是怀了龙凤胎。人摘下墨镜，假发，哈哈大笑，又从腰间取出气垫，原来是个演员。

经此事，观勉方知学无止境，再不敢人前妄言轻断，便从心理学、中医学、行为学学起，终身不辍。

金沙儿

金沙儿出身贫寒，生下来就没奶吃，一天到晚哭哭啼啼，生生把一副好嗓子哭哑了。七岁时父母早亡，如何是好。她们家附近有个歌舞团，一天金沙儿就走了进去，歌舞团里的人正在吃饭，她就不走了。因为她饿，团里的人就从伙房盛一碗饭菜给她。从此她就在团里住下了。金沙儿虽小可知道饭不是白来的，就帮着扫地擦桌子。再以后，就洗盘子洗碗到伙房择菜。团里正缺这样的人手，金沙儿又勤快，就算团里的人了。闲下来金沙儿就看团里的人演唱。她一边看一边学，三年下来，她把团里唱的都学会了。因为有了饭吃金沙儿就像久旱的禾苗得了肥水，几年下来长得又高又水灵。

一天，团里演《白毛女》，演喜儿的演员突然病了，这怎么办，可把团长急坏了。金沙儿见团长急得直搓手，就壮着胆子说："让俺试试吧。"团长看了看金沙儿，也只好这样。哪知金沙儿一上场，几乎用不着怎么化装，就符合喜儿的身份，因为她家也是因为欠债才落到这步田地的，就放开沙哑的嗓子唱起来，这一唱把台下的观众轰动了。演完，观众不走，连连鼓掌，她一再谢幕观众才怏怏离去。

团长乐了，想不到她是这样一棵好苗子。团长也是苦出身，就把她搬到自己宿舍去住。团长问她识字吗？金沙儿摇摇头，问她识谱吗？金沙儿又摇摇头。金沙儿白天干活晚上识字认谱，几年下来就能看报照谱唱了。再以后，团长就教她发音，什么脑前区、脑后区、头腔共鸣。金沙儿的嗓子虽沙哑，却极具穿透力，浑厚高亢，悲愤中含有大爱大恨，再以后就成了团里的台柱子，团长惜才，还把她收为义女。

从此金沙儿就和大家一起演唱练功。金沙儿眼里有活，看谁的衣服脏了就拿去洗，团里没有不喜欢她的，有好吃的都愿留给她。团长还教给她科学用嗓正确发音。以前有病的那个演员对她格外亲热，常常在她下台后给她沏水。金沙儿这一来把她的角顶了，成了二号演员。一天她又把沏好的水送到金沙儿跟前，金沙儿刚要喝，因为忙着上卫生间，水就让别的演员喝了。喝水的那位演员因为喝了有毒的水嗓子倒了。团长及时处理了这一重大事件，把那个演员开除了。

一天，金沙儿外出，过斑马线时，突然一辆汽车歪歪斜斜向她驶来，就在这千钧一发之际，幸有民警赶来，原来是被开除的演员雇人行凶。经过这两次事件，团里加强了戒备，喝水专人专杯，外出向团里打招呼。

该团是国家级的文艺团体，除在国内巡回演出外还经常到国外演出访问，便有外国剧团私下想以高价把她挖走。金沙儿当着全团的面断然拒绝。

"我属于中国，我的艺术是国家给的，多少钱也不能让我离开中国。"

时间过得真快，歌舞团一天天壮大，又有一些新苗子补充到团里。团长老了，就在金沙儿48岁那年，她升为团长。

生命之歌

小姑娘得了绝症，就在她生命垂危之际，小姑娘签下了捐献遗体的协议书。消息传出，前来报名的人越来越多，有人需要眼角膜，有人需要肝，有人需要肺。

小姑娘躺在手术台上，笑着接受前来看望她的人的献花。全体医护人员围在她的身旁，唱着好人一生平安的歌。小姑娘睡着了，她的身体飘飘忽忽升起来，升到了天国，升到了一个没有病痛的极乐世界。那里人们相亲相爱，健健康康，快快活活。她笑了，她知道，那些人的器官就是从她身上移植的。

铁 匠

铁匠一生打铁。

铁匠太爷的太爷也是靠打铁为生，可谓打铁世家。打铁不用学，全凭年头熬。这是祖上留下的遗言。

铁匠从早到晚站在砧房，一手握钳，一手举锤，叮叮当当。他把砧子当书，铁锤当字，一天到晚叮叮当当念起来。

铁匠起初并不打铁，其父让他拉风箱。拉风箱也不是就呱嗒嗒呱嗒嗒了事，得看火候，拉出节奏，就像一支歌，有轻重缓急，有间歇，有停顿。

以后，铁匠由拉风箱升为掌锤，就像厨师由帮厨升为掌勺一样。

铁匠由青年熬到了壮年，又从壮年熬到了暮年。

铁匠一面打铁一面寻思，熬是什么意思？一天他终于明白了熬就是得熬出个名堂来。

他把火当成了水，打铁就像和面，面的软硬全在水上，打铁也全在火候上，要恰到好处，他把砧子当成了案板，两手当成锤钳，让红红的铁块在锤的击打下成型。

功夫不负有心人，六十多年来，他就站在砧旁，一面打铁，一面寻思熬的真谛。

终于在他的锻打下，打出了毛刺型的抓手，小如毛栗，大如刺帽。遇到什么物件掉进水里，无须下水去捞，只要把他的抓手沉下去，抓手就像长了吸盘一样，轻轻把物件捞上来。他打的器皿光滑如镜，如同上了漆一般。他打的锹镐锄，下到土里，轻松灵巧。他打的刀剑，锋利无比，削铁如泥，吹毛立断，而且从不卷刃更不脆裂。

铁匠一生无儿，只有一个徒弟，徒弟憨厚老实，非常听话，叫干什么干什么，只知干活并不多说一句。徒弟一天到晚伺候在他身旁，这样徒弟就成了他的养子，师傅改为师父。

眼看师父一天老似一天。铁匠不能后继无人，就对徒弟说，我有一句话，是我一生的感悟，等我临死时，再告诉你吧。

徒弟深感师父大恩大德。他早年丧父，幼年丧母，师父是他唯一的亲人。

一天，铁匠在砧前，锤刚刚举起，只觉一阵眩晕，锤“咚”的一声落在了地上。

徒弟跪在师父床前，垂泪道：

“爹，您有什么要嘱咐的，孩儿听着呐。”

师父看了看徒儿。

“唉，千万要记住，铁烧红了可不能用手去拿呀——”

徒弟速速点头。

后人反复解读这句话，后半句说的是什么呢？百思不得其解。

有位智者言道：

“要趁热打铁。”

众人如在云里雾里猛省，于是便有了多方注解。

铁烧红了千万不能用手去拿。这是凡事不能操之过急，要等待时机，欲速则不达。

要趁热打铁，是不能贻误时机，机不可失，时不再来。

铁匠用一生的感悟告诉了世人。他的话成了各行各业的经典，甚至还运用到了军事政治上。

洪 辉

洪辉爱酒，但喝酒不开车，开车不喝酒，这是他的家训。

洪辉开车十几年来从未出过事故。宁停一分，不抢一秒。开车决不斗气逞能，特别是遇到十字路口，不管有多大急事，也要等绿灯亮了。

洪辉的家训来自他的父亲。他父亲就是因为酒后闯红灯差点伤了人命。老实人做错了事，改起来也认真。

一天，洪辉因为单位赶进度，晚上七八点才下班到家。妻子早给他摆上了一瓶酒和四个菜。洪辉伸了个懒腰端起酒杯正要喝，手机响了。

“哥们儿，忙什么呐，你嫂子特意做了几个菜等你品尝，快来呀！”

哥们儿如此盛情，洪辉虽说累了，怎好推辞，就穿上外衣往外走。

“少喝点！”妻子一面开门，一面叮嘱道。

到了朋友家，清蒸全鸡刚刚出锅，还有香酥鱼，软炸虾仁，烩三鲜，番茄什锦，还有一盘他叫不上名的菜，早已摆好一瓶原装茅台正等他开封。他们说着过去，聊着现在，畅谈着未来。不知不觉间一瓶茅台光了。朋友虽不胜酒量却极会劝酒，就又开了一瓶。这顿饭从晚 8 点一直喝到 10 点。这时乌云遮住了明媚的月光，淅淅沥沥下起了雨，洪辉把手伸到窗外，雨越下越大，看看天空，云层密布，一时半会停不了。“别走了，就住下吧，反正也有地方。”朋友劝道。

洪辉正要往里屋走，突然想到妻子还有事要和他商量，便又把脱下的外衣重又穿上。

“唉，唉，喝酒不开车，这可是你的家训，怎么，今天要破戒啦。”洪辉站在马路上，连个人影都没有，只有路灯闪着昏黄的光和淅淅沥沥的雨声。

“走吧，反正路上也没人。”

朋友举着伞把他送进车里，目送他在雨幕中远去。

洪辉兴奋极了，这顿饭吃得有滋有味。茶喝后来酽，酒喝后来香。茅台不愧是名酒，不上头，绵软醇香，劲在后头。

本来一瓶茅台就足够了，架不住朋友的盛情，他又喝了半瓶。

夜，越来越暗，雨还在下。他的酒劲上来了。洪辉手里的方向盘像是有人在跟他争抢。车，就跟他平素喝多了酒走路一样歪斜。他开着车，就在夜里，歪斜前行。

车，开到十字路口，突然红灯亮了，洪辉两眼迷迷瞪瞪，“吱”的一声，他撞上了执勤的交警。洪辉猛省过来，出事了，他忙把交警送进了医院。洪辉顾不上擦去脸上的雨水，静候在急诊室门外，医生告诉他，并无大碍，由于压的是假肢，擦伤了皮肉。他走进病房，俯下身子，看着床上的老人，原来是他的父亲。

早春的红杏

小丽自打进了幼儿园，便成了耀眼的明星，这不光是她有葡萄般的眼睛和红扑扑的脸蛋，在学习上更无人能比。别的小朋友还在数数，她就能运算加减乘除，别的小朋友还在认字，她就能遣词造句。这样的好苗子谁不喜欢，成了老师争抢的对象，甚至还发生了争执。

小丽在老师的赞许和同学的追捧中一路前行，从幼儿园大班到小学，又从小学到中学，都是佼佼者。到了初二，班上的同学都在发愁背英语单词，她已能阅读英文版的刊物。她能歌善舞，她的嗓子有着金属般的磁性，有着奶油巧克力的甜润。有人说她是小夜莺，有人说她是小百灵，就像邓丽君。她身材苗条，腰肢柔软，舞姿翩翩，旋转起来短裙就像撑开的伞，迷倒了不少人。她就像早春枝头的一枚杏子，由青泛红，红得出众，红得耀眼。

班上有个叫梁帅的，不仅长得帅，学习也能跟她有一拼。他们经常一起参加市里的奥数竞赛、作文竞赛、舞蹈大赛、唱歌大赛，为学校捧回来一个又一个奖杯。有时他们还代表学校到外校交流学习方法，他们自然成了好朋友。

小丽貌美，学习优异，有的约她谈心，有的约她散步，有的请她吃饭，有的甚至要跟她交朋友。

梁帅自然不战而胜。他们一起在校复习功课，一起在合唱团唱歌，一起看电影。他看她跳舞，她看他练健美操。生活上的优裕，催生了生理上的早熟，文学刊物上的情爱，催生了心理上的早慧，小丽提前进入了青春期。

许多老师说小丽若是学医，准是个神医，学文准是个大作家，学唱歌准是歌唱家，学跳舞准是舞蹈家，甚至还有人说她要学数学，准能算出哥德巴赫猜想。

一天，小丽在跳舞时，梁帅带头鼓掌，看着小丽的短裙，在旋转中慢慢打开，露出嫩藕般的大腿。这夜，梁帅辗转反侧，他想到了许多。

逢星期天，他们不再一起复习功课，而是开始逛公园，欣赏大自然的美景。他们手牵着手在公园漫步，梁帅能用树叶吹出她爱听的歌曲。他们走进树林，树林又高又密，少有行人，梁帅便抑抑扬扬吹起来。吹到动情处，小丽便情不自禁地倒在梁帅的怀里。梁帅触着她的体温，闻着她的芳香，心突突跳个不停，像有股热流涌遍全身，他把手伸进了她的前胸。小丽早被他撩拨得心急火燎，撩起了上衣。梁帅惊呆了，直勾勾看着她胸前欲绽的花蕾，动情地热吻起来。三个月后，小丽做了人流，觉得无法见人，便走入了社会。

社会就像一个大染缸，她在酒吧里唱歌，又到夜总会工作。她小小的年纪，唱着软绵绵的歌，说着嗲声嗲气的话，抛着媚眼，倾倒了多少色狼淫鬼，那些半大老头子向她献花，出巨资为她开包间。

梁帅痛苦极了，几次找到小丽。开始，小丽只是避而不见，次数多了，便干脆和他胡说。“跟你？你养得起我吗？你有多少钱？”梁帅扑通一声跪下来了。

“回来吧，回来上学吧，都是我的错，我不该——”“你的错，你错什么，你又不是强暴了我！”

从此，小丽白天进美容院，晚上进夜总会。她变换着发型，让美容师为她量身打造，修眉植睫，面部补水，丰胸提臀。她穿着薄、透、露的衣裳，从一个天真的少女，变成一个妖娆的少妇。

一天，小丽从包房里出来，一看放在枕边的一沓百元大钞竟是假币。她欲哭无泪，欲诉无门。她感受到了莫大的耻辱。她回想昔日的时光，老师夸着，同学赞着，是何等美好。回想走过的路，刚刚十五个年头，就这样叫自己给糟蹋了。再看看当年的同学，连班上后进的女生也上了光荣榜。啊！人生苦短，活在世上还有什么意义，走在街上人们都用异样的眼光看着她，她还这样鬼混下去吗？她还有未来吗？

一天，她面对汹涌的大海，纵身跳了下去，幸被梁帅发现，把她救了上来，急急送进了医院。

老 乐

乐遥出自名门望族，生活不成问题，一生专以助人为乐。

一天，他见到路旁有一老妇，冻得哆哆嗦嗦，就把棉衣脱下来给老妇人披上。看到有个残疾人一瘸一拐的，就二话没说，背起来送到家。看到小孩子哭闹，就买糖人去哄。有一次，有个姑娘因为失恋，一头扎进河里，他顾不上脱衣服，“扑通”一声跳进河里，把姑娘救上来。

一年年过去了，老乐也从青丝变成了白发，就在新春来临之际，他倒下了。他脸上身上起了许多黑斑，而且一摁软乎乎的，就像发面饼一样。大夫说，他得的是癌症。老乐说，癌症就癌症，人哪有不死的，照样乐呵呵助人。

一天，他收到一瓶腊八蒜，是一位姑娘送来的，姑娘不愿透露姓名。他不能辜负姑娘的一片心意，就收下了。从此，他天天就着腊八蒜吃饺子。脸一天天由黑变红，再看斑块一摁也不软乎乎的了。到春节，他拿镜子一照，斑块全没了，他也格外精神了，像小孩子整天说说笑笑，白发变青丝，返老还童了。

大夫说，是腊八蒜救了他，究竟蒜里放了什么，不得而知。

这件事像风打着旋儿越传越远。人们说好心有好报，人们便学着老乐的样子，以助人为乐。

移植

小丁老师在讲台上讲着讲着就晕倒了，学生们纷纷从座位上跑过来，班上就一个人没跑上讲台，因为她是个盲童，她看不见。可她能预感到发生了什么，等她摸摸索索走上讲台的时候，老师已经在学生们的搀扶下上医院了。

小丁老师住进了医院，课照样上，还是小丁老师讲，因为小丁老师早就作了准备，把全年的课程全都录了像。

见不到小丁老师，同学们的学习更努力了，全班成绩个个优秀。

一天，那个盲童接到医院通知，要她到医院接受治疗，有人为她捐献了眼角膜。

手术非常成功，盲童忽闪着美丽的大眼睛，从此她再不用同学们搀扶，父母操心了。多年后，当年的盲童走上了讲台，她每次上课都把丁老师的照片挂在墙上。丁老师神采奕奕，留着齐耳短发，一双明亮的大眼睛忽闪着。她对台下的学生说："我的眼睛是丁老师给的，她不仅给了我一双美丽的眼睛，更给了我一个美丽的灵魂。"

爱的路上

他和她是儿时的玩伴。他有一个羊皮袋，是姥姥留下的，咖啡色，上面有一根好看的拉绳，往两边轻轻一拉就合上了，就像拉锁一样严严实实。以后他俩就一起上小学，小学毕业又上中学，他俩的学习成绩一直是年级的佼佼者，不但得到老师赞许，更是令同学羡慕、崇拜。到高二时，“文革”发生了，他俩不一样了，他是地主的儿子。学校停课闹革命，村里就有人给她说媒，来了一个又一个，她就是不吐口，把她父母气的，傻丫头，就等着跳火坑吧。再以后，她就只身到了海南，是姥姥留下的家，一个偏僻的小地方。

改革开放后，他重振家业，下海到了海南。一天，他正在收购老旧家具和老旧瓷器，无意间走到一间破旧的老屋前，一阵轻轻的歌声从老屋里传出，这歌声是那么熟悉，仿佛又回到了那个无忧无虑的童年。他轻轻走过去隔着木窗棂看到了一个少妇，哼着歌谣拍着摇篮里的孩子，举目四望，家徒四壁，除了黑黑的锅灶和炕上的破被以外别无他物，墙角还挂着蜘蛛网。他的心猛地紧缩了，他钟爱的人，已为人妻，她的家境是如此的贫困，就像她的父辈没有一点变化。他刚想叫她，猛地一想又打住了，他不愿意打扰她平静的生活，她还在哄着她的孩子。他从怀里掏出那个羊皮袋，那咖啡色的羊皮袋，里面是他经商的全部款项，他把羊皮袋轻轻地放在窗台上，便默默地走了。

她仿佛做了一个梦，发现了那个她再熟悉不过的羊皮袋。他来了？为什么要来到这里？他现在怎么样？有家室了吗？看到鼓鼓囊囊的羊皮袋，他该不会像她这样穷，她紧缩的心便有了放松。

夜里，她做了一个梦，这样的梦她不知做过多少次了，而这次的梦却分外长，也分外甜。梦里她披着银纱，他牵着她的手，走在红地毯上，而殿堂外正飘着雪花。雪花在风的吹拂下飞舞着，一朵两朵，一片两片。雪花飞进了殿堂，飞进了她的梦里。

她的生活得到了暂时的缓解，就在这时她丈夫得了重病，不到一年便离她而去了。孩子因无力抚养送给了无儿无女的人家。三口之家如今只剩下她孤身一人。她把家卖了。拿上这笔微薄的款项一路颠簸着往东北的方向走。她没钱住店，有时在破庙里过夜，有时在火车站的候车室。好在天还不太冷。就这样，她打听着来到儿时的地方。她千呼万唤也没有回音。有人告诉她，他发了，早就搬进了豪宅。虽然阔了，仍孤身一人，就像她现在这样。

她一路风餐露宿，她要找到木鱼声的地方，找到敲木鱼的那个人。天空中飘着雪，初始一朵朵，继而一片片，雪越下越大，路白了，树也白了，四野白茫茫，远山化成了洁白的云层。她分不清东南西北，只能循着木鱼的笃笃声一路前行。一天，两天，她没吃一口东西，渴极了，抓把雪塞在嘴里，走着走着声音越来越近，她终于走到了木鱼声的地方，是笃笃的木鱼声把她带到了这里。她看到了“静修庵”三个大字，她要找到敲木鱼的那个人，她倒下了……

天亮了，风停了，雪住了，太阳出来了。从庵里走出一个尼姑发现了他，他已成了冻僵的雪人。她来不及多想，把他抬进庵里。半个小时过去了，一个小时过去了，又一个小时过去了，大火盆的火融化了他身上的坚冰，她惊奇地发现是他！她跪在他的身旁，拿出他曾经给她写过的信，火花飞舞着，火苗奔腾着，向上奔腾，直至遥远的天边。火光中，她看到自己披着银纱，与他牵手，走在红地毯上……

她惊奇地发现他醒了，紧闭的双眼慢慢睁开，她差点叫出声来。她从怀里掏出那个羊皮袋，双手捧着送到他的面前，他的手颤抖着又推回去，他们四目相视，发出了会心的微笑。尔后他闭上了眼睛，随火光而去……

鸡

爱西爱鸡，连名字都跟鸡粘到一块了，看来，他是真爱，不是假爱。

爱西的强项是游手好闲，跟苦累无缘。可他闲能生财，生财有道，这不是能耐是什么。每天吃香的喝辣的，不光本村姑娘瞅着眼馋，外村的也瞅着流哈喇子。嫁汉嫁汉穿衣吃饭，这点需求对爱西来说简直是小菜一碟。

左挑右选爱西选中了外村头号赛西施翠花。翠花笑靥如花，曾有多少帅小伙子苦苦追求，怎奈没有那份能耐，纷纷败下阵来。翠花自打过门，横草不拿，竖草不扶，吃的是山珍海味，穿的是绫罗绸缎，住的是前出廊后出厦的深宅大院，把姑娘们馋得直说，翠花算一跟头掉蜜罐子里了。

日子久了，翠花就纳闷，她爷们整天东溜西逛靠什么来钱，总不能干些违法的事吧。爱西就说，你管这些干什么，我干什么你甭管，反正没去偷去抢，你只管吃喝。打那以后，翠花就不再问，饭来张口，衣来伸手好不快活。

一天，爱西对翠花说，他要出门，千万别省着，想吃什么只管到饭店点。翠花送走了丈夫，日思夜盼，毕竟她的幸福生活是丈夫挣来的。一天天过去，忽然手机响了，丈夫说他明天中午十二点前到家。翠花喜出望外，想丈夫为她创造了这美好生活，要给他一个惊喜，可给他什么呢？想来想去，有了。

第二天，翠花早早起来，单等丈夫归来。时钟敲了十二下，丈夫兴冲冲回来了，久别胜新婚，翠花迎上前，像迎贵宾一样把丈夫迎进家。

饭菜早已备好，桌正中是一个大瓷盔，瓷盔上扣着一个大瓷碗，香味正从盔缝里冒出来。这是翠花为丈夫精心炮制的一道大菜。爱西还从未受到如此热情的款待，直勾勾看着妻子，一把把她搂在怀里，从上到下亲个老足。翠花叫他亲得脸都红了，“光亲我能当饭吃呀，想亲热晚上管你够。”

爱西上了桌，翠花把酒给斟上，又掀开扣在瓷盔上的大瓷碗。她炖的正是他的那只在斗鸡场战无不胜的夺冠鸡。爱西这一看不要紧，“啊”的一声昏过去了。

常蕾

常蕾上任的头天，就遇上了一件事。

“主任，出事了，出事了！”

常蕾放下茶杯急急来到永宁社区。只见门前坐着四五十人，他们是来请愿的。

社区主任站在台阶上，对大家说：“不要乱，有问题好解决。”

“解决？解决个屁！都提5年了，别拿这句话糊弄我们了，今天不给个答复就不走了！”

“对，就不走了！”

常蕾走上台阶。

“有话好说，我是和谐居委会新来的主任，外面冷，咱们到居委会屋里说。”

“你说话算数吗？”

“我保证三天给大家一个满意的答复，如果说了不算，我自动辞职。”

“行，三天，就三天。”

常蕾送走了请愿的群众，紧急召开了居委会成员会。有的说居委会是个筐，上边有什么事都往筐里砸。有的说，不是筐，是地，筐还有砸漏的时候，地，有多少都得接着。

常蕾又把请愿的群众请来，让大家畅所欲言。常蕾一一记下来，整整记了两页，有二十多条。她梳理了一下，分门别类归纳了五大项。

一是物业开支不公开透明。

二是借绿化私吞公款。

三是道路年久失修坑坑洼洼，汽车经过噪声太大，扰民。

四是小学生上下学过马路没有安全感。

五是居委会文明宣传栏净贴些广告，形同虚设。

前三条不在居委会管辖范畴，可跟居民的利益有关，后两条是居委会分内的事。

当天居委会全体总动员，着手清理广告，把文明宣传栏擦得一干二净。紧接着由志愿者组成护花队，每到上下学的时候，举着小旗带领同学过马路。

后两个问题解决了，前三个问题怎么办。牵扯到物业，交通局，常蕾了解到由于分工不明确，几个单位遇到对自己有利的都争着办，遇到与自己关系不大的，把问题就像皮球踢出去。于是常蕾直接找到区委。区长正在开会，说的正是这问题，便把常蕾请进屋里。

区长在会上当场表态：一、借绿化私吞公款的，经查实撤职，问题严重的移交司法机关处理。

二、责令物业所属单位，公开账目，居民可随时查看提问，并派审计委查看是否有假账，小金库。

三、责令交通局在半月内把路修好。

三天后，常蕾把请愿群众请来向大家汇报问题解决情况。区长亲自赶来。

"你们居委会主任不是说了吗？三天不给一个满意的答复自动辞职，我也表个态，问题在限定时间内不解决，我也自动辞职。从今天起，我吃在这儿，住在这儿，现场办公。"

请愿的群众，见区长办事雷厉风行，居委会主任勤恳为民，多年的积怨全消了，纷纷鼓起掌来。区长笑了。

我们共产党人就是为人民服务的，端着人民给的饭碗不为人民办事，还算什么公仆。

就这样，群众的诉求提前解决了。区长也是市委派来的，区长久闻常蕾是员干将，就以她所在居委会为试点。常蕾有区长的支持，开了一个好头。

常蕾意识到，居委会的工作不是等居民有意见了才解决，于是建立了居民代表制度每半月召开一次征询会，倾听群众呼声。有了制度保证，群众的意见能及时解决，这样一来，大家建言献策，涌现出许多积极分子，其中尤以老乐最为突出。

老乐叫乐遥，出自名门望族，是抗倭民族英雄的后代，从小受家庭熏陶，乐于助人。虽年过半百，犹精力不减，热心公益事业。他又爱好文学，熟读孔孟老子之书，虽没什么大作，可他把知识用于实际，他说这就是他的作品。他根据社区情况编成民谣，引导大家向善。他自动承包文明宣传栏，唱响社区，为时代放歌。在他的建议下居委会建立了人才档案。根据个人特点成立了志愿服务队、时装模特队、巧手组、书画班、舞蹈队、声乐队，还租用居民一间闲置房屋做物品投放处，让居民把一些闲置生活用品捐献出来，让那些需要的人前来领取。除此之外还组织了一对一帮扶活动，去那些孤寡老弱病残人家里上门服务。还组织了我为家园做了些什么活动。有的志愿者在重大节日期间在小区巡逻值勤，有的爱花护草，有的教育子女勤奋好学，有的与邻为善和睦相处，有的拾金不昧……哪怕一次善举一点小事，都记录在案。和谐居委会真正出现了“社区是我家建设靠大家”的景象。

常蕾为了把居民的热情调动起来，还定出四季的活动日，像联合国定的几月几日是地球日那样。

一月，团圆月，二月迎春月，三月清洁月，四月缅怀先贤月，五月公益月，六月爱幼月，七月爱党月，八月拥军月，九月敬老月，十月爱国月，十一月健身月，十二月和睦月。全年这十二个主旨活动日，不走形式，讲求实效。如清明节不包粽子，而是缅怀屈原的伟大爱国精神。

每逢春节前都举办一次百家宴。居委会带头每人献上一道大菜，居民自愿参加。把孤寡老人请来，腿脚不好的，由志愿者用轮椅推来，喜迎新春佳节。大家各展厨艺。

清蒸全鸡，意在蒸蒸日上，大吉大利。

金裹银珠，意在经济腾飞，生活富裕。

糖醋鲤鱼，意在事业有成，鱼跃龙门。

瓜果飘香，意在农业丰收。

全家福，意在全家福寿安康。

常蕾因势利导，把几年来涌现出来的积极分子登在文明宣传栏上，为他们披红戴花。

一天，常蕾正在做下个月的工作安排，突然“咚”的一声，门被踢开了，进来一位蓄着长发的青年。

“进门要先敲敲，怎么能拿脚踢。”

“敲门？没哪个规矩，我就踢了，怎么着？大不了再把我关进去！”

常蕾一看，是劳教释放人员，就倒了一杯水请他坐下。

“说吧，什么事？”

“说就说，我们这些劳教分子，国家叫我们好好改造，现在放出来了，想干点事到哪儿哪儿不要，叫我们怎么活呀。”

“别说得那么严重，明天就到汽车修配厂上班。你不是从小就爱汽车吗？正好发挥你的专长。”

“真的吗？”

“这不，介绍信都开好了。”

小伙子捧着介绍信泪流满面跪下了。

“别别别，快起来！”

两年后，常蕾正在开会，只听门被轻轻敲了两声，原来就是当年踢门那个小伙子，他留着平头，一身灰色的新装，走到常蕾面前，双手捧上一个红包，包里是五千块钱。

“主任，这是我的奖金，请您收下。”

“好！奖金您收好，情我领了，以后咱们的交往还远着呢。”

一天晚上，这次是常蕾在敲门，小伙子把门打开，面前站着一位姑娘。姑娘细皮嫩肉，就像一朵鲜花。常蕾把姑娘介绍给了小伙子，小伙子喜出望外，一时语塞，不知说什么好，只顾一个劲地望着姑娘。

“如果愿意，明天就去登记结婚。”

“不行，不行，我还没攒够钱。”

“攒什么这是你的五千块钱，我再加上五千，还不够办喜酒的。”

姑娘说，她不要嫁妆，勤俭办婚事，好日子靠自己挣。

常蕾的事迹上了报，许多未婚青年找上门来，居委会成立了鹊桥会，逢初一、十五来此相亲，专为那些未婚男女牵手搭桥。

居委会为民办事越来越多。常蕾这朵常开不败的花蕾也从青年开到壮年。8年来，社区变了，常蕾的居委会主任称呼没变。群众意见来了，不少人把信寄到区委，还有亲自上门的。

一天，区长向大家宣读了一道委任状：

“在清朝，就有一个有识之士叫龚自珍，向皇帝进言，‘我劝天公重抖擞，不拘一格降人才’。我们共产党人就更应尊重人才。经区常委研究决定，根据常蕾同志的一贯表现，不再担任和谐居委会主任，任命为区办公室主任，专门解决全区的热点难点问题。”

一时爆发了阵阵掌声，共产党万岁，此起彼伏。

朝圣路上

她得了大病，跑遍各大医院，求过各大名医，都说无药可治。她的心情越来越坏，时不时就发火。有个老中医看了她的病说，她病得不轻，不过还没病入膏肓，她得的是心病。

她按照老中医说的，修炼自己。什么是修炼？就是克己容人。

一天，她出门，突然一盆脏水泼来，溅了她一身，她刚要发作，突然想到要修炼，便回家换衣服去了。那个平素骂她的妇女很是惊讶，莫非她傻了！

一天，她出门，忽然听到阵阵哭声，循声走去，原来是个弃婴，她毫不犹豫地抱起来，送到了育婴院。

她的心情越来越好，不再想身上的病，开始参加社区的公益活动。她浑身充满了活力，她要到外面走走，看看那些精彩的世界。

一天，她看到一个老人拄着拐杖艰难地前行。天黑下来了，老人每迈出一步都是那么艰难。她忙走上前去搀扶着老人。原来老人双目失明，她就一直搀扶着老人，走了半夜，把老人送到家。

冬天到了，她看见有个老妇人冻得瑟瑟发抖，就把身上的棉衣脱下来，给老人披上。她尽管穿着单薄的衣裳，可并不感到冷。又有一天，她走着走着看见有一群人，拿着刀枪棍棒，两边摆好了架势，准备械斗。她冲了上去，向两边喊道：

“都放下武器！”

两边的人看她是弱小女子。

“你管得着吗？再管连你一起打！”

几次劝阻不听，她站到了两阵中间。

“有本事冲我来！”

双方哼了一声，看她还挺拧，就挥起棍棒噼噼啪啪朝她身上打下来。她的头被打破，血流到了脸上，可她毫不畏惧，仍直挺挺站在中间。打的人实在看不下去，纷纷放下武器把她送进了医院。

出院后，她感到浑身有使不完的劲。她本来还想往前走，可她想到邻家的孤儿她得照顾，就急急忙忙往家赶了。

芳凝

接到电话，芳凝装上家乡的土特产，就上路了。

电话是住在城里的舅妈打来的。她和舅妈的女儿本来在一个学校上初中，两人的成绩不分上下，只因为她家穷，交不起学费，便中途辍学了。

芳凝的家在一个小山沟，叫喇叭沟门，住着百十户人家。她自小就爱画画，见什么画什么，穷人家的孩子哪来画笔画纸，她就用一截枯树枝在地上画，就像《儒林外史》上的王冕那样。再以后，就捡些旧报纸废广告，蘸着锅灰画。

芳凝到舅妈家，舅妈待她很好，芳凝的妈死得早，舅妈就把她当成女儿了。每天总是给她做好吃的，买时髦的衣裳，还拿出一些画册给她看。芳凝就说：

“这些画册能借给我看看吗？”

“怎么是借，就是给你的。”

芳凝抱着画册回到家就照着画册画起来，一遍两遍，一年下来她的画就跟画册上差不多了。

再上舅妈家，芳凝就多带了一些核桃、大枣，她知道城里人都爱吃。

芳凝把自己的画拿给舅妈看，舅妈见她的画大有进步，就把她介绍给一位知名的教授。教授在画界极负盛名，专攻水墨丹青，又吸收西洋画的画风。他尤爱齐白石的大写意，寥寥几笔，再加上一句题词整个画就活了。

教授看了芳凝的画，觉得她虽在初级阶段却极具潜质，是一棵好苗子。他认真看了芳凝的画，说西藏的唐卡吧又不是，说户县农民画吧也不像，那就让她发挥自己的特长吧。

教授惜才，从此芳凝就吃在教授家，住在教授家。教授吃着芳凝带来的核桃、大枣就跟孩子一样，把桃仁当成脑仁，把大枣冲着太阳拉出金丝。再以后芳凝就成了教授的义女。教授对她极为严格，从入门教起，先画简单图形，要把方的圆的画出立体感来，稍有差池就要重来。以后就再教山水鸟兽鱼虫人物。最后要她在画面上画出意境。寥寥数笔，越简单越好，多一笔不要，功夫全在画外。

接 风

她盖起了小楼，上下两层，院子半亩多。有花有草，有金鱼池。院子里还有个碾子，碾子已残缺，碾棍黑乎乎的。虽在院子一角，却挺显眼，几次想挪，又几次犹豫。正在犹豫间，手机响了，是县里打来的，说是当年的突击队队长要来看她，见面一定认识。

她清楚地记得，在新中国成立前夕的一次突围中，他藏在她家，是她把家里仅有的棒粒在碾子上碾了，做了贴饼子熬小鱼，一锅掀。他身上有了力气，才得以突围成功。

她看着院子里的碾子，挪还是不挪？门外响起了汽车嘟嘟的喇叭声，他走进她的院子里。他如今已升任地方某局的局长了。

新局长缓缓走到碾子跟前，似有所思。昔日的情景又在眼前。

县长说，已在大餐厅订了包间，叫他马上过去。

新局长摆摆手。

他抱起碾棍，她拿起小笤帚，往里划拉着棒粒。他在她家吃了一顿贴饼子熬小鱼。

他又回到了昔日的峥嵘岁月。

梅花鹿

它是一头雄鹿，它的雄风就在它的犄角上。它的犄角要比梧桐更美，不，梧桐树绝没有一枝九杈那样美丽。它美丽的犄角让母鹿见了不容商量地跟它走。因而，它妻妾成群，成了鹿界的佼佼者。

春天来了，它和妻妾们嬉戏在春日的暖阳里，在草地上奔跑着。妻妾们便轮番把自己最宝贵的献给它。它精力充沛，总是把妻妾们伺候得舒舒服服。妻妾们依偎在它的身旁，就像依偎在情人的怀里一样。冬天，妻妾们把埋在地里的嫩草挖出来献给它，它便用美丽的犄角在她们鼓胀的乳房上轻轻蹭一下，便是最高的回报。有别的雄鹿与它争夺地盘，它靠头上的犄角毫不费力地把对方击退。从此，便有那些被击退的雄鹿领着娇妻美妾献给它。每逢此刻，它来者不拒，一一笑纳。

世上没有不漏风的墙，它有一双美丽的犄角被山下的猎人知道。猎人们便背着猎枪来捉它。每到这时，它总能冲出了猎人的重重包围，奔跑着，跳跃着，它有超强的持久力，甚至胜过了兽中之王。它臀部的白斑，忽上忽下，忽左忽右，让猎人眼花缭乱，猎人的枪也只能放空了，这更增加了猎人捕猎的决心。于是，猎人们便围在一起商讨对策。经过几番讨论争执终于达成共识，根据它奔跑的路线和跳跃的距离，挖下陷阱。

一天，猎人们来到它的驻地，并不围捕而是望空放了几枪，它听到枪声便奔跑起来，正在它得意地一跃时，“扑通”一声栽进猎人设下的陷阱。猎人们用钩杆把它钩上来，然后把它摁倒在地，用锋利的钢锯锯它美丽的犄角。每锯一下，它的犄角便会流出一滴血来。殷红的血像泪滴，滴在碧绿的草地上。

棉衣

她穿着单薄的衣裳，走在去工地的路上。三九天的风吹在她的脸上，又从领口钻进她的脖颈里，像刀子割着她的肌肤。工地离她家不远也不近，五六十里要走五六个小时。本来，她可以坐公交车，可她舍不得那两块钱的车钱，男人在外打拼不容易，能省一个是一个。

她是去送棉衣的，丈夫在工地上是露天作业，比她在家冷多了。她不愿丈夫冻着，就抱着棉衣给他送去了。如今，超市里有各式各样的防寒服，既轻省又暖和，可她觉得还是比不上她做得好。她早早买了长绒棉，是新疆的特产，便一针一线地缝制起来。

她想象着丈夫有多冷，也许在搬动砖瓦水泥，也许站在离地三四层高的脚手架上。她知道越高风越大，她必须赶紧送到工地，好叫他穿上。

她清楚地记得，八年前的一个冬日里，她穿着单薄的衣裳去捡柴火，一个小伙子看见了，忙把身上的棉衣脱下来，披在了她的身上。从此，他成了她的夫，她成了他的妻。再以后，他的棉衣就由她包下了。她缝制的棉衣要比裁缝铺师傅拿尺子量制的还合身。

都说靠山吃山，靠水吃水，她们家既不靠山又不靠水，只靠穷，穷得叮当响。丈夫是勤快人，人不能靠穷过日子。附近有个民营建筑公司，满打满算也就百十号人，承包当地小型建筑，最高也就三四层小楼。工地离家五六十里，按说可以天天回家，可他干了不到一年，老板相中了他，提拔他成了工地技术负责人。他得和民工吃在一起住在一起，有什么问题好及时解决。他从不乱花钱，几年下来他已攒下了一笔钱。他不告诉她，这不是他的私房钱，到时候他要给她一个惊喜。他有个愿望，就是把自家的茅草房翻盖成砖瓦房，这是手到擒来的事。他还要让儿子念完小学念中学，念完中学念大学。虽说“万般皆下品，唯有读书高”

已过时了，可没有知识是万万不行的。工地上哪有大学生，没有文化只能干些笨重的体力活。他还有个远大的计划，就是在村里建一个服装厂，专做棉衣，让天下不再有挨冻的人。

她走在去工地的路上，头上的太阳像坐在滑梯上一出溜就蹲在山头上了。下雪了，雪花飘舞着，随着凛冽的寒风肆虐着路上的行人。三九天的雪，赛过铁，雪花打在她的脸上像铁一样生冷得疼。多少回她想把怀里的棉衣穿在身上，可她不愿这样，宁肯冻一会儿。好在工地已经不远了。如果棉衣她一沾身就不是新的了。她只能把棉衣紧紧抱着，这样会暖和一些。她走着走着，两腿开始麻木，继而僵硬，她迈出的每一步都是那么艰难。远处亮起了灯光，工地就要到了。她的眼前出现了一个温暖的世界，她的丈夫穿着她缝制的棉衣，正和民工弟兄们围坐在一起，喝着小酒，庆祝新建的大楼竣工。她倒下了，雪花覆盖在她身上，她躺在临近工地路旁，她的身躯不再瘦小，是那样晶莹洁白。太阳出来了，人们发现了她，把她送进医院，她的丈夫和工地上的弟兄们，正在焦急地等待着……

飘逝的歌声

我和宿舍的几个同学漫步在未名湖畔，突然传来歌声，“只是因为在人群中多看了你一眼”。歌声越来越近，只觉一道蓝光，从眼前闪过，是姑娘的蓝头巾。她体态轻盈，歌声柔美，带着几分调皮，在擦身而过时，她回眸一望，这是对我吗？是有缘还是偶然，抑或我自作多情。春末，和煦的风，吹皱了一池湖水，她的歌也吹在了我心中，吹皱了我心中的一湖春水。

晚上，躺在床上，我怎么也睡不着，才知道是自作多情，她只是不经意地轻轻唱了一句，可以后呢，早已被风飘逝了。

从此我就“再也没能忘掉你容颜”。一天，我到图书馆看书，突然眼前闪过一道蓝光。是她，就是她，正应了那首歌，“梦想着偶然有一天再相见”。她坐在我的前排，专注地看书，也许她并不知道我的存在，可我却清楚地看到了她的存在。我也捧着一本书，只是一个字也没看进去。字却幻化成她那回眸一望。一个多小时就这么过去了。以后我便早早来到图书室，可她不在。我也在自己的前排放上一本书，算是为她占位。这样的事已经很多次了，她都没来，而占的位一直空着，是我的一颗心在那坐着。终于，有一天她来了，我站起来极绅士地伸出右手让她坐下，她并不道谢，只是冲我点点头，坐在了我前面，冲我回眸一望。从此，我开始孤单思念。每到深夜，我就会“想你时，你在天边，想你时，你在眼前，想你时，你在脑海，想你时，你在心田”。打那以后，她的位子就由我包了。她并不客气，甚至连一句谢谢的话也不说，只是坐下来向我回眸一望。我想有这回眸一望就够了。心有灵犀一点通，一切言语都是多余的。

我只知道她们女生宿舍在鸳鸯楼，多少次想去找她，约她出来，可是我没有这个胆量，一次我鼓足了勇气，走到她的楼前，才想起，并不知道她在几号楼，甚至连她叫什么也不知道。

一次，学校举行篮球比赛，我的一个三分球赢得了一片掌声，掌声中是谁喊了一声好。我于奔跑中看到了她，她的蓝头巾在微风中飘动。她喊好时双脚几乎要蹦起来。散场后，她没走，是在等我。

“没承想，你球打得那么好。”

我第一次受到了她的夸奖，心里比拿了奖杯还美。

打那以后，我们有了约会，就在未名湖畔，就在第一次听她唱歌的地方。

夏日的余晖洒在湖面，洒在她的身上，微风徐徐，把她小巧的身子吹得更加妩媚动人。她默默地看着我，小鸟依人的样子。我望着她，几次想紧紧把她搂在怀里，可是又不敢，我不会那么鲁莽。夜风吹动着她那蓝头巾，我挽着她的手走进校外附近的餐馆，要了两碗鸡丝面。她告诉我，这蓝头巾是山里人凑钱给她买的。为这，家里办了两桌酒席，喝了一罐老酒。这是山里人千百年来出来的第一个大学生，还给她的爸爸妈妈披红戴花，在她家门前燃起了鞭炮。我默默地听着，从此，在我心中对她又多了一分敬意。

我们的四年学制就要结束了，学校正忙着毕业生的分配。她从人群中走来，拎着一大捆同学扔弃的书刊衣物，到废品站卖，我多想跑上去帮她一把，可她头也不回径自走了。

毕业后，我到山区支教，一个月过去了，又一个月过去了，也没收到她的来信来电，这才意识到，临走我们并没留下联系地址，甚至我连她的名字也不知道。

三年过去了，在一次全国优秀教师授奖大会上，惊讶地发现她走上主席台，讲述她在支教中的那些事迹。她领着从偏远山区来的孩子，一个个出自文盲家庭，在她的教育下成了全地区的优秀生。这些孩子齐刷刷向她鞠躬，喊她妈妈，她的丈夫也是一名优秀教育工作者。我的脑袋嗡地一下，以后她的发言就什么也听不见了。

转眼又是三年，我也结婚了，妻子竟长得和她一模一样。新婚夜，妻子偎在我的怀里告诉我，她有一个姐姐，当年认识了一位优秀男生，就在未名湖畔，手牵手畅谈未来。姐姐爱他，多少次想扑进他的怀里，可是那个男生只专注地望着她。姐姐恨那个男生，为什么连一点勇气也没有。为什么不单腿跪下向她求婚，为什么不把她搂在怀里吻她。

妻子的述说把我拉到昔日的时光，六年前的未名湖畔，她那回眸一望，她那柔美的歌声在春风里飘逝。

婆 媳

淑贤过门三年了，也不知道婆婆爱吃啥，男人在外，很少回家。

她就想，好吃不过饺子，就专门为婆婆包了三鲜馅的。饺子端上来，放到了婆婆跟前。

婆婆看看热气腾腾的饺子，再看淑贤，吃了几个把盘子一推，饱了。

淑贤接过婆婆的盘子，吃了多半盘，去舀饺子汤，一看，少了半锅。以后淑贤就不再包饺子，改成烙饼。

时近春节，丈夫回来了，说要吃饺子，就又捏了三鲜馅的饺子，还专门为婆婆烙了千层饼。饺子端上来，淑贤把千层饼送到婆婆跟前，婆婆看看千层饼，再看看淑贤，竟大口大口地吃起饺子来。

淑贤惊了。

“妈，您不是不爱吃饺子吗？”

“傻闺女，妈是试试你的心。”

“妈，您咋那样！”

“好闺女。”

婆媳俩笑成了花。

婉 霞

“把衣服脱下来，我给你补补。”

听见她亲切的话语，他就像孩子一样乖乖地脱下来了。

他穿的是驼绒，价格不菲，昨天晚上朋友聚会，不知道谁抽烟，把他的外衣烧了一个洞。

她叫婉霞，来这当保姆已经半年多了。

他叫陈雄，一年前老伴儿患乳腺癌离他而去了，临走时泪眼汪汪地看着他。

“找个伴儿吧，起码还有个说话的。”

陈雄是建筑系的高才生，毕业后就被城建集团聘走了，如今是资深的工程师，因为身体不是很好，就提前退休了。建筑行业工资高，他又是工程师，这些年来他攒了一些钱，经济不成问题。

她知道自己是干什么的，一个月拿人家三千多块，一个大学生能拿多少。

她勤勤恳恳，房子打扫得一尘不染，就连厨房的灶台也没有一点油星。陈雄的衣服总是干干净净，熨得平平整整。饭，虽然他们吃得不多，她总是做得极细致，还根据老人的健康饮食标准每天定出菜谱。尽量少做油炸的，把肉、虾、豆腐、蔬菜、菌类放在一起慢慢煲。有时也做些炒菜，逢这时，她总把肉丝肉片裹上淀粉，锁住水分，让肉又滑又嫩。陈雄爱吃鲤鱼，鲤鱼虽味美然而多刺，她就把刺一根根挑净。她对陈雄从不大声说话，客客气气。夏天从不开空调，陪他到楼下或附近的公园长椅上坐坐，说些家长里短。天凉了，她总是注意天气预报，及时给他增添衣服。她说毛衣老人要穿在内，年轻人毛衣外穿是图美观。提醒他按时起床吃饭，按时吃药。每天吃药，送服的水总是温的，她总是先尝一口，生怕把他烫着。陈雄在婉霞的精心照料下，很快走出了丧妻的阴影，日子过得有声有色。

陈雄见她换洗的衣服不多，就把老伴儿的衣服拿出来给她，即使没上过身，她也不穿，她说还是留着，想起来看看留个念想。

她开始给他缝补衣服，说是缝，实际是补，是织，小时候，她学过绣花，只是现在老了，针线活要戴眼镜。

她也是年过半百的人了，年龄比他小不了几岁。一个老人伺候另一个老人实在不公平，背地里他常常这样想。如果他要找的另一半能像她这样就好了，可这句话只能憋在心里，万一刺伤了她的心，从良心上过不去。

时间久了，他知道了她的身世，知道了她的不幸，便多了一些怜悯和体贴。

她为他织补外衣的洞，时间一分分一秒秒过去了，洞越来越小了。因为虚弱，她感到体力有些不支。他把水给她递过去。

“歇歇吧！”

她笑笑。

“不累，过一会就织完了。”

就在她要收口的时候，一阵晕眩她倒下了。救护车一路呼啸着向医院驶去。

她得的脑溢血，由于长时间低头，导致脑血管破裂。

他守望在她床前，握着她的手，默默地看着她。她像小孩子一样乖乖地望着他，四目相视，闪着晶莹的泪花。

突然他跪下了，像当年求婚那样。

“嫁给我吧！”把一枚钻戒戴在了她手上。

她并不感到意外，深情地望着他，就像望着自己的丈夫。

“我愿——”她含笑离开了人世。

他买了许多衣服，春夏秋冬，长裤短衫，连同她补的外衣，放在她的遗像前。

一班长

一班长家地处贫困乡村，20世纪60年代，家家粮食连年歉收，他家却连年炕头上夺高产，六年时间老婆给他生了四男四女，加起来整十口人，够一个班的编制，人送外号一班长。

亏得一班长还有一技之长，当时农村也没有电网，最多换换路灯，爬爬电线杆子，算是高危作业。隔上十天半月，便有各村电工聚到一起检查线路。检查不能白检查，中午几个人找个小吃铺，要上一碟花生米，一碟豆腐丝，一碟猪头肉，再打上壶老酒，就是过节过年了。

可苦了老婆孩子，老婆下地，得8个孩子吃剩下她才吃。她把锅底再添点水算是一顿饭。常常干着干着晕倒在地。晚上睡觉8个孩子没铺没盖半截炕席算是褥子，农村叫滚炕席。8个孩子盖一床被，说是被子实际上比孩子的屁帘大不了多少，8个孩子，8个小脑瓜呈放射状摆成一圈。8个孩子16条腿向当间儿伸。16只小脚丫汇在一起算是圆心。一年到头不用说吃油吃肉就是打油买盐也常常断顿，日子真难熬啊！

一班长心里明白，要不是共产党，旧社会早拄棍子卖儿卖女了。

二十世纪中后期，国家把计划生育定为基本国策，可旧社会的旧观念在人们的心里深深扎下了根，生了一个又一个这叫多子多福。生了女孩子还要生男孩为的是传宗接代。政策逐级贯彻下去了，大喇叭天天喊，可是政策归政策，宣传归宣传，反正国家不能上家夺饭碗，管计划生育的睡不好，吃不香。

这时，一班长出来了，因为他是电工，拿全队高分，怎么说，他忘不了国家对他的恩情，就找到管计划生育的，四门大开，用现身说法讲计划生育的好处。这时大闺女出来了，3个妹妹还偎在一起取暖，4个秃小子，4个光腚猴。言教不如身教，大家的旧观念动摇了。

“嗐，什么多子多福，这跟旧社会有什么两样？”

“传宗接代，一班长就接成8个光腚猴。”

大家纷纷自觉报名，终生只要一个孩，少生优生，优生优育，有的还采取了避孕措施。

一班长为村里争得荣誉，为计划生育做出了贡献。一个默默无闻的小村霎时轰动了，全公社轰动了，全县也轰动了，来参观的取经的，一波接一波。一班长走在大街，穿着电工服，抬头挺胸，俨然成了叱咤风云的人物。

由于一班长对计划生育做出了巨大贡献，村里、公社、县里各级领导都提着礼物来看他，还发给他奖金和救助款。

一班长每到晚上就跟老婆商量，共产党对咱这么好，咱没得说。咱这8个孩子不能给国家添累赘，咱要节省再节省，请家庭教师教他们知书达礼，成国家有用人才。

消息传出，村里有个大学资历的老人，主动找上门来，义务教这8个孩子。——十三年过去了，8个孩子有的上了中专，有的上了大学，一个学文，一个学理，还有个孩子当了海军，保卫国家的海疆。一班长摇摇欲坠的小草房已成了青砖青瓦的二层小楼。一个大厅，9个小卧室，4个卫生间，厨房，浴室一应齐备，跟城里没有两样。

一班长的老婆，穿着时尚的衣裳，脚蹬皮鞋，脖挂项链，谁见了谁粉眼。

一班长又在自家开了现场会，介绍8个孩子勤奋上进的经过，一个优生优育，养儿育女报效国家的热潮展开了。

一班长又成了典型。

站台歌声

列车飞奔着驶进了新时代，不再喘着粗气，唱着咣当咣当古老的歌谣。有列车就要有列车员，有列车员就要有列车长。列车长的家在桃花峪，百十户人家，是在地图上连点也点不上的地方。

列车长叫铁映，他在这趟 555 次列车上，就像挑着担子的脚夫，把两头的乘客安全地接来送往。一到春节，探亲访友的人就更多了，他也不能回家，要在车上过年。每逢这时，他的妻子桃花就会把热气腾腾的饺子从窗口递到他手里，他捧着热腾腾的饺子，就像捧着妻子那颗热腾腾的心。

一连七年，他的春节都是这么过的。这是他最幸福的时刻。今年是第八个年头了。桃花峪是小站，列车在这只停了 3 分钟，可桃花没来。她怎么没来？莫非家里出了什么事。列车又启动了，他来不及想，更来不及多想。他担负着成百上千乘客的安全，不能有半点差池。他在车厢里组织文艺演出，那些豁牙露齿的老头老太太拿着麦克风，唱出心中的喜悦，唱出今天的幸福生活。他推着餐车，把热腾腾的饺子送到乘客的小桌上。

列车奔腾着，日夜兼程。东方升起了太阳，车厢里的乘客开始活跃起来。播音员开始播报早新闻。

“各位旅客，首先我代表 555 次列车全体乘务员向大家拜年，祝大家身体健康，新春快乐！

“各位旅客，我们伟大祖国的首都北京就要到了。在这新春来临之际，发生了惊人一幕。桃花峪有个叫桃花的，捧着热腾腾的饺子来给丈夫送年夜饭，就在这时，突然一个孕妇在横过铁轨的时候，一辆列车迎面驶来，在这千钧一发之际，这位桃花姑娘勇敢地冲上前去，把孕妇搀到了铁轨外。列车过去了，而那个叫桃花的姑娘却倒下了，倒在了铁轨旁，所幸有惊无险。我们祝愿桃花早日康复，谢谢大家！”

铁映嘘了一口气，他从窗口望去，一轮红日冉冉升起，染红了天边。他知道，那是桃花峪的桃花染红的，那是他的妻子那颗火红的心染红的。

追梦

恍惚间，我走进了一个奇幻的世界。春日暖阳，青山绿水，鸟鸣虫唱。歌声带着我跋山涉水，云雾缭绕，把我轻轻托起，与云共舞，我乘风翱翔，越飞越高。山变小了，河就像一条白练，大地就像一方绿色的手帕，花丛就像家中的牡丹。我登上了九重，楼台亭阁，水榭长廊。九天仙女歌声悠扬。天上，人人丰衣足食，个个福寿绵长。我走上九曲小桥，突然“咔嚓”一声，桥断了。我揉揉惺忪的眼睛，原来是南柯一梦。我赶紧闭上双眼，飞起双脚，奔跑在追梦的路上……

诗人阿丘

诗人阿丘，自幼酷爱文学，尤爱诗。他读了所能读到的古今中外名诗，觉得这些都过时了，他要与时俱进。

他认为楚辞虽好，兮兮的，不就是啊哦呀噢吗，励志诗是老干体，用陈词滥调说些尽人皆知的大道理。

不以规矩，难成方圆，固守规矩，难成大器。他独树一帜。不为谁负责，不需生活，他的诗朦胧而形象，能让读者展开自由想象。他写道：

我走呀走，骄阳似火，汗，大滴大滴滴在屁股上结成冰，结成雪糕。

雪糕异常精美，如外星人燃烧的蜡味。我贪婪地嚼起来，吃了一碗又一碗。我饿得肚子咕咕叫个不停，向上飞去。我头上长角，腋下生翼，周身有甲，脚上有蹼。我的大作发表在我向往的诗的王国里，我成了真正的诗人。

建筑工地上

建筑工地上，热火朝天，到处是迎风招展的红旗，安全生产的横幅挂在工地显著的地方。其实工地哪一天不热火朝天。如今，多劳多得，工地上的民工大都是从外地来的，到时候孝敬父母给老婆孩子多塞几个钱，哪个民工不是这样。工人们个个汗流浃背，有的搬砖弄瓦，有的站在脚手架上砌墙。如今，国家用法律的条文规定了农民工的合法权益，不得拖欠农民工工资，哪个头头敢跟法律较劲。

强卫原是要上大学的，到高二时父母得了病他就辍学来到工地。他年富力强，精力超常，家里还有一个贤惠的妻子。三年了就为多挣几个钱都没回家，他要带着一大笔钱交到妻子手里，给父母打酒买肉，给全家一个惊喜。他要把妻子搂在怀里亲她，搂得她喘不过气来。

“嫂子来了，就坐在你的床上喝水呢。”同宿舍的兄弟来工地上喊他。

这年，春早，俗话说春打六九头，现在已是七九了，早就开河了，柳树也冒出了鹅黄的嫩芽，大地生机勃勃，绿草萌发，如他鼓胀的血管，鼓胀的神经。他顾不得宿舍里的兄弟笑话，一把把妻子搂在怀里，把妻子羞得直捅他。

妻子用手指捋捋头发，从兜里拿出一沓钱来，咬着她的耳朵说：“现在咱那好多了，不像过去那么穷了，姐妹们有的参加了刺绣组，有的参加了编织组，村委会负责包销，一个月也有两三千元进项，手巧的，一个月能拿到 5000 元，我参加了编织组，上月拿了 2600 元，伺候老人孩子，喂猪喂鸡一点也不耽误，就是早晚累点。你在外都三年多了，为了几个钱也没回过家。”

一席话，把他说得心里热乎乎的，这一夜，他俩就凑合着睡在一张床上，也不嫌窄憋。

第二天，他脱下工作服，整整齐齐交到保管处，夫妻双双走进工地头头办公室。

“领导，我不干了，这不老婆接我来了。”

领导看看他，又看看他老婆。

“好吧，好吧，看来我这小河沟养不了大泥鳅，你呀，魂早叫老婆勾走了。这月你干了 23 天，咱们是计时计件，我破个例发你全月工资。”

“谢谢领导！”

“先别忙，你被评上先进民工一等奖，前天我们几个人都研究过了，给你五千，我做主，提前发给你，到会计那领去吧，我这就打电话。”

车票已经让会计在网上买好了，他们踏上了通往家乡的列车。飞驰的列车向着他的家一路奔驰。沿途景色一新，昔日荒凉的草滩，如今已是绿油油的麦田，迎来了又一个新春。火车提速了，过去 8 个小时的路程，现在不到 4 个小时就到家了。人们奔小康的步伐也提速了。

这几年，他在工地学到了不少技能，毕竟上过高中，掌握技能比较快。他们商量着开个店，为家乡父老尽一分力量。

十字路口

她刚踏上斑马线，绿灯亮了，她和众多行人一起过马路。就在这时，突然一个人擦身而过，往十字路口另一个方向而去。她回到家，一掏口袋，坏了，钱包没了，钱倒不多，只是里面有她的身份证和需要联系的手机号。正在这时，门铃响了，进来一个人，低着头，扑通一声跪在她面前，双手举着钱包，像投降的样子。她拿过钱包，想扶他起来，只见他对着自己左右开弓，啪啪扇着耳光，脸肿了，嘴角流出了血……

她记起来了，二十多年前，他还是一个帅气的小男孩，在她生日那天，他按响了她家的门铃，小心翼翼地把一条项链亲手戴在她的脖子上。那精美的项链，非金非银，上面也没有闪光的珠宝钻石，只有一个鸡心形。看来他费了不少工夫。他家穷，从小没了父母，是姥姥把他带大。二十多年了，岁月带走了他的童年，也带走了他的纯真。他怎么变成了这样，变成了另一个人。他极聪明，心灵手巧，那时她有什么不明白的，他总是一遍遍教她，比老师讲得还明白。他干什么不行，为什么要走这条路？从此十字路口便成了她抹不掉的记忆。她是学法律的，现在又是一名法官，法官不是把罪犯关进笼子里，而是把一个正走在十字路口、走上歧途的人拉回到正路。这正是她思考的课题。

她从钱包里拿出身份证和手机联系号，请他坐下。他嗫嚅着，始终低垂着头，不敢坐，也不敢正眼看她。她把钱推到他面前：

“钱不多，就拿它做个小买卖吧，即便是在街头卖煎饼果子也可以。”

出了她的家，他记起了小时候他们手拉手上学，又手拉手回家，他把项链戴在她的脖子上，她痒得咯咯直笑。他甚至还幻想有一天他把她娶到家做他的新娘。如今她成了法官，他成了罪犯，他不配。他只能照她说的老老实实做他的煎饼果子混口饭吃。何况，钱又是她赏赐的。他每天天不亮就起把食材准备好，天一亮就出摊，因他摊的煎饼，面总是新鲜的，鸡蛋又个大，不到一小时就卖光了，有的顾客还抱怨，也不多摊点儿。

过了半年，虽然收入不多，吃喝不愁了，他就想凭他的聪明才智干这营生太屈才了。他脑子活泛，他要像印度电影《流浪者》里扎卡说的去偷去抢，干大事业。

从此，他浪迹在候机楼，火车站，贸易市场，庙会，凡是人员密集的地方都有他的身影。他右手手指纤纤，食指和中指一般长短是干扒窃的好材料。又半年过去了，他的收入与日俱增，可是他雄心勃勃，他不想把提心吊胆偷来抢来的分给头头，他要自己当老板。

一天他去买烟，一个戴墨镜的上下打量了他一眼，就递给他一支。他吸了一口，觉得特别香，是他从未吸过的真正香烟，这股香气，直达全身，舒服极了，连身上的痛痒都烟消云散。世上竟有这样的烟，一定很贵吧。以后，他天天都到那，卖烟的摇摇头，我这不卖这种贵烟。这时，那个戴墨镜的从身后拍拍他。

“哥们儿，想抽，跟我来，管够。”

就这样，他走上了吸毒的道路。

开始，他不管发货接货，只管中转，他们定了暗号，一次一换。把毒品藏在船帮上，藏在头发里，甚至用避孕套吞进肚里。一年下来，收入颇丰，可他们的雄心远不止如此，他毕竟还有上线。他要从泰国的金三角进货，成为供货商。

一次，关卡里通道的链条断了，他的那些喽啰被安检部门扣留了。他锒铛入狱，他供出了犯罪的全部过程，上下线的人员名单，毕竟他的良知还没完全泯灭。他还没忘掉儿时他给她戴项链的情景，她把钱包推到他面前叫他谋生的一幕。他痛哭流涕，痛不欲生。在他一头向墙撞去的时候，她挡住他。

他在监狱劳教所里，书写犯罪的起因和心理过程，书写罪犯悔过的反复。他的书面交代材料，交到她手里，成了对罪犯活生生的教材。他多次向在押的犯罪分子述说自己的犯罪经过。由于他的良好表现，他得到了政府的宽大处理，提前释放，他不缺聪明才智，真正从歧途走上了正路。

又一年过去了，他按响了她家的门铃。她推开门眼前是个帅气的小伙子。他捧着一束玫瑰，单腿跪下，手里还有她当年推给他的钱包，里面是一张储蓄卡，是他的学术论文和奖金。

他和她终于走在了一起，是在他们相遇的十字路口上。可惜当年那个戴项链的情景没录下来，而那磨不掉的底片，永远留在了心间。

卖马

他叫秦穷，不是瓦岗寨上三十六友的秦琼，马也不是黄骠马。

他靠这匹马谋生，南来北往贩些货物，以盈补缺。可他看走了眼，买了一大批假货，欠下了债。债主逼上门来限三天还清。

他已穷得叮当响，无甚值钱东西抵债，唯有这匹马。

马是好马，好马多刚烈，就在他收拾缰绳的时候，套住了马的一只腿，马瘸了。好马成了瘸马。

无奈，他把马牵到牲口市上，一天过去了，又一天过去了，连个问价的也没有。

第三天，他又牵着马去集市。他在前面走，瘸马跟在后。

一个留山羊胡的老人走过来，摸摸马的脖子又摸摸马的屁股，看了看马的鬃毛，又掰开嘴看看马的岁口，叹了一口气："马是好马，可惜了。"

眼看快收市了，他正要牵着马往回走，留山羊胡的老人又来了，细细看了马的那条瘸腿。

两人便聊了起来，他说了自己的遭遇，老人说："这马要是不瘸能值五千，如今也就噘嘴骡子卖个驴价了。"

"三千您牵走！"

老人捋着山羊胡子，再次看了马那条瘸腿，从腰包里点出三千，少顷，又从腰包里点出一千递过去。

他接过钱，扑通一声跪下了。

"大伯！大恩大德，小的没齿难忘。"

"哎，谁还没个三灾八难，山重水复疑无路，柳暗花明又一村，你把马卖了，以后拿什么谋生，我出自名门望族，不缺吃喝。"又把缰绳递到他手里。

他再次跪下连磕三个响头："好人一生平安！"

多少年以后，老人真的遇难了，多亏了他舍命相救，才逃过一劫。这是后话。

拜　师

黑子不黑，从小就立下报国志，要以自己的特长报效国家。阴差阳错走上了黑道。入了黑道，大家都管他叫黑子。

黑道组织严密，都是单线联系，不能打听不能问，谁领导谁谁也不知，只能按指令行事。

黑子天生就是干这行的料，食指和中指指尖纤细且一般长短。这次考验他的是要在翻滚的油锅里夹出肥皂片。多少人为此烂掉了手指。黑子望着冒烟的油锅，在众目睽睽之下以迅雷不及掩耳的速度轻轻把肥皂片夹出，毫发未损。看来他是干这行的好苗子，师父就对他精心培育，严格训练。师父第二次让他把一个大瓷坛拿走。黑子看了看瓷坛，挽起袖子，撸起胳膊吹上一口气，说声走，瓷坛就不翼而飞了。看的人还在纳闷。他伸手望空一抓，再吹上一口气，说声来，瓷坛又回到了原处。

看难不倒他，师父第三次叫他在一天之内把人家的眼镜摘下来。黑子犯了难，在大庭广众之下摘眼镜没有不叫人发现的，再说眼镜戴在眼上又不像揣在兜里，如何下手，黑子苦苦想了一宿。

他选了一个闹市区，熙熙攘攘，他瞄准了一个老先生，便靠了上去，突然撒上一把白灰，正在这时，他毫不费劲地把老先生的眼镜摘下来了，等老先生揉眼睛的时候，眼镜早入他口袋里了。

有了这三次考验，觉着还得给他增加难度，叫他去掏钱包。黑子整这还不是小菜一碟，油锅里夹肥皂片都试过了，口袋里的钱包又不烫手，第二天便进了地铁，他倚在门口，瞄上了一个穿夹克的人，那人戴副墨镜，“天窗”处，也就是上衣口袋，鼓鼓囊囊，可惜口袋在夹克里面，拉锁又紧紧拉着。到下车时，黑子往上一靠刚要下手，被人发现了，原来那人早有防范，把钱包用线连着，再缠到胳膊上，钱包一动自然知道。

一次不成，再来一次，第二天他又上了地铁，还是那趟车，还是那个点，他又倚在门口，瞄准的还是那个戴墨镜的人。下车时往那人身上一靠，钱包到手了。黑子喜不自禁，忙回去报喜，因为走得急，走进一个大厅，是公安分局。黑子刚要回身，一个声音喝道："回来！"

只见办公桌处坐着一位老人，老人摘下墨镜。

"认识我吗？还不交代作案经过。"

黑子抬头一看墙上写着"坦白从宽，抗拒从严"八个大字。黑子就从口袋里掏钱包，一摸没有，再摸还是没有，翻遍所有口袋还是没有。钱包哪去了？"不用摸了。"老人把钱包扔了过去，鼓鼓囊囊的钱包里面不是钱是餐巾纸，包上还连着一截线那是他用"手术"刀切断的。

门开了，民警押进一个人来。

"报告局长，案犯抓到了。"

啊！原来是局长呀！

黑子扑通一声跪下了。

"师父，我终于找到您了。"

小　宝

王老汉年过半百，这些年了，老两口也没抱上一男半女。多次到医院检查未果，便叹了一口气，将来老了靠谁呀。俗话说，够不够四十六，老伴四十四了，就死了这条心吧。

一天，老两口过马路，看见一个孩子哭哭啼啼，一问才知道他爹叫一辆酒后歪歪斜斜开来的车轧死了，肇事者逃逸，哪儿去说理。老两口见是个孤儿便领回了家。老两口每天好饭好菜对他，顶在头上怕摔了，含在嘴里怕化了，把他当成宝贝疙瘩。邻居们都说，一跟头拎回个宝贝疙瘩。唉声叹气变成了欢声笑语，空寂的屋里有了生气。

谁知干撒籽不出苗，炕头上长出棒棒来，就在老伴儿四十四那年，有喜了，第二年开春生下一个白胖胖的女娃。原本孤苦的两口之家，一下又添龙添凤，自是乐得合不拢嘴，把邻居馋得直嚷着喝喜酒。

满月那天，老两口四门贴帖，大办特办，席面四四到底。这是当地大财主才办得起的豪华大宴。那天鞭炮齐鸣，锣鼓喧天，逢人便请入座，份礼不限，一元两元就行。有钱出个钱场，没钱的出个人场。俗话说，三天为请，两天为叫，当天为提留。可他们五天就开始落桌，算是试吃。后五天谢支。人逢喜事精神爽，这钱花得值。

真是锅台上种芝麻，两个孩子摽着膀子往上蹿，两人一起忙，又一起手拉手上学，上完小学上中学，上完中学上大学。一个学文，一个学理，都是佼佼者。还没学业期满，便有企事业单位找上门来，高薪聘请。老两口真是豁牙喝蜜不用嚼，乐在心上甜在嘴上。两个孩子知书达理，一口一个爹，一口一个娘，把老两口乐得哎哎的应不过来。

岁月在欢乐中把穷日子送走，当年的小姑娘、小小子都成了大姑娘、大小子。二十多年同在一个屋，同叫一个爹，同叫一个娘，同吃一锅饭。

耳鬓厮磨，日久生情。

一天，他俩手拉手去民政局登记结婚。管发证的拿起户口本直挠脑袋。王大花、王小宝本是一家人。婚姻法早有明文规定，近亲不能结婚，何况又是亲兄妹。

小宝和大花抢着说:“我们——”

管登记的笑了，干这些年还是头一遭。局长从里屋走出来，看看小宝，看看大花，把百元大钞递到他们手里。

“到时间别忘了请我们喝杯喜酒。”

管发证的也说:“算我一份。”

乡亲们都说，这都是积德行善修来的福，我们以后要多做善事。

孟德仁

光明街道新来的方书记，看着报上来的“最美社区人”推荐表，他没见过孟德仁，可早就听说过他的事。

怎么是他？方书记办事较真，刚从东升街道调来，就让他摊上这件大事，可马虎不得，原来的书记就是为这丢了乌纱帽的。他要把推荐表上写的事迹一一落实，便叫来和谐居委会于主任。于主任知道这事的重要性，便在电话里说：“百闻不如一见，还是我带您走走，大事您拿。”

方书记随于主任来到孟德仁家，他家在15楼。电梯上写着“为了您和他人的健康，请勿抽烟。谢谢您的合作。”下面署名是孟德仁。

来到孟德仁家，他不在，他老婆说：“管闲事去了。”他们下了电梯刚走没多远，就见围了一大群人，于主任说，中间那个就是孟德仁。大家你一言我一语，其中一个大嗓门的嚷道：“你管得着吗？吃饱撑的！”

孟德仁并不还嘴，只是用手机把现场拍下来，还有地上的痰迹。他掏出手纸把痰迹擦了，再在本子上作了记录。

“小子，你还要老子上电视台？好呀，老子正想在电视上露露脸呢。”

大家越嚷越来劲，人群中一个戴红领巾的小朋友说：“叔叔是为了您好，您还嚷嚷，真给中国人丢脸！”

人群散了，孟德仁告诉方书记，经过一年来他在公共场合统计的随地吐痰成年人占86%，文明宣传栏上写的纯属虚报。这么多啊，方书记和于主任都出了一身虚汗。

第二天，方书记和于主任又出发了，这次来到一闹市区，过往的行人很多，开车的也多。上午9时27分，一位老人横穿马路，眼看一辆汽车驶来，只见一个人一个箭步冲上去，拦住了汽车，又是孟德仁。从此，孟德仁组织了两个小组，一个叫护花使者，专在小学学校上下学时带领小朋友走过马路，一个叫向导组，专门向乘公交车的指认进站地点，宣传有序上车，文明礼让。

过了几天，方书记说还是到孟德仁家看看吧。正好，孟德仁在家，他正在编民谣，便让他念念。

“一颗爱心伴身行，出门乘车讲文明。有序上车让老幼，车行千里荡春风。”

“小小一口痰，病在炎症中。病毒飞扬传播快，健康大事别忘怀。”

“横穿马路莫乱行，再急不能闯红灯。一步踏进警戒区，幸福家庭化悲声。”

方书记说：“想不到小孟还是诗人。”

“哪里哪里，我只是为了好记才编了这几段顺口溜。”

“哎——这叫文明民谣，赶明儿我叫街道上印出来贴在文明宣传栏里，你就是作家啦。”

说到文明宣传栏，小孟来气了，什么文明宣传栏，整年也不换，玻璃上脏乎乎的没人擦，国家白花这些钱。去年贴的文明热心人，他的那些先进事迹，哪一件是真的，说在他的劝导下，人人都不随地吐痰了，其实他不光把痰吐在地上，还吐在椅子上，让老太太坐了一裤子。其实他在地铁掏乘客的腰包 6500 元，拿出了 30 元交给派出所，说是拾金不昧。方书记说：“你说这些有证据吗？”

“证据，我手机上拍得一清二楚。”

“有问题应该向上级反映，也不该砸文明宣传栏呀！”

“向上级反映？谁不知道他是街道办事处书记的小舅子，上了宣传栏两边都露脸，不光披红戴花作报告，还得奖金。宣传栏是不该砸，不砸能引起上级的重视吗？”

方书记沉思片刻，看来最美社区人，美就在真实，不弄虚作假，实事求是。

回到办公室，方书记对情况全了解清楚了，就把最美社区人的推荐表交上了。刚过两天，区委书记来电话，孟德仁的先进事迹要在全区大力宣传。区委决定，要把他的事迹报到市里，参加市级评选。

变

小强小时候得了一种病，浑身好好的就是左眼痒。乡下缺医少药，村里只有一个姓胡的土郎中，小强服了三包药，左眼开始红肿，继而模糊，最后什么也看不见了。乡下人说这就是命，也就不了了之。

打那以后，小强就觉得有谁给他的左眼上蒙了一块黑布，他只能看半拉世界。

小强到十六岁那年，总不能就这么在家待着，父亲就把他送到了鼻烟壶厂，画内画，内画是反画，尽管小强睁大了右眼，还是该在左边画成了在右边，该在右边画成了在左边。厂长一看，也就没法再留他了。以后，父亲又把他送进了微雕厂。微雕需要眼力，他因为视力而拿不准刻刀，常常弄得满手是血。

小强突发奇想，想练飞石打瓶技术到杂技团去。他先在桌子上放一瓶子，走出五步，打中了，再走出十步，以后，二十步，三十步，最后五十步。三年下来石无虚发，每打必中。

村里人看得惊了，名声越来越大。这时候体校来村里招生，闻听他有这种本事，便把他带走，专门练射击。

开始小强拿枪可不比拿石子，怎么打也打不中，教练一看就明白了，是他太过紧张，扣扳机手哆嗦。小强便每天托砖，以砖代枪，增加手的稳定性。教练一看小强能这样吃苦又不服输，便一遍遍耐心开导。时间长了，小强拿枪再不紧张，遵照教练说的屏住呼吸，做到扣扳机时手纹丝不动。

经过三年苦练，小强终于在各种射击大奖赛中屡屡夺魁。

小强看着满屋的奖杯，心总是不甘，总不能一辈子在射击场打靶吧。

于是，他进眼科医院，经诊断，是眼角膜出了问题，医生用精湛的医术为小强解除了病痛，使他重见光明。他的左眼好了，奇怪的是，他再次参加射击大赛时，反倒打不中了。

命

张寿峰家境殷实，衣食无忧。他胃口极佳，属于喝凉水也长肉的主。十二岁那年，他成了远近闻名的小胖墩儿，走起路来就像鸭子一摆一扭。走上百十步就气喘吁吁，满头大汗。过去，日子艰难靠着人叫富态，如今生活好了，又讲究吃营养，吃出膘，有胖人被视为肥胖症，且肥胖还能引发多种疾病。张家毕竟是知书达理人家，便把寿峰送到医科大学学习。从此，寿峰知道了肥胖是因为摄入的热能大于消耗的，于是，他每天爬楼梯、跳绳、跑步，可一段时间下来，体重不减反增，这是为什么？因为，越运动越能吃，还喝了大量的水。

步入壮年，寿峰专门研究动物的行为和寿命。常人说，活动活动，要活就要动。他大惑不解，猴子一蹦三跳，为什么没有龟蛇的命长？甚至有的家庭盖房时把龟压在石板底下，若干年后挖出来，龟还活着。于是，他开始像龟那样以静养动，即使走路也慢条斯理，反正他家也不缺吃喝。

从此，他开始了天人合一的生活。黎明即起，一小碗稀粥，一杯奶，一个鸡蛋。中午，一杯红酒，两个苹果。晚饭，只喝一小碗稀粥，几根咸菜。每星期也会吃上条淡水鱼，和富含粗纤维的蔬菜。

寿峰每吃完饭，便上床闭目养神，脑子并不闲着，如何积德行善，去救助那些靠体力为生的贫困人。

寿峰百岁时，仍精神矍铄，健步如飞，还有好吃的、好衣服，便送给小区保洁工，自己仍节衣缩食，175厘米的身高，体重一直保持在65千克左右。

他著书《命》，挑战了"人的命天注定"的传统思维，书出版后，引起了社会各界广泛关注，并由专家举行了多次学术研讨。

命

康寿峰家境殷实，衣食无忧。他胃口极佳，属于喝凉水也上膘的主。十二岁那年，他成了远近闻名的小胖墩儿，走起路来就像鸭子一拽一拽。走上百十步就气喘吁吁，满头大汗。过去，日子艰难管胖人叫富态，如今生活好了，又讲究吃营养，吃健康，管胖人视为肥胖症，且肥胖还能引发多种疾病。康家毕竟是知书达理人家，便把寿峰送到医科大学学习。从此，寿峰知道了肥胖是因为摄入的热能大于消耗的，于是，他每天爬楼梯、跳绳、跑步，可一段时间下来，体重不减反增，这是为什么？因为，越运动越能吃，还喝了大量的水。

进入壮年，寿峰专门研究动物的行为和寿命。常人说，活动活动，要活就要动。他大惑不解，兔子一蹦三垄，为什么没有龟寿命长？甚至有的家庭盖房时把龟压在石板底下，若干年后挖出来，龟还活着。于是，他开始像龟那样以静待动，即便走路也慢条斯理，反正他家也不缺吃喝。

从此，他开始了天人合一的生活。黎明即起，一小碗稀粥，一杯奶，一个鸡蛋。中午，一杯红酒，两个苹果。晚饭，只喝一小碗稀粥，几根咸菜。每星期也会吃上条深水鱼，和富含粗纤维的蔬菜。

寿峰每吃完饭，便上床闭目养神，脑子并不闲着，如何积德行善，去救助那些靠体力为生的贫困人。

寿峰百岁时，仍精神矍铄，健步如飞，逢有好吃的、好衣服，便送给小区保洁工，自己仍节衣缩食，175 厘米的身高，体重一直保持在 65 千克左右。

他著书《命》，挑战了“人的命天注定”的传统思维。书出版后，引起了社会各界广泛关注，并由专家举行了多次学术研讨。

适　量

俗话说馋当厨子。永生小时候并不馋，只是家贫如洗，七岁那年父亲便把他送进了天外天大酒楼当学徒。掌柜的一看，小小年纪，个头还没饭桌高，便摆手摇头，怎奈其父苦苦哀求，端茶倒水，提尿壶总可以吧，况他不要工钱，管吃就行。掌柜的心善，无奈就收下了。

从此，永生就站在板凳上洗盘刷碗。过了五年，趁着洗盘空当，偷偷把盘里的汤汁用指头蘸了蘸，放在嘴里咂摸，可巧掌柜的从这经过，永生知道闯了祸，便跪下连连磕头。掌柜的问，你蘸汤汁干什么？永生战战兢兢地说，我是想尝尝菜的味道，以后我掌勺了好为您多赚些钱。掌柜的笑了，拉起了永生，从此不再洗碗刷盘，先去配菜。配菜就是为掌勺做前期准备工作，把用料切好，这是练刀工的好地方。由于永生勤奋，虚心向师傅求教，下班后还给师傅端茶倒水，洗脚捏背，一年下来，经永生处理的原材料，肉薄如纸、丝细如发、丁粒均匀。掌柜的看他有长进，便叫他上灶掌勺。掌勺需要有腕力，劲儿小的都用手勺帮大勺去端。永生为练腕力，就拿板凳练手，从两条腿到四条腿，最后端带靠背的太师椅。功夫不负有心人，经过三年苦练，永生在掌大勺时就能只手端起满满一勺菜肴。掌勺不是能端勺就行，关键是炒。这学问就大了，不光看火候，还要看用料，什么是主料，什么是辅料，什么易熟，什么不易熟，得知道投料的顺序。最后是口感。上盘后不但外形要有美感，还要顾客吃到嘴里发出“嗯”的一声。这“嗯”的一声是赞誉的简约语。要做到这一点，关键的关键，是盐。盐是百味之王。盐少了，再好的食材也清淡寡味；盐多了，压了百味，咸是菜肴大忌之首。永生初掌勺时，常常遭到顾客责骂，不给钱是常事。无奈，永生便夜里到工地打工，以此来交柜上。又经过三年，永生已掌握了盐的用量，经他烹制的菜肴能达到香而不腻，甜而不浓，辛而不烈，酸而不酷，苦而不过，烂而有形，脆而不生。要达到这种高度，全靠投盐是否适量。有名家名厨请他传授技艺，永生说绝活是教不会，全在实践中，功到自然成。从此，永生被烹饪界誉为适量大师。

拾荒

三九天，已是滴水成冰的日子，小区的垃圾箱前，一个老汉在翻捡。老汉姓王，叫王宝宗，因他父亲就以捡拾为生，所以都叫他破烂王，其真名倒没人提及。

王老汉家并不贫穷，甚至是超出一般的殷实。为什么还要捡拾呢？“文革”那年，他父亲拾得一个木箱，打开一看，里面用棉花和枕巾包着，拿开外面的枕巾是一个绿莹莹的玉壶。掀开壶盖，里面用棉花塞得严严实实。王老爹知道是件宝，便小心翼翼收藏起来。待“文革”结束，有专家来村收买文物，将眼一看，乃是大宋年间的翡翠玉壶。俗话说，黄金有价，玉石无价，何况又年代久远，出自宫廷。国家派的专家未等王老汉开口，就伸出五个手指头，500万。王老爹像是在梦里，正恍惚间，专家以为不卖，四下望了望，看他住在一个土坯茅草房，便说，要在市区黄金地段送他一套四合院。王老爹从此因捡拾而富。

到王老汉这辈，他已成为当地首富，却常思当年一粥一饭来之不易，依然节衣缩食，过着清贫生活。

王老汉捡拾别人丢弃之物，别的不要，专要布料。如今年轻人，不知昔日度日艰难，好端端的衣裤床单只要觉着不够时尚就扔。就这样，王老汉就黎明即起去翻垃圾箱，四季不辍。夏冬是他的旺季，因为这时人都怕热畏寒，捡拾的人自然不多。

王老汉把捡拾来的布料堆在西厢房，逢到晚上，便分类整理。他还买了缝纫机，学习剪裁缝制。经他手制作的购物袋，深得居民大妈欢迎，逢谁做了好吃的，都会把他请去喝上两盅。他给幼儿园小朋友缝制的小蝴蝶，没有不喜欢的。小朋友见了他，都远远叫他爷爷。

由于他儿子是工艺美术学院的高才生，便帮他把这些布料，按颜色质地厚薄制作成工艺品。他制作的围嘴儿，敬老院的老奶奶都乐得合不拢嘴。最让他意料不到的，他设计缝制的时装，在巴黎大奖赛上荣获金奖。理由是尽是山水林田，崇尚人与自然和谐之美，还变弃为宝节省能源。

神针

他，自幼经文习武，七岁便能诵读诗经、楚辞和汉赋。同时开始习武，刀枪剑戟十八般武艺他觉着太一般，便想另辟蹊径。他走访南拳北腿，少林武当，但还觉得不是他所想要的。于是遍访名山大川，经苦苦探寻，终于得见一空空真人。老者鹤发童颜，一问贵庚，抚髯笑道，老者痴活一百有八个春秋。他惊呆了，慌忙跪下，连连磕头拜在门下。老者扶他起来，当下收他为徒。

老者并不向他传授什么武艺，只是让他每日以石子为床，以柴捆为枕，烧水做饭，然后上山下山，攀陡崖，越激流。日复一日，如此三年，老者见他痴心不改，一心学艺，便叫他吹蜡。开始，只吹一支，以后慢慢增至十支百支，都要一口气吹灭。开始还是如手指般的小蜡，三年后，那蜡已如腕般。又三年，那蜡已如大腿般粗细。如此三三见九过去，日复一日，经年不辍。师父见他意坚如钢，便开始教他针功。针功是要把极细极小的绣花针含在口中，用舌尖发力，把针送出。于是让他站在案前对着有一拃厚的薄纸把针穿过。尽管他费了九牛二虎之力，针还是落到地上，离纸尚有一拃远。师父看他累得满头大汗，哈哈大笑，便携他进入一深山密林。他放眼望去，那是一片杨林，于群山环抱之中。只见树参差不一，高者百尺，矮者不足数寸，且枝枝交叠，叶叶相拥。师父叫他立于密集处，用嘴去吹。尽管他憋足了全身力气，还是和没吹一样，树叶纹丝没动。那片杨林，如同一条绿色屏障，即使狂风大作，片片枝叶毫无动静。经过三年苦练，他终于能让叶片微微颤动，又经三年，他只要一口气吹去，便会树叶哗哗作响。再经过三年苦练，他能让叶片的缝隙间发出高亢嘹亮的声音。

自此，师父携他走出杨林，开始传授吹针绝技。他勤奋苦练，最后针无虚发，不但穿纸而过，即使十层牛皮纸也能穿透。他从一拃开始，后到一庹，再到二庹三庹，最后五庹。功夫不负有心人，他已成了一身绝技的高手了，甚至，连绣花针的针鼻儿也能穿过。

一天，他正在给师父捶腿捏背，师父说："你在这已经待了这些年了，我也没什么能教你了，你下山去吧。"他慌忙跪下连连磕头，含泪说："弟子不才，愿终生侍奉师父。"师父一把将他拉起，对他说道："我教你不是为了让你侍奉我，有了这番本事，将来定能派上大用场。"他又连连磕头。师父笑呵呵地说："习武之人，不光为了防身，还要除暴安良。"他望着师父说："弟子谨记了。"

他下得山来，适逢日寇侵华，烧杀抢掠无恶不作。他见此情境，怒火中烧，便化名遥路，打入驻军司令部。他本是抗倭民族英雄戚继光的后代，先辈爱国的血在他身上流淌。那时司令部长官小野四郎正计划把龙口一把大火焚为灰烬，龙口正是他的家乡，小野诡计多端，便想把这滔天大罪推到中国人身上。遥路便乘机来到司令部，向小野言明，愿为皇军效劳。小野唯恐有诈，先检查了他的全身，又考问了他的日语，他对答如流，什么哟西，咪西，死啦死啦，便留在了身边，准备随时听令。

在一个雪花纷飞的日子，小野说："明天，我就要实现大东亚共荣，把中国人送上西天。到时我把火把交给你，由你点燃。不过放火前，要把小至十岁幼女，大至七十的老太婆通通慰安。"遥路闻听连连立正道"哈意，死啦死啦的。"

第二天，红日像日寇的国旗正沿西山缓缓坠落。随着小野的一声令下，一排日寇早已迫不及待地脱光裤子。还未得小野开口，小野便猝然倒地，及至抬上担架，轰隆一声鬼子兵早就在游击队的武力下于火光中葬身鱼腹。

经皇军医院专家检查，在诊断书上写着，查无征兆，死因不明。后经脑颅解剖，竟有绣花针一十八枚。业内人士将此今古奇观申报世界未解之谜。

一个没有说完的故事

我正在构思一篇小说，主人公的爱恨情仇，正被世态炎凉所困扰，我陷入了沉思。恍惚间，一个声音从天外传来，我来不及细想，便随声飞开，及至落地，定睛一看，原来是范仲淹老人，鹤发童颜，疑似当年。笑吟吟说道：

“这是桃花源，从洞口进去，便是一个君子国。”

说罢，飘然而去。

我走进洞口，不待回身，便有一块大石头将洞口堵上了。

这里果然是个好去处，流水淙淙，绕一片芬芳的桃林，桃花灼灼，树高千尺，枝头仙桃硕大，压得枝条低垂。我沿流水处一路前行，只见男女老幼喜笑颜开，身着宋时宽大服饰，孩童脑袋上留着桃形发髻，上面系一红绳，颇像一个桃子。人们衣食无忧，无须为生计奔忙，安居乐业。大家饿了围在一个大锅旁，锅里煮着五谷香粥，锅旁有许多木质长勺，勺柄四尺有余。每人从锅里舀出一勺送到别人嘴里相互喂食，可谓我为人人，人人为我。我看得呆了，也参加到喂食的人群里。这时一个老翁捋着银须告诉我，这里叫君子国，听老辈人讲，在很久很久以前可不是这个样子。因为这里地势独特，水绕地转，土地肥美，便成了征战之地。咳！这都是过去的事了。

独角国的故事

从前有个独角国，独角国有个国王叫犀赛银。他有两个儿子，一个叫犀龙，一个叫犀虎。犀龙比犀虎大两岁。小哥儿俩相亲相爱，形影不离。时间一天天过去，小哥儿俩也一天天长大，国王也一天天衰老。于是国王便召集两个儿子商量，谁来继承王位。

国王说：

“犀龙，你是我疼爱的孩子，我老了以后，你看该谁来继承王位。”

犀龙慌忙跪下说道：

“单凭父王旨意，孩儿遵命。”

老国王“嗯”了一声，接着又问犀虎：

“犀虎，你是我疼爱的孩子，我老了以后，你看该谁来继承王位。”

犀虎慌忙跪下说道：

“单凭父王旨意，孩儿遵命。”

老国王点点头，说：

“让我想想吧，反正我还没到不能吃饭迈步的程度。”

犀龙、犀虎回到家里，可不是这么想的，因为他们俩都爱上了国里最美的美女。

犀龙、犀虎争夺夜明珠

独角国有个美女叫夜明珠，是举国最美的美人。身材匀称，面如粉黛，眉如弯月，眼如葡萄，樱口皓齿，肌肤如雪，臂如嫩藕，笑似银铃，走起来更是楚楚动人，婷婷袅袅，回眸一笑勾人魂魄。这样的美人谁不爱。犀龙、犀虎早就觊觎在心，便开始了对夜明珠的争夺。

一天，犀龙约夜明珠到桃林相会，他早早赶到桃林，东张西望不见夜明珠的身影。约莫一个时辰，犀龙便冲着桃林呼喊：

“夜明珠你在哪呀？”

只听咯咯的笑声，不见其人。犀龙又喊，又是一阵咯咯的笑声，如此三番五次原来夜明珠就在他的身后，是桃树隐藏了她的身影。

犀龙一把把夜明珠抱住。

“嫁给我吧，我做了国王，你就是王后。”

“你还没坐上王位呢。”

一天，犀虎约夜明珠到桃溪相会，犀虎早早就去了，只是不见夜明珠的身影，犀虎等得不耐烦了。

“夜明珠你在哪呀？”

只听一阵咯咯的笑声从溪流传出，犀虎再喊，又是一阵咯咯的笑声。就在犀虎气急败坏的时候，夜明珠湿漉漉的一身薄纱从水中冒出。犀虎顾不了许多，一个箭步上去抱住了夜明珠。

“嫁给我吧，等我做了国王，你就是王后。”

“你不是还没坐上王位呢。”

犀龙到花豹国搬兵

犀龙回到家，日思夜想如何才能继承王位，想来想去终于想出一个主意，到花豹国搬兵。

花豹国与独角国相距虽不遥远，有山水相隔，又有一片偌大的密林，行走起来十分艰难。

花豹国人体形彪悍，能征善战，是周边的强国。犀龙带上金银，带上仆从择日上路，行不多远便有一座大山拦住了去路。山呈倒坡形，根本无法攀爬，只有先甩上抓钩才能一步步攀升。翻过了山，又有一条河，河水凶猛，浪高千尺，咆哮似兽吼。他们一行只能用绳把腰拴牢连在一起，才能向前挪步。好容易过了河又有一处密林，毒蛇猛兽隐没其间。经过五天跋涉终于来到了花豹国。

犀龙献上珍宝，花豹国国王拿眼一瞥，拖着长音：

“来此何干哪？”

“是这样，父王年岁已高，想让出王位，怎奈我们兄弟二人皆有继承之意，所以——”

花豹国王睁开眼。

“这有何难，听说贵国有一女子叫夜明珠，貌美如花，只要把她献来，这事好说。”

“这可使不得，待本王登基之后，还要叫她当王后呢。”

“噢，那就拿金银来说话吧。”

“大王，我们不是献过了嘛。”

“这点算什么。”

“你看得多少？”

“金三千，银三千，差一点免谈。”

“好三千就三千，我立刻派人送来。”

“一言为定。”

再说犀虎回到家左思右想终于想出一条妙计。他手下正有三千勇士日夜操练，拿下王位易如反掌，只待一声令下。

在一个月黑风高的夜里，犀虎三千勇士出发了。

犀龙由于早有准备，且有花豹国相助，犀虎三千勇士终不能敌，留下遍野尸体溃败而逃。

再说，双方有夜明珠一旁观阵，犀龙、犀虎都杀红了眼，为争夺夜明珠，兄弟二人挥刀相向，不慎都挥向了夜明珠。夜明珠被兄弟二人所杀，碧血化泪晶莹剔透如明珠忽隐忽现，在夜空中熠熠生辉。

犀虎与丛林国

犀虎率部逃走，一路狂奔来到一处丛林安歇。这里山高林密无人涉足，可谓一方净土。犀虎传下令来，从此不再争战。如此过了三年，人口大增。由于丰衣足食，男女老幼个个身强力壮红光满面。

一天犀虎正在漫步，遇一老翁，未及开言老翁说道：

“民富则国强，国强则需民有文化，遇有战事，智取胜于力敌。”说罢飘然而去。

犀虎知是一位得道仙人便望空一拜。从此，请来老师，厚礼相待教化于民。每当东方升起太阳，丛林便响起琅琅书声，日复一日，经年不辍。

一天，一外族人走进丛林，来人身高丈二，手持长矛喝令比武。

犀虎身旁早有一六尺孩童应声而出。比武开始，孩童一个箭步蹿至来人腋下，来人长矛无处施展，任凭孩童击打，来人既无招架之功，又无还手之力，只得求饶。

犀虎在一旁看得呆了，双膝跪下再拜仙人。从此，愈加教化子民，知书达理，尊老敬贤。

犀龙和三个美女

犀龙见失了夜明珠，日思夜想，有大臣奏曰：“人死不能复生，还是大王身体重要，国政不可一日懈怠，美人再慢慢访寻。”

犀龙连连点头称是。每日黎明即起上朝，倾听百官直谏，武官整日操练，寒暑不怠。犀龙一有闲暇便微服私访，了解民间疾苦，排忧解难，深得百姓拥戴，所到之处百姓夹道欢迎，山呼万岁，举国一派太平盛世景象。

由于犀龙的亲政爱民，每次临朝大臣无不匍匐在地，极尽美言美誉，满朝上下乃至国中，一片颂扬之声。又在殿门处用大理石立一巨碑镌刻大王十大盖世之功。初始犀龙还有些不自在，时间久了，越听越舒服，竟飘飘然起来。再说后宫佳丽如云，都是从全国各地挑选出来的，虽如此，犀龙犹觉不及夜明珠。美女中有一个脱颖而出，每夜侍奉大王花样翻新。每当犀龙筋疲力尽之时，她便嗲声嗲气地说，大王再睡会吧我还有新花样呢？大王架不住她的纠缠，便疏于国事，日上三竿也不临朝。国家大事统统交由大臣办理。大臣一个个便极尽阿谀奉迎之能事，颠倒黑白，奸佞当道，忠臣义士一个个被推出午门斩首。

又有一个美女精于酿酒。她每日侍奉大王饮宴，笙管齐鸣，余弦袅袅，音调靡靡，让人半醉半醒。再加上所酿美酒，醇香甘美，一旦饮上再不能罢。至此，犀龙日日饮乐，夜夜笙歌。于是，犀龙便下令加紧酿造以供御用。从此，犀龙便日日不离杯，杯不离手，哪有心思用于国事。

又有一个美女，芳龄二八，姿色超群，独具慧眼能辨忠奸。于是犀龙召集百官，让其一一辨认。美女所到之处官员无不战战兢兢。经美女过目，忠良皆被指为奸佞。不消三年，好端端一个国家便被小人把持，民不聊生，饿殍遍野。正所谓新坟常伴旧坟哭，夜夜单听鬼唱歌。这样，犀龙的王位还能得到支持吗？

九天玄女来访

一天，犀龙正在饮酒作乐，忽然一道灵光闪现，定睛一看立着一个黑衣女子，指着犀龙厉声喝道：

“似你这等昏君，整天沉溺酒色，不理国事，不问民间疾苦，必招杀身之祸。”

犀龙忙跪下道：

“请娘娘拯救。”

玄女伸手从窗户摘下一片柳叶含在口中，只一吹，三个美女变作三个妖狐，犀龙吓出一身冷汗，急喝武士挥剑斩下三个美女首级，再看玄衣女子，飘然离去。

至此，犀龙摔了酒杯，精简后宫，每日黎明即起，黄袍穿戴整齐，临朝听政。不到三载，国力渐丰，百姓乐业。犀龙日觉精力充沛，更于寝室里悬挂三张狐皮，以警后患。

一天夜里，忽有一女子飘然而至，娇声说道："大王啊，何必呢，人生苦短，转眼就是百年。正所谓，对酒当歌，莫辜负了好年华。"犀龙虽惊恐，心中却牢记九天玄女教诲，凛然答道：

"先前既误以后岂可再误。"

正待拔剑，只见却是九天玄女，浅浅一笑，驾一道灵光飘然而去。

犀龙挖金山

犀龙自除去狐妖，国力日丰。一天有一大臣奏曰：

"臣见丛林外有一金山闪闪发光，辉耀日月，大王何不带臣仆去挖些来以充国力，以裕民生。"

犀龙听罢仰天哈哈大笑。

"此乃天助我也，正合朕意。"

说罢，即刻点起车马仆从向金山进发。一路朝行夜宿，和衣而卧马不卸鞍，行了数日，抬头一望，金山依旧，闪闪发光。犀龙去意已决，不辞劳乏，快马加鞭一路进发。哪知行了一月，抬头一望仍金光闪闪，与日争辉，方知路遥。

经过千辛万苦的长途跋涉，终于到了金山。只见金山峰高万丈，整个一座大山都是金子，犀龙喜不自禁，心想如果把这些金子弄回国去，岂不称雄天下无人敢敌。他的仆从在他的命令下开始挖金，可是无论怎样也挖不掉一粒，他们一个个钎镐锤凿都用遍了也无济于事。原来金山不是由金石堆砌而成，而是整个大山就是一座金子。

犀龙在金山上不一会儿便感到口干舌燥炎热异常。因为金山的闪闪金光如金色的熊熊火焰。再说金山周围寸草不生，他想去买桶凉水，茫茫四野渺无人烟。无奈，只好下山，原路返回。

犀虎和鼠目国

犀虎经几年励精图治，把国打造得日渐强大，常有外国使臣前来学习，犀虎便下令，凡外国使臣所到之处店铺商家一律开门迎接。店内饮食任其饮用不收分毫。外国使臣感其恩德，便以本国特产进奉。有一使臣说道：

“臣闻离这五十里有一小国，名曰鼠目，无人管理，国民只知繁衍，疆域渐次扩大，大王何不前去收为国有。”

犀虎闻听欣喜异常，便命使臣带路，选五百勇士一同前往，行不到三日，便到了鼠目。果见疆域无界，荒草丛生，洞穴遍地。再看国民，个个身材矮小不足三尺，且头小眼大，视力全差，只看近处不能远视。犀虎不费吹灰之力便占领了一个无疆无界的鼠目国。

犀虎登上王位，这里并无金銮宝殿，国民根本不知礼仪为何物，只会吱吱乱叫，不待犀虎发下号令，便挤作一团拥在一处，上蹿下跳，东张西望，更糟糕的是鼠目国并无美女，个个黑不溜秋或灰不溜丢，更不会媚眼软语，口虽小却不像樱桃殷红，且唇上长有胡须，他们整天口无闲暇以咬噬为乐。犀虎所带衣物均被咬得千疮百孔。正在一筹莫展之际，一仆从忽觉周身发起烧来，继而犀虎也觉燥热，这却如何是好。

犀虎和仙翁

就在犀虎和仆从病情加重之际，有一仙翁驾鹤而至。

“此乃鼠疫流行。这里的人都有了抗体，便习以为常，外域人得了此病多则五日少则三天便能毙命。”仙翁教他从树上摘下几片叶子含在口中，细细咀嚼以水冲服连饮三杯便可病除。

“这是小疫，三日后还有大疫爆发，速速离去事不宜迟。”说罢驾鹤而去。

犀虎回到国中，整日闷闷不乐，偌大一个疆域竟被一群獐头鼠目之人占领，于是便派武士，人手一棍逢鼠目人便打。从此，留下一句口头禅，“老鼠过街人人喊打”，流传至今。又从树上摘下叶片制成药，这便是后人称之的鼠药。如此虽鼠患有所收敛，日久年深终不能根除，便派壮丁沿鼠目国挖一深沟，引水灌之，岸上又设鼠药，才得安宁。

犀虎和逍遥国

大臣见犀虎整日闷闷不乐便奏道：

“微臣闻听有一逍遥国，遍地瓜果香飘百里，国民极其好客，人人能歌善舞，且多美人，何不前往一游。”

犀虎闻听大喜，带上三十仆从及金银珠宝前往逍遥国。时值仲春，广袤大地，新披绿装，百花争艳，奇花异卉不胜枚举。犀虎一行人，踏阡陌穿小溪过廊桥，更有柳舞莺啼，行了数日，只觉阵阵春风吹来，甜丝丝清爽异常。越往前走香味越浓，不觉逍遥国已在眼前。犀虎游兴正浓，只见一条大河挡在眼前。风平浪静，河面如一条缎带飘向远方，在灿烂阳光的照射下，如贵妃舞动霓裳，河宽十米有余，这等宽阔水面如何得过。

犀虎和水妖

原来此河虽宽，人等上去并不沉没，行走如履平地。犀虎为防万一便在岸上采了些宽大的树叶，人踏上去如乘扁舟。无须风帆自然向对岸驶去。犀虎心情豁然，再看那水在阳光下闪着斑斓的光彩，时隐时现如置身万花筒中，再定睛细看，光影下水底珊瑚，红白黄绿如参差丛林，有的突兀耸立，高达数丈，有的成簇成群，更有各形各色游鱼穿着绚丽的衣裳畅游其中嬉戏，扁的如翻车，长的似金枪，有的带棱，有的带角，奇形怪状，更有大蚌手持两扇大壳时张时闭做着别开生面的时装表演，虾兵手持长枪，蟹将挥动大钳。须臾间涌浪里钻出一个水妖，长十余丈颈细如蛇。此时犀虎几近靠岸，岸上早已站满人群，阵阵欢呼。就在犀虎欲登岸之际，水妖一个翻身顷刻把犀虎送到岸上，可谓有惊无险。犀虎一连在岸上住了三日率仆从返回。

犀虎去逍遥国未果，心想哪有逍遥国，纯属人们臆想。从此，便安心国事，男耕女织，再请师贤教化子民。

犀龙登银山

犀龙挖金山失败，整日心烦意乱，有一臣奏曰：

“微臣闻听在此西南有一银山，且无人管辖，何不到那看看，如能驮回些来岂不利国利民。”

犀龙大喜，便命仆从备好马匹箱笼前往。行了一月有余，眼前已是银光闪闪，眼看银山就要到了，便下令安营扎寨，歇息一宿，待天晓再行登临。

第二天，犀龙一从人马乘着黎明的曙光顺利登上了银山，大家喜不自禁，便将带来的美酒尽情畅饮。正待躺下小憩，只觉周身灼热，不多时便大汗淋漓，继而滴滴汗珠如雨打芭蕉。正在一筹莫展之际，见一壮汉背一桶清泉，来至眼前，未及问询，大汉放下清泉说道：

“我是来为陛下送水的，只是一勺水要一颗眼珠换取。我虽要了眼珠，并不白要，送还一颗珍珠。”如此这般，仆从的眼珠被一一挖出，最后大汉拿出一颗夜明珠，竟有拳头般大小。

大汉言道：

“陛下，这夜明珠乃普天之下无价之宝，如想要这颗，需以陛下双目相换。”

犀龙闻听，如没了双眼如何执政，忙跪下，连连磕头：

“使不得，使不得，壮士开恩，这些珍宝我一概不要，换我一条生路吧。”

大汉将珍珠往仆从脸上一摔，仆从两眼复明。此时，犀龙早已吓得汗流浃背急急带了仆从原路返回。

犀龙与狐精

一天，黄昏时分，来一美女，面容姣好，眉如弯月，口赛樱桃，体态轻盈，步履婀娜，纤腰迎风，风情万种，更兼身着乳白色衣裙，薄如蝉翼，高耸的乳房微微颤动。犀龙吃了一惊，转念一想，一定要经得住美色诱惑，不可乱性。话虽如此，两眼还是直勾勾盯着美女。

“大王，你整日为国操劳，还是让臣妾为你调理一下疲惫的身心吧。”

美女舞姿翩翩，时而如天女散花，时而如嫦娥奔月。犀龙一时惊呆，连连叫好，便下得御座亲手扶着美女送入后宫。后宫众多佳丽见此情景大惊失色。从此犀龙便与美女耳鬓厮磨。逢黎明美女便嗲声嗲气说道：

“陛下别为臣妾误了国事，快上朝理政吧。”

犀龙闻听，如此娇美的人儿又贤达知礼，世上无双。话虽如此，怎奈夜夜劳乏，体力渐渐不支。

犀龙虽口如石坚，每当见了美女心便不由自主。美女爱花，尤爱仰视，犀龙便为其建造一座空中花园，花园富丽堂皇，远远望去花团锦簇，奇花异卉于喷水池中绽放，阵阵馨香随风四溢，更兼亭台水榭，金碧辉煌，珠宝翡翠玛瑙无不用其极。

一日，犀龙劳乏至极正在闭目养神，恍惚间见一真君披发仗剑指犀龙喝道：

“还不迷途知返。”遂留下宝剑飘然而去。犀龙看时，那剑如一片柳叶，便佩在身上，自此再与美女欢爱，美女便迟迟不敢近前。犀龙几番招呼，美女都紧缩身子节节后退。犀龙被美女这一反常举动所恼怒，便猛地向前一把将美女搂在怀里，原来是一个千年修得的狐精。犀龙掏出怀中叶片样宝剑，霎时狐精饮剑而亡。

犀龙第一次去珍珠湖

犀龙杀死狐精后，便不再为美色所惑，一心治理国事，关爱民生。一日，他微服私访，有一长者告诉他，在这西南有一湖，湖水总冒气泡，将泡捞出便是珍珠。犀龙闻听这正是富国丰民的办法，遂择日启程前往珍珠湖捞取。经一番跋涉，还算顺利，珍珠湖已在眼前。只见湖至一山涧流出，奔腾千里，湖面宽阔，大雁、鸥鹭成群。犀龙乘一竹筏，备好竹篓笊篱，开始捞取。犀龙望着宽阔的湖面，泛着七彩的光芒，微风拂动，吹皱一湖碧波。风息浪静，湖面蓝天白云山峦村舍花树，如一面大镜，五光十色，变幻迷离。犀龙看了一会儿，只恨没带画师将这美景留下。他拿起笊篱，笊篱密而有隙正宜捞取。不多会儿，便捞了满满一大竹篮。珍珠在阳光下放着异彩。犀龙高兴极了，悔不当初多带些竹篮来。犀龙兴冲冲回到宫中，登上金銮，大臣呈上竹篮，犀龙一看，捞的原来是些气泡，他心中十分蹊跷，分明是珍珠何以成了气泡，他要探个究竟。

犀龙再探珍珠湖

犀龙回到宫里正自纳闷，有一智多星的老臣奏曰：

“陛下，臣闻得捞的确是珍珠，只是捞上以后篮未加盖，被妖道施了魔法，如把篮盖严就不会变成水泡了。”

犀龙大喜，这有何难，便命工匠打造大型竹篮并造篮盖，择日启程再探珍珠湖。此次再去不比先前，仆从、画家、厨师、宫女一行百人，浩浩荡荡向珍珠湖进发。来至湖边，扎起帐篷，稍事休息即令厨师献上美酒佳肴，宫女歌喉柔婉，翩翩起舞。乐师吹奏竹笛拨动丝弦，好不快乐。画家挥动画笔将美景一一搬到画上。如此尽兴了三天，开始捞取。一笊篱下去果有珍珠滚动，犀龙大喜，吸取前次教训，每捞一笊篱便将竹篮盖实又加了三道封条。看看竹篮已满，忽见湖面微澜，继而浪翻涛涌，从湖中窜出一水怪，形似鲤鱼，又像变色龙，口含沙粒，专射捞取珍珠的人。犀龙被其射的满脸满身都是伤，吓得早已三魂六魄出窍，慌忙上岸，方觉脸上、身上如被火灼伤一般，疼痛难忍，这便如何是好。幸有当地居民相告，这些珍珠是水怪赖以生存的气泡，一旦被人捞取便会窒息而亡。水怪有一名叫蜮，但凡有人捞取气泡便含沙射人。初始脸上，继而身上，直至骨髓。如不及时将珍珠归还水怪，不需半日便会被火焚化。犀龙闻听，不敢稍有迟疑将竹篮封条揭了，打开篮盖将珍珠尽数倾于湖中。再看脸上身上，红点越来越小，不需半日便复原如初。犀龙无奈，只好悻悻而返。

犀虎探金山

话说犀虎闻听哥哥去金山未果，坐在金銮殿上以手加额哈哈大笑：“到手的金子束手无策，真乃愚蠢至极。”

阶下早有大臣奏道：

“臣闻探金山空手而归是没有凿金子的锤钎，如果有了这等工具岂不唾手可得。”

当下犀虎便召集能工巧匠打造钢钎钢锤。钢钎锋利异常，无坚不摧，任凭顽石一钎下去定能粉身碎骨。锤更厉害，一锤下去其力千钧，再坚硬的顽石顷刻骨裂筋断，皮开肉绽。

犀虎得此宝贝，即日点起仆从人马向金山进发。心切不知路遥，不几日便到得金山。只见金光闪耀，如火焰般灼灼，犀虎大喜过望即命登山。

犀虎上得山来，早被金光笼罩。犀虎即命开钎凿金。说来也奇，钢钎钢锤毕竟出自能工巧匠之手，钢钎钢锤起落便有大块金子应声剥落。犀虎大喜，将金子一一收藏，把褡裢装得满满。正待打道回府，忽觉脑浆欲裂直达脑髓，只听一个声音从天外传来：

“快将金子放回原位，稍有迟疑，此命休矣！”

无奈，犀虎只好依此而行不敢迟误。

犀虎探银山

犀虎回到宫中，心想哥哥上了金山金子丝毫未动，我虽没把金子带回，毕竟也把金子装满褡裢，忽又想起哥哥登银山空费九牛二虎之力空手而回，这次我登上银山定然大获，于是点好人马备好箱笼择日出发。

一路繁花似锦，芳草如茵自不必说。单见紫气东来，霞光满天。犀虎一行，不几日便到了银山。只见银辉熠熠，光耀天宇，银辉铺地，花草树木无不披上了银装。犀虎大喜，下令登山。他手持钢制撬棍，见缝便撬，一撬一片，如揭皮掀层，不需多少工夫，便装得箱满笼满。犀虎下令，就地歇息。厨师早就将备得的美酒佳肴献上，其美无以言表。

须臾，红日衔山，层林尽染，湖光山色，潋滟簇簇尽在晚霞笼罩之中。犀虎兴至，乘着酒兴高歌一曲。

"我登上银山之巅，望四野银光闪闪，白银箱满笼满，问天下，谁敢与我比肩。"

正唱至高潮，日已西沉，月亮东升。初始月上梢头，如冰轮徐徐东升，射出银光万道。须臾，银光霎时变作根根银针，直刺胸背。拔又拔不得，折又折不断，银针越刺越深，犀虎疼痛难忍，如脑浆迸裂。有一声音从天外传来：

"休得将银带走，若不如数放还原处，小心尔等性命。"

犀虎本想不听，怎奈头痛如裂，只好遵命。一行人马，只赚些劳乏，空手而回。

犀龙学耕田

犀龙探金山银山失败方知人徒有贪欲之心而不可妄求，便斋戒沐浴不再有非分之想，脱下顶戴换上布衣草鞋，单身来到民间。行了一天，水米未进，昏倒在地。幸遇一老妇，搀扶家中，拿出吃剩的凉粥凉窝头，犀龙见此，顾不得体面，便狼吞虎咽起来，三口两口已是盆净碗光，觉得异常香甜，是从未吃过的美食。便叩问老妇，如此美味哪里得来？老妇言道，明日可随我家老汉一同到田里便知。

土炕全没有龙榻华贵，犀龙睡得反觉舒服异常，更兼土炕下有灶火，躺在上面筋骨舒张，不觉间便酣然入睡。次日清晨一睡醒来，吃罢粗茶淡饭，便随老汉下田去了。行不数里，只见田头有一木犁，犁前有一缰绳，犀龙拉动缰绳，老汉扶犁，如此从日升到日上中天，再到日近西山，方把木犁放好回家。

犀龙经过这一天的劳乏，方知一粥一饭来之不易，正如书中所言粒粒皆辛苦。从此更加体恤民情，每隔三五日便到下边走走。吩咐御厨缩减开支，以农家菜为主，不再煮制山珍海味。

犀虎学织布

再说犀虎，自登金山银山之后，再不敢奢望，便学着哥哥的样子微服私访，并不用臣仆护驾，独自来到民间。由于一年四季宫中温暖如春，他此次出宫，只穿一单衣，一出宫门便起寒战，不到半日瑟瑟发抖，继而汗毛根根竖起，鸡皮疙瘩满身，不到天黑便寒冷难挡瘫倒在地。幸有一农妇相救，引至家中。农舍家徒四壁，茅屋尚可挡风御寒。农妇抻过一床破被披其身上，犀虎顿觉由僵而麻，由麻而疼，疼而回暖，四肢开始屈伸，周身血液畅通，比王宫更加舒服。如此温暖之衣何物织成？农妇言道，这有何难，明日随我当家的一起下田便知。

犀虎下得田来，放眼一望，白茫茫一片，忙向农夫请教，农夫说这是棉田，把田里的棉花摘下来纺成线，再用线织成布，再用布做成衣裤。

犀虎挎上棉兜刚摘了两把就叫桃刺扎得鲜血直流。农夫忙从地上抓起一撮土放在流血处，继续摘棉。犀虎在田里摘了不到半日，便累得腰酸背疼，再加上从早到晚尚未进食，又饿又累，所幸天色已晚便随农夫一起回家。回到家里，见农妇坐在一马扎上，一手握一团棉花，一手摇动纺车，随纺车的摇动，拉出一条银丝，粗细均匀，绵绵不断。犀虎方觉一经一律如此艰难。农妇道，还要将线在机上织成布才能裁制衣裳，犀虎连连点头。

犀虎回到宫中，当即下令，满朝文武一律脱下官服，更不许着绫罗绸缎，狐裘皮衣，一律布衣布褂，违者立斩。自此官场再无奢侈之风，国库充裕，人民丰衣足食，一派欣欣向荣景象。

犀龙出访东昌国

随着国力日渐强大，犀龙便想到外面走走，看看外域还有什么值得学习的地方，于是，点起仆从带上糕点向东前行。时值冬去春来，百花正艳，渐渐走到一个国家。单见那里的人个个身材苗条，面容俊美，言谈举止彬彬有礼。犀龙见了该国国王，献上御制糕点。国王说道："这是东昌国，因临水而建，国民多以渔业为生，因海中食物煮制简单，只需在沸水中焯过便可食用，且味道鲜美，因少用油腻，久食不会肥胖，所以，这里人皆长寿。"犀龙听了连连点头。是日，东昌国传下令来，设国宴招待远道而来的贵宾。只见满满一大桌菜，瞬间制成。有清蒸螃蟹，盐水大虾，姜汁牡蛎，酱汁文蛤，葱烧梅花参，刀片马蹄螺，香醋蜇头，清炒鲜贝。犀龙一一尝过，顿觉鲜美异常，不似往日油腻。宴会极其热烈，推杯换盏、觥筹交错。晚间歌舞在国家大剧院举行。台上美女，纤腰袅娜，虾兵蟹将，跟头连连，更奇的是一虾兵在高台上连续侧翻，如车轮转动。瞬间，场景变换波涛大海，鲤鱼随波，跃过龙门，犀龙看得呆了，连连鼓掌。

如此住了三日，犀龙言道，连日多有打扰，献上金银与东昌国君执手。国君言道：

"敝国小域能有贵宾光临，不胜荣幸。"便命侍臣捧来虾仁干贝。

"鲜货不易保存，干货可随泡随吃。"

犀龙千恩万谢，辞别东昌国向东进发。

犀龙访东溪国

犀龙离了东昌国，继续向东前行，翻过一座大山，便有一条清溪缓缓流淌。只见阡陌纵横，碧草如茵，格子般排列，地域不大，别有一番风味。待进该国早有国人手举五谷相迎。原来这里，位两山之间，挡住寒流热浪，四季如春。一条小溪汩汩唱着歌谣向东流去，迈过小溪，一块空地既无外界干扰又无雨暴风狂。国内并无一兵一卒，更无盗贼，可谓夜不闭户，路不拾遗。犀龙拜见东溪国君，献上珠宝，东溪国设宴款待，席间餐桌上皆为五谷制成的方糕银球，软糯爽滑，入口即化，分外香甜。用五谷酿造的美酒，芳醇绵长，饮上一杯，口有余香，三日不绝，且喝后头脑更加清爽，少有醉意。

晚间歌舞，台上艺人皆扮作五谷模样随风起舞，时而麦浪滚滚，时而高粱擎炬，大豆摇铃叮叮咚咚，悠扬悦耳。更奇的是，随五谷冒出地面，越长越高，在微风吹拂下谷香阵阵，如身置麦浪稻海。犀龙在东溪国住了三日，临别，东溪国君执手言道：

“弹丸小域，能有贵国光临，不胜荣幸。特备薄礼，乞望笑纳。”

犀龙看时，却是五谷种子，颗粒饱满，与往常种子相比大了一倍。

犀虎出访香酥国

犀虎经过走访民间，学习织布便觉不能闭关自守，应多到外边看看精彩世界。于是便率仆从一路西行。沿途登山涉水，渐渐热浪滚滚。犀虎意志已坚，并不怕热，一日来到一域，只觉微风习习，馨香阵阵。这时犀虎由众人引领来到王宫，见了国王。犀虎放眼一看，那里庙宇颇多，且屋顶呈圆锥形，不似平日所见人字形。庙宇色彩斑斓少有重样，更有的屋顶状如梨形，乃至葡萄形。犀虎献上金银，国王接过献礼言道：“敝国因瓜果遍地，因而名曰香酥。”当下设宴款待。只见大盘小盏摆满餐桌香气扑鼻。国王指着桌上菜肴一一介绍。

这是香瓜羊腿，这是梨烩牛腩，这是蜜制乳鸽，这是香瓜八宝。犀虎大开眼界。只见一个香瓜静卧盘中，待用刀切开，内有条形、方形、三角形、圆形等刚冒尖出芽的笋尖、黄瓜之类。犀虎刚想开口，又怕露怯，便随瓜瓤咽下，只见瓜瓤八种物件，其味各异，甜中带咸，咸中有香，香中微辣，辣而有鲜。酒过三巡，菜过五味，接着上的是面饼。面饼上过，再上的是面条，面条并不在锅中煮沸，而是在火中烘烤。既酥又脆，极为异特。

吃罢晚餐，自然是歌舞晚会。先上来的是乐器演奏，所用乐器不需丝琴管弦，有的是一段柳条，有的是一片树叶，有的是两块卵石，所吹奏声音独特，更具天籁，接下来的歌舞，演员不论男女都戴八角花帽，女的帽上插有白色羽毛，扭动腰肢，手转睛转，颈部左右摆动，就像上了发条，更是别有一番情趣。

犀虎在此住了三日，临别香酥国王献上各色菜肴，经风长年不腐。

犀虎访吐甜国

犀虎继续西行，突觉甜丝丝伴微风习习而来，顿感神清气爽。行不几日，已到吐甜国疆域。犀虎来到王宫，只见楼台亭阁金碧辉煌。犀虎献上金银，国王接过厚礼执手言道：

“敝国并无奇特物件，只是本域女子凡谈吐皆有甜香，故为吐甜国。何以如此，各说不一，一说是吃本域瓜果所致，一说体内含有甜液，凝聚而成，至今尚无定论。”

当下设宴，桌上菜肴无不甜香，更兼食后精神大振，虽劳作，不论轻重均无累意，犹如神助。更奇的是，日落西山便昏昏欲睡，更无一人失眠。这里人身材高大少有肥胖。虽终日食甜，也不增加热能，心脏不仅不会因甜受损，反而体格强健。这里男子，一到成年便自行蓄须，女子格外娇美，肌肤如雪。闻歌起舞，浑身上下抖动，关节扭动自如。男女服饰，下身均着长裤，裤外再罩长裙。劳作之余皆以歌舞休息。乐器皆为瓜果之状，所发声音如从天外传来，曲调悠扬如诵经文。每逢此时，全场香甜四溢，甜而不腻不酽，如饮甘泉名茶。这里饮食以馕为主，把面用奶和好，经发酵做成饼状，贴在烘炉壁上。有的馕还加以杏干桃脯。据说吐甜国由北方游牧迁居而来，沿途空旷少有人烟，带上馕不凉不热，无须菜肴便可充饥。这里女人，人人都会织毯，毯挂在壁上，图案色彩各异。他们在长途跋涉中，临时搭起帐篷好避风寒，壁毯多用羊毛制成，也有用驼毛的，图案奇特，有的呈方形、菱形、三角形、圆形、螺旋形。色彩艳丽，千变万化，一毯一样。壁毯织成之后，再以剪刀剪出凸凹纹理，画面更具立体效果。站在帐外，远山近溪，大漠孤烟，蓝天白云悠悠飘动，如入童话世界，犀虎惊叹不已。临别携国王所赠壁毯而回。

犀龙犀虎移植外域特产

话说犀龙从东昌国回来对那里的海鲜一直念念不忘，便将带来的虾、贝、参、蛤，让厨师用水发制。岂知，一连泡了数日还是又干又硬，再泡则烂软如泥。无奈，只好弃之。

海鲜浸泡不成，再行栽种五谷，种子下地，由专人看护，经半日后仍不见破土出苗，原来埋种太深。出苗后，一棵棵东倒西歪瘦弱不堪，经风一吹便匍匐在地，再也直不起腰来。方知一方水土养一方人。五谷也会水土不服。

再说犀虎从香酥国带来的香瓜酥梨同样只长苗不结果，且植株矮小多杈。犀龙犀虎懊恼不已。

犀龙、犀虎炼丹

正在此时，走进一个人来。来人先到犀龙王宫，尔后再到犀虎王宫。来人一袭青布道袍，披发于肩，手执拂尘。既不施礼，也不叩拜，仰而言道：“贫僧在九顶莲花山修炼多年，深得炼丹之法，服后当寿与天齐，可得永年。”犀龙大喜，忙设斋饭款待。饭后架起坩埚，放上红土，连烧七七四十九天，说罢就要回去，犀龙再三挽留，道人执意要走，无奈，犀龙拿出黄金百两相赠。道人并不言谢，拂尘一甩扬长而去。犀龙就守在坩埚近旁一直守了七七四十九天，坩埚，红土渐渐溶化，再凝为红色琉璃。不仅不能服用而且坚硬异常。犀龙自知上当，只好作罢。再说犀虎同日也有一道人来到王宫，所言与在犀龙处如出一辙。犀虎也依道人所言，炼了七七四十九天，结果与犀龙处一样。原来这是双胞胎兄弟，游走王宫显贵大宅，只为骗些斋饭银两。犀龙、犀虎经此一事，便想，果真有长生不老之药吗？

犀龙、犀虎派童男童女寻长生药

犀龙、犀虎炼丹失败，想到长生不老之药，不然何以传说纷纭。便选出一百童男童女到各处查访。这一百人带上衣物、干粮、银两即日出发。先到一处，名曰红杏国。只见国内遍野多栽红杏，杏树如林，颗颗红杏并不硕大，只是远远望去红光闪闪，如宝石般晶莹。红杏累累压满枝头。国人一日三餐皆以红杏为食，吃不了的红杏晾成杏干，以备冬春食用，由于红杏健脾开胃，国人从不厌食，人人精神焕发，少有肥胖。童男童女再入民间问讯，见老妪老叟成群，年高八十。圣上要的是与天地同庚，与日月同寿，八十岂能与万寿无疆相比，只好作别。

童男童女走访肥肥国

离了红杏国，来到一处名曰肥肥。只见国土大地土质疏松，抓起一把，土中均为细沙，再放眼望去，一片葱绿，并不见五谷禾苗。原来果实都在地下，名曰油果。果肉饱满仅有一薄皮相裹，果肉多为油质，吃上一颗如食一块肥肉。再看国人膘肥体胖，因地处炎热，四季如夏，国人衣着甚少皆以麻条遮住私处。来到王宫，只见国王坐在一宽大的龙椅之上，龙椅并无四腿相支，而是一方实木。两旁设有凤椅，亦如龙椅，只是椅上雕有龙凤相别。国君膘肥体胖如一堆肥肉，足有五百余斤。两侧大臣也在四百斤以上。国君见有外域来访，便在侍臣搀扶之下慢慢走下龙椅，即命设国宴款待。厨师烹制数小时方才上桌，菜肴均由特大木盘制成，国君命厨师切开菜肴，见菜有多层组成，国君言道：这是套餐。先把乳鸽经炸制放入鸡腔内，再经炸制放入羊腔内，再经炸制放入猪腔，如此下去，最后把炸制的牛放入驼腔。菜肴在海盘中吱吱作响，滴滴热油流入盘中。厨师手持长形大刀，一刀下去层层分明，入口只觉油腻异常，如同喝下一杯热油。

席间，有两个男士以相扑助兴。二人均在500斤以上，个头不高，如同两个特大的骰子。你搬我掀，顷刻滴滴油汗满身，滴满赛场。两个大肉球在地上滚动，便不再相扑，气喘吁吁，更无人敢近前裁判，童男童女看了掩面而笑。再问国人寿命，多在25岁上下，30岁者则称寿星，童男童女望着餐桌上的套餐，不敢动筷，忙婉言离去。

童男童女走访柳腰国

离了肥肥国，童男童女来至一处，只见国人腰肢纤纤，走起路来如风前摆柳，女子更是臀部左右扭动更加婀娜，别具一番风味。来至王宫，献上晋礼，国王在侍臣搀扶下，走下金銮殿即命厨师摆上菜肴。话犹未了，已是大盘小盏摆了满满一桌。原来所上之菜无须烹饪。菜肴都由汤汁熬成，有的如绿汤中放几枚绿豆，有的如红色汤汁中放几枚红豆，有的如黄色汤汁中放几枚黄豆。最后上的名曰“咣荡咣”。满满一盆清汤上面漂浮少许面片并以五色菜叶相围。国人腰细如柳多不胜劳作，只做些织布裁衣之活。田间种瓜点豆需相互搀扶，干不多时便坐地休息，平时打坐参禅，或闭目面壁冥想，国家疆域不大，倒也安宁。既无外侵也无内患。唯一防范的是狂风暴雨。逢此时，便家家闭户，路上绝无行人。国人寿命多在二十左右，死后任其阳光下暴晒，也不入棺入土，不需多少时日便尸干如枯枝干叶。

童男童女走访纸上蚤

童男童女来到纸上蚤国，只见国人身材矮小，身轻如燕，路上少有行人，一切交易皆在屋顶上进行。上屋不需爬梯，说声“疾”，便飞身而上。如遇高大庙宇，便用手捏住墙角，手上似有吸盘，如壁虎般轻巧。所以家家屋顶之上皆有人。房屋倒成了仓储室。国人飞檐走壁是为常态，一旦落地跟头连连，侧翻如车轮旋转，前翻后仰如空中滚动彩球，更能在纸上悬空跳跃翻腾，如同跳蚤，故名纸上蚤国。该国王宫虽高大宏伟，金碧辉煌，却形同虚设，国王并不在龙椅上端坐，而在屋顶之上立一钢针，针上放一纸，便是龙椅，左右移动稳如泰山。宴会自然设在屋顶，虽不丰盛倒也别致。为世所罕见，桌上只一盘红花用绿草相围。红花为跳跳花，绿草为蹦蹦草，将花草含于口内稍加咀嚼，便有粥样汤汁溢出，并伴有五谷芳香，软绵如糯。食后精神大增，体能陡长，凌空过江，如履平地。如在地上行走，能腾空而行，如步青云。遇山不论高远峻峭，只一个跟头便能过去。童男童女看得呆了，再问国人寿命都在六十上下，无疾而终。何以都在六十上下，只因已到六十，阳寿已尽，再食红花绿草也无济于事。不需多少时日，便自行消亡。

童男童女走访舞蛇国

离了纸上蚤国，童男童女来到舞蛇国，国内杂草丛生，洞穴遍地。群蛇蜿蜒盘曲，小的如过树龙，大的如过山蟒，或青或白或玄或花各色均有。头呈椭圆形，吐着信子，身披彩服，头呈三角形，有剧毒。还有尾部摇动如摇铃般响动，叫响尾蛇。更奇的是双尾蛇，一旦沾身，喷出毒液只需一滴，便会立刻毙命。童男童女闻听，个个吓得魂飞魄散。正待转身，早被国人拉住，在每人脑门上涂以避蛇红膏，再毒的蛇也不敢近身。并从树上摘下一片树叶，名为还魂叶，能救人死而复生。相传五百年前，舞蛇国来了一僧人，最恨毒蛇，见蛇便打，为蛇精记恨，便潜伏裤管，带到此地。童男童女脑门上既涂了避蛇红膏，便大胆前行，来到王宫。王宫高大富丽，并无卫侍，大门两侧有巨蟒把守。巨蟒长数丈，粗如磨盘。国王端坐龙椅之上，宴会不上酒肴，只有舞蛇表演。只见一大汉手擎巨蟒，将蟒双手举起，任其在身上下盘旋。继而有美女数人，人人颈上盘一花蛇，蛇肤色艳丽，时而呈红色，时而为蓝色，变幻多端，如彩练缠身。最后是巨蟒将大汉吞入腹中，蠕动片刻再行吐出。童男童女看得惊讶不已。国人寿命多在四十左右，因一生与蛇共舞，毒液渐侵。童男童女便匆匆离去。

童男童女走访三目国

童男童女行了数日，来到一国，只见一人在前款款而行，还道:“身后何人，来此何干！”

原来此人脑后正中生有一目，加前两目共有三目，故名三目国。童男童女急行几步问讯何以生有三目。此人说道，此处狼虫虎豹颇多，人多被食，后有一仙人点化，只在后脑勺轻轻一点，即成一目，从此便能看到后面动静。

宫里国王端坐椅上不需回头，便知后面侍臣仆从干些什么。身后也不会有刺客。旋即厨师端上一大盘，便知后面要上菜肴，国人体健，均善踢球。射门多用倒钩，攻无不克。夫妻出门，两人携手一前一后，前后景色看得十分真切。家人进餐，围在一起，有冲前的，有朝后的，手持长勺，挥动自如。凡歌舞，女郎专在背后下功夫，衣裤双色双面，背后更比前胸艳丽。腰肢纤细，臀部圆滚丰满，左右摆动尤为妩媚动人。唱起歌来，前身为男声，后身为女声。男声宏伟浑厚，女声细高柔绵。下棋对弈，坐法亦前后自便。更奇特的是国人皆喜射击，看起靶心便反转身来拉开弓弦，箭箭皆中靶心。童男童女便问国人寿命，答曰，多在四十左右，本该六十而终，因多了一目耗去不少精力，减寿三分之一。

童男童女走访擎天国

童男童女来到一处，只见人人身材高大魁梧，力大无穷。石墩石锁轻轻一抓就起，如抓一弹丸，上下翻转随心所欲，抛至半空，一指相接。在颈上、臂上滚动如走泥丸，更神奇的是将石墩或石锁往空中一抛，瞬间向后空翻，仰卧地上双脚接住，再一蹬，一个鲤鱼打挺向前一个空翻，将石墩或石锁稳稳接住。

有如此力拔山兮之力自然食量惊人，斗米斗面如常人一碗半碗。煮熟牛肉，无须刀切，只需大块端来。偌大一只牛腿，三口两口入肚。饮起酒来不用杯盏，只用方形大斛，一口饮下，能有 20 人之量。

国人游戏亦与众不同，有背车轴的，有抱大瓮的，有扛铁锤的，有夹巨石的，如此不等。只拣重的，不要轻的。吃饭时，脖子上套一大饼，有锅盖般大小，随饿随吃。腋下夹一大瓮，渴了便喝。

逢节日，男女老幼围在一起，既不歌舞也不赋诗作画单比力气，有的搬动山石，有倒拽牛尾。只是恨天无环，恨地无把。童男童女问起国人寿命，多在三十左右。因终日耗损体能难得高龄。

童男童女走访钻圈国

童男童女来到此处，只见人人皆能钻圈。圈小肩宽，进出自如。

原来此地鼠多，多而生患。见人入睡，便一拥而上，有的咬手，有的啃脚，轰走一拨又来一拨，国人多残疾，苦不堪言。一日，一仙人驾鹤而来，见国王面带愁容，便授予达摩老祖真经，内有缩骨易筋之术。自此，人人诵经，个个习法，不需半月便能钻圈，进退自如。这样一来，不消几日，鼠患销声匿迹。国人喜不自禁，纷纷填平鼠洞再行夯实。

有此缩骨易筋之法，还能穿越密林，捉蛇猎物，采集蘑菇灵菌，回到家中经简单熬制，便成美味。平时大家围在一起，以钻圈为乐。先是将圈放于地上，再以两圈上下相摞，如此三摞四摞，最高可达七圈，只见钻圈者远远连翻几个跟头，腾身一跃从最高圈处一钻而过。亲朋聚会，从不设酒食，以钻圈代之，如钻不过或把圈弄倒罚酒一杯。自是别有一番风趣。更奇的是女人生产，无有难产之说，只需前面放一小圈，娃儿便会顺利钻圈而出。逢年过节，不送糕点，专送圆圈，富者送金圈银圈，贫者送藤圈柳圈，圈不论材质，须用五彩丝线相绕，花样繁多，尽显主人心灵手巧。圈还可到市上交易。男方求婚也需钻圈。这里人寿多在半百。于是，童男童女便自行离去。

童男童女来到一域，见人人行走如飞，再往下看方知脚生双翼。双目炯炯，头部极为灵活。体形瘦小，身轻如燕。可谓日行千里见日，夜走八百不明。遇山翻山，遇水涉水，畅行无阻，赛过关公胯下赤兔。

原来这里人并不种桑犁田，饿了便飞身暴走摘些瓜果菜蔬。这里人忌荤腥油腻，只为体轻，便于行走。

逢盛大节日，便举行行走大赛，国王端坐主席台上，金杯闪闪，只等获胜者上台领取。

在锣鼓声中大赛开始，赛手云集两旁，人声鼎沸，喊声震天。国王下令，只比慢不比快。一声令下，赛手齐刷刷行走如飞，原来脚生双翼一旦迈动无法慢将下来。可惜金杯熠熠，无人领取。

逢到婚嫁，男女双方无须置办嫁妆，只需迈开双脚，瞬间婚宴所用之物一应俱全，即连婚纱盖头也不例外。童男童女问及国人之寿，言多在五十左右，只好作罢。

童男童女寻访人参果、灵芝草、蟠桃

童男童女历尽千辛万苦，遍访名山大川，异域他邦，均不见有长生不老之药。忽一日，有仙翁来报，在温水河畔，盛产人参果，如食得一枚可享永年。童男童女闻听便依仙翁所示前往。

一路翻山越岭自不必说，来到一处只见树高千丈，枝可拂云，抬头遥望果实累累，状如打坐婴儿。树高且滑，无法攀爬，如有人执意爬之，不待离地几尺便脱手坠地。死者跌于树下，自行为黄土掩埋，来年化为肥料，所以树高千丈。

离了人参果地，复又翻山越岭，涉水渡江，问询路人，灵芝草就在峻岭之上。童男童女既负圣命岂敢有违，便不惧艰险勇往前行。行至峻岭脚下，早有仙鹤仙鹿衔灵芝把守。童男童女纷纷跪下，再三叩拜。仙鹤仙鹿见来者至诚便格外开恩。童男童女登上峻岭，见于山石间有一小块平地。灵芝便生于岩缝之中。再看灵芝大于手掌，红中带褐，褐中微红，闪着异光。童男童女伸手去拔，怎奈灵芝虽小，又在险峰绝岭缝中，任凭如何用力全然纹丝不动，童男童女只得下得山来，望岭兴叹。

童男童女来到桃国，只见茫茫桃林灼灼如火，原来是树上蟠桃闪着红光。何以称为蟠桃，只因为五百年前有一巨蛇，盘曲树上，经日精月华，幻化成桃。此桃看上一眼可活百年，闻上一闻可得千岁，吃上一颗可与日月同庚。只是此桃，树粗，无法搂抱，更别提攀爬。况此蟠桃不比民间桃子，即使摘下也会从手中滑落，钻入土中无处寻觅。

童男童女历经三年寻访，不是没有长生不老之药，而是无法摘取，这便如何是好？

犀龙播种稻谷

犀龙苦苦等了三年，童男童女音信皆无，国事不可一日荒废，还是民生要紧，便精选良田，广种稻粟，让国无饥民。此举大获成效，稻田随风浪涌如海扬波，阵阵稻香扑鼻，稻谷堆积如山，万民欢腾。

一天，犀龙坐在龙椅上，听取大臣奏本，班中闪出一位大臣，原来是朝中宰相，因其脑筋灵活，善观朝政，人称神算子，出班奏曰：

“臣夜观天象，紫薇星划过夜空，正落大臣寝宫，此次五谷丰登正应天意，是大王的英明所致，大王的思想如天上的红日，光芒万丈，教化国民，逢愚化智，臣三生有幸，遇此圣明，请受微臣叩拜。吾王万岁，万岁，万万岁！”

犀龙闻听大喜，当场赏赐黄金百两，良田千顷。群臣见此，纷纷效仿，一时山呼万岁，歌功颂德遍于国中。家家设下供桌，墙上写满颂词，再唱民歌民谣一律改为颂歌颂谣，犀龙遂飘飘然，如成神成仙。

神算子一番假意逢迎，实则早有篡位之心，只是时机未到。看看小王子一天天长大，灵机一动，便从国库里盗些金银，以备活动经费。转念一想，他已得到赏赐，家中金银已是满箱，久闻犀虎善积玉器珍玩，便以金银换之。自古黄金有价，美玉无价，如此划算的事，不干就是傻子，便连夜修书一封，派心腹去到犀虎处投书。犀虎宰相因足智多谋，工于心计，人称伶俐虫。当下达成协议，以黄金百两换取珍珠 10 斛外加翡翠玛瑙若干。犀龙犀虎因国有内鬼，不需多少时日，国库日见空虚，而兄弟二人竟高枕无忧，昏昏然。

犀龙国宰相图谋篡位

犀龙外出视察，宰相便提前组织好群众，打出横幅，挥动小旗高呼万岁。犀龙喜不自禁，便信步走到一农家。家中四人，个个面黄肌瘦，揭开锅盖一看全是草根树枝，便问何以如此，家人战战兢兢缄口不言。经再三询问说连年歉收，反报高产。家中原有六人，两个小的皆死于饥饿。这还不算，国中还有易子而食的现象。犀龙听罢，怒火中烧，再走街串巷，果见饥殍遍野。即日传下令来，缉拿元凶。自此举国上下掀起彻查弄虚作假高潮。

宰相闻听，自知大祸临头，躲又躲不了，逃又逃不得，还是先下手为强。于是买通手下侍卫，半夜三更时分，潜入宫中弑之。是夜月黑风高，侍卫在宰相带领下蹑手蹑脚来到王宫寝室。犀龙正在酣睡，只听狂风大作，宫前大旗被风吹倒，忙从梦中惊起。猛抬头，见宰相及侍卫勇士手持利剑，犀龙忙挥剑相阻。宰相见事已败露便跪地求饶，犀龙喝道：

“朕素日待你不薄，何以恩将仇报。”身旁早已闪出近卫，将宰相一枪刺死。

犀龙继续彻查政弊

犀龙虽有惊无险，便觉事已至此，决非一人所为，便从上至下，彻查阳奉阴违之奸佞。先从国库查起，见国库空空如洗，金银荡然。再看粮仓，高高仓廪，上面只薄薄一层。如此二项还谈什么国力，如遇天灾如何支撑。遂免去失职官员，发往边陲充军，查封官员家中金银，一律收归国有。严重者榜示天下，满门斩首。

犀龙强兵

经犀龙整治，国力大增，五谷充裕，这引起了外域的眼馋，便有周边小国常来。有的抢收稻谷，有的牵走牛羊，更有甚者，几个小国结盟攻城略地，袭击粮仓银库。犀龙接到边疆急报，便制定强兵之策。凡年满18岁至45岁男女，一律习武充军。夏练三伏，冬练三九。刀枪剑戟棍棒槊镋斧钺铲耙鞭锏锤叉戈矛。这还不够，犀龙又加了弓弩盾三种。每天黎明即起，日落方收。严明军纪，有不尽力的，偷懒的打30军棍，有此军规军纪，个个能征善战。一声号令，水里走，火里钻，人人奋勇，个个当先，即使一介裙钗也能敌外域十个须眉。从此国家安宁，人民安居乐业。

犀龙与狐狸

一日，犀龙正在演武场上观看，忽然从半空飘下一美女，美女妙龄，比宫中嫔妃更加艳丽娇媚。犀龙觉得如不除之恐为美色所惑。

犀龙拔剑挥向美女，谁知剑不及身，只见一道灵光，便渺无踪影。

原来，传说诸虫百兽多能变幻，如黑鱼汉子、白螺妇人，虎为僧妪，牛称大王，豹为大将，犬为主人，鹿为道士，狼为小儿。见于小说野史，不可胜数。其中唯猿、猴二种最有灵性，算来远不如狐妖作怪事迹多端，又以毛色分为玄狐、白狐。按《玄中记》云：“狐五十能变化为人，百岁知千里万事，千岁则与天相通，人不能制，名曰天狐。天狐性善蛊惑变化多端，所以从古至今，将狐比人之说，容貌妖媚谓之狐媚，心神不宁谓之狐疑，将伪作真谓之狐假，三朋四友谓之狐朋。”此狐得道千年，自然人不能辨。当日传下号令，但有妖言惑众者，立斩不怠。

犀虎外出取经

犀虎闻听哥哥不为狐妖所惑，国力大增，便决定亲自去哥哥处看个究竟。犀龙得知犀虎要来，毕竟一奶同胞，早已捐弃前嫌，将他奉为贵宾，设国宴款待，并亲陪到各地走走。犀龙、犀虎先到田间，只见农夫正在田里耕作，犀龙早已脱下龙服与民同耕。此事犀虎大为惊讶。帝王竟与民同在田间劳作，闻所未闻。犀龙、犀虎又到其家中，妇人正在织布，此情此景勾起他昔日劳作情怀，而哥哥做的又不是一时兴起，便牢记心中。适时正值种麻植桑，播种五谷不违农时，自然丰收，劳作之余，就在田头小憩，农夫引吭高歌，犀龙拉琴。中午，农妇将粗茶淡饭送来，便与民同吃，其乐融融，比王宫更惬意十分。

离开农家，又到教练场，只见武士手持兵器，尽施十八般武艺。锣鼓喧天，杀声阵阵，两军对决各不相让，犹如实战。真乃富国强兵之策，犀虎又牢记心中。

一日，犀虎随哥哥到各处走走，路见一老翁，跌倒在地，犀龙忙躬身扶起，见衣衫褴褛，便赠以银两。犀虎见哥哥如此爱民，国之强，在于民心，又牢记心间。

犀虎教化国民

犀虎此番取经，受益匪浅。早有大臣启奏：

“臣闻富国强兵重在教化国民。一个国家若无经济一打就垮。况两军对峙，力敌不如智取。”

犀虎闻听，深感所言有理，便传下号令，男女老少人人修文习武，有杰出者，立奖黄金百两。一时举国修文习武已成国风。

先说习武。甲乙双方排下阵势，甲方明修栈道，诱乙方调集兵力严防死守，岂知甲方早已暗度陈仓，结果乙方大败。

再次交战，乙方趁黑夜在东线战鼓咚咚，甲方忙调集兵力，结果乙方从西线大举进攻，甲方大败。

再说修文。人人读圣贤之书，个个行圣贤之礼，百姓敬老爱幼，各乡里均设有爱心室，把闲置衣物拿到爱心室，让贫困孤寡老人自行领取。

官员从不榨取民脂民膏，更不三妻四妾。举国上下大兴仁爱之风，以助人为乐，分食物时你谦我让，敬老尊贤。

犀龙截获信鸽

一天，犀龙办完国事刚出王宫，忽见半空有一白鸽绕王宫盘旋，犀龙拍手，白鸽便停于犀龙肩上。犀龙见白鸽羽毛似雪，短喙殷红，甚是可爱便握在手里，白鸽也不见生，只是咕咕叫个不停。犀龙细看，见腿上绑一字条，原来是一封信，打开一看方知是朝中大臣里通外国，携情报到他国供职。犀龙此时，年已半百，遇事不似当年气盛，便将白鸽交给仆人好生喂养，并修书一封，言说还有何人，信写好后，将信绑在白鸽腿上放回。果然三日后白鸽飞回，信上罗列名单，共大小官员十三人，犀龙暗暗记下并不发作。

一日上朝，犀龙端坐龙椅，依单念出十三人官员姓名，官员惶恐不已，一齐跪下，犀龙说道："朕待尔等不薄，如何干出里通外国勾当？"

话犹未了，近卫武士掷下宝剑。

"请自裁吧！"

自此满朝官员均恪尽职守，为国尽忠效力。正在此时，有人急急来报："陛下，大事不好，臣闻犀虎国出事了！"

犀虎国地震

原来昨日凌晨，犀虎国上空一道蓝光闪过，紧接着地动山摇，房倒屋塌。顷刻间好端端千家万户草舍瓦屋化为一片废墟。大街小巷呼天抢地，更有人被埋在土石檩木之下。犀龙闻听，兄弟遇此大难，速派人携食品衣物相援。经日夜苦战，废墟下又搜出老幼人丁58人。犀虎号召，国人擦干眼泪，重建家园。

三天过后，犀龙亲自前来慰问。犀虎上朝召集文武百官商讨防震抗震大计。有人奏曰，家设灵桌，桌上放一瓶，瓶口朝下，一旦瓶倒便是地震先兆。有人说，重建房屋宜低不宜高，屋顶多用轻质木材。有人说，注意鼠洞，但见群鼠出洞，家人立刻逃命。有人说，但有鸡鸣狗吠，立刻携老抱幼出屋。如此等等，犀虎一一记下。犀龙亦一一记录在案。如此三年，在犀虎号召下，家园建得更加美丽。小桥横波，溪水淙淙，一派锦绣景象。

犀龙遇大旱

春日刚过，迎来夏天。谁知，晴空如洗，万里无云。及至盛夏，更无黑云翻滚，沉雷阵阵，农夫望空兴叹，含泪唱道：“赤日炎炎似火烧，野田禾稻半枯焦。农夫心内如汤煮，龙王何日持瓢浇？”

如此自春至秋，滴雨未下，茫茫四野颗粒无收。所幸尚有储备，官方开仓放粮。各州府驿站，均设粥棚，赈济饥民。

秋风送爽，犀虎牵马驮粮而来，兄弟二人共商抗灾大计。

有大臣奏道，挖水库储水，一旦久旱可开闸放水。有人言道，广积雪水，家家挖水窖，以备来年浇灌之用。寻找山泉水源，挖渠引水，如此等等。有了此番天灾，变弊为利。家家节水，户户惜源。虽大旱之年，仍禾稻扬花，麦海涌浪。人人笑逐颜开，姑娘小伙更加水灵俊美。

犀虎遇洪水

人有旦夕祸福，国无三日无事。犀龙国大旱刚过，犀虎国遭遇洪水。时值盛夏，只听半空惊雷炸响，鞭子雨箭头风一路袭来，天昏地暗伸手不见五指。接着大雨倾盆，初始淅淅沥沥，继而连绵不断，再继而如瓢泼，又继而似缸倾。不闻人声犬吠，但见哗哗雨注，如此这般似天河决堤，如倒海翻江。一连七七四十九天，大雨不绝。自古洪水如猛兽，今番比猛兽更胜十倍。房倒屋塌，好端端家园尽在水乡泽国之中。人畜漂流顺势而下，年富力强者，爬至屋顶树梢，凄凉景象惨不忍睹。大雨过后，良田一片狼藉。秋风又起，饥寒遍野。有道是隔街不下雨。犀龙国却风调雨顺，你说奇也不奇。犀龙闻听兄弟遭此大难，急急备上马匹粮食救援。经三番五次天灾，兄弟二人已结为命运共同体，有灾同抗，有难同当，相扶相济共渡难关。当即共商抗洪大计。有臣奏曰，国内多湖泊，因常年被土淤塞已成堰塞湖。应赶紧挖通，以治水患。有人言道，应挖渠疏通水路，及时排涝。有人言道，应在雨季来临之前开启水库闸门放水，旱储涝排，并家家挖渠，户户相连，形成水系，让多余之水奔向大海。经过一番争论达成共识。犀虎号召重振民心再建家园。又经三年苦战，犀虎国在一片水洗过后，把家园建得更加美丽，山光水色，潋滟旖旎。到处莺歌燕舞，流水淙淙。天灾不可怕，只要民心不被洪水冲走，家园就在眼前。

犀龙开设自由贸易

为便利民生，犀龙下令开设自由贸易。逢五为小集，逢十为大集。让各家将剩余物品拿到集上自行交换。号召一出，深得民心。挑担的，赶脚的，背包的，握伞的，人头攒动，熙来攘往。吆喝声，叫卖声，此起彼伏，不绝于耳。人山人海，其中尤以小孩妇女最为快乐，吹糖人的，捏小猫小狗的，卖耳环簪子的，更是花样繁多。集市空地还有耍把戏的，耍猴的，爬杆的，蹬缸的，踩高跷的，唱曲、说大鼓的，应有尽有。开设自由贸易更引来外域参加。有道，货换货两头乐。外域货一经摆上，便挤满了人，因新奇一抢而空。经此倡导，各家各户的独门绝技都施展出来。有的把面点捏成小人小马，有的把糖烙成中空，有的把花布边角做成锦囊，真是五光十色，令人眼花缭乱。逢年过节，吹拉弹唱，热闹非凡。各色年货，地方小吃一应俱全。从日升至日落，人们来来往往，人人笑逐颜开，个个喜气洋洋，歌舞升平一派太平景象。犀虎也跻身人群，与民同乐，看此盛况即兴赋诗一首：

> 开通贸易如开渠，引得活水浇心田。
> 民富国强暖人心，万众同享太平年。

犀龙修路

集市一开，繁荣了经济，丰富了人民生活，人人拍手称颂。而深山老林偏远地区因道路崎岖，更有山水相阻，出行多有不便。于是，便有一些青壮男士到王宫恳请国君再谋良策。

犀龙闻听，即日召集百官，众口一词，只有修路方能解决。而修路绝非易事，况山路崎岖，河水弯弯。于是，先从山路开始。自古道，逢山开路，有人献策，不需一味修路，若依山势而定，把山民踏出的小径拓宽，无径的凿出径来，依山势凿出阶梯。一时，叮叮当当山上山下一片开山筑路之声。

遇水架桥。好在这里并无宽阔水域大河，便选在无雨或少雨春季，在河底直立根根木桩，桩上铺上木板便成过水路面桥。雨时水漫桥面，无雨时过桥如履平地。经过两年苦战，条条山路通大道，条条河水无阻拦，形成一个蛛网。山路一通黄金万两。水到渠成，山货一到集上，便成了抢手货，山外人得以山珍，山里人得以银两。山里山外一片欢声笑语。有道是高山出俊鸟，山里姑娘多俊美。不少姑娘走出偏僻山区嫁到平原，山里山外联姻，从此山不再高路不再远，举国上下，一片繁荣昌盛景象。犀龙走到开通的山路上，百感交集，即兴吟道：

"路路通，人心通，举国上下乐融融，山里山外紧相连，万众同心享太平。"

犀虎睦邻

眼看犀虎国日渐强大，周边小国个个觊觎，便联合起来，骚扰边境。犀虎一改以武镇压、重兵把守政策。镇边关改为睦边关，同时也不称边防将领为征东大将、平西大将、镇南大将、讨伐大将，改远交近攻为睦邻友好，有的帮铺路架桥，有的送去瓜果梨桃稻麦五谷，有的送去锦缎布匹，如此一来化敌为友，个个拱手称臣，称犀虎为君王。逢年过节便派使臣进贡，把国内珍品进献君王。又派人前来学文习武，小国多能工巧匠。一天，犬戎国进得一木，质地坚硬，色泽红润，镂空雕刻三层，自行转动，三层一十八景。犀虎大喜，当即放于储珍馆中，赏黄金百两，并与宫中选出美女，与小国联姻，一时传为佳话。小国不再进犯，边疆安宁。

童男童女建国

再说犀龙犀虎派出童男童女，遍访名山大川，走访域外，哪有长生不老之药，如这样回去，如何交差，不如找个好去处安顿下来。一日，来到东海一隅，三面环山一面傍水，又有一处平原，是千载难逢的好地方，便定居下来。此处确为物华天宝，人杰地灵。经十八年生息繁衍，人丁兴旺，遂建一国名曰东国。由于占尽天时地利人和，且童男童女都是精选出来，优上加优，无人可比，况又重视科学，造出许多先进武器，如长枪短炮，此等武器更胜刀枪。遥想当年走访时，便派使者去犀龙犀虎处打探。此时犀龙犀虎已老，先后驾崩，两国便由王子执政。两国王子因不知创业艰难，整日花天酒地，骄奢淫逸，不消八年好端端的国家日渐衰微。周边小国群起，不再称臣。于是回国禀明，择日攻打。

是夜，月黑风高，犀龙太子正高枕酣睡，犀虎太子正饮酒作乐，急听一片喊杀之声，周边勇士近卫全无，与惶惶中被刀枪结果了性命。犀龙国误认为是犀虎国入侵，便相互厮杀起来，举国上下杀声一片，于两国开阔处直杀得尸横遍野，从月升直杀到月落，血流成河。老者抚髯叹曰，好端端两个富饶国家成为荒凉之地，后经数年，浸血地上开出一片芬芳毛桃林，这便是当年夸父逐日，竭渴而死之处。言罢，老者飘然而去。我急急呼之老者留步，不觉从睡梦中惊醒，乃南柯一梦。

诗曰：

人心不足蛇吞象，
熙来攘往为谁忙，
太平盛世难为久，
此处桃源在何方。

赘 语

人生于苦海，会活的人，把苦酿成了蜜。

人的一生，总要为后世留下点什么，文字便代替了临终遗言。

有人用韵文，韵文不是简单的押韵，而是在韵律中表述情感。

有人在散步时，把所见所闻，所感所悟表述出来，便成了散文。

有人把经历的人和事记录下来，便成了小说。

小说的好坏不在长短，说人人想说而不能说，写人人想写而写不好，这样的作品必成佳作。

作品难易不在长短，写好了都难。

有人想把所写的找人演绎出来，便成了剧本。

有人限于当时的处境，不便明言，便借助他人和物来表述，便成了童话。

人生在世摆脱不了大千世界的炎凉，就像人活在四季，春秋宜人，自是不及酷暑严寒难熬。作品就是写那些最难熬的。

人的一生，总会受生离死别，爱恨情仇折磨，这便成了作品的永恒主题。

人生有喜亦有悲，悲是最打动人心的，即使是喜，笑中也有泪。

世上有好人就有坏人。人就活在对立之中。

作品中表述的善恶美丑，实际上是在表述人性。天地永恒，人性不变。

作品中的一切，无不以情为引线，情如宇宙，包罗万象。无情则一切不复存在。作品所以感人，全在情浓情深。

作品的价值全是从万事万物中有所悟。无悟之作再长也是平庸之作。

作品是在生活土壤中绽放的奇葩，能表达万人心声，便能成为传世经典。

尾　曲

谁在演，谁在唱，该收场了。

喊的人化成了尘埃。

锣鼓铿锵，悠扬，导演换了一个又一个，演技有好有坏，演员纷纷登场。

一个没有说完的故事，只上演了一场，辜负了观众的期待，莫鼓掌。

在雨中凄美

1=C $\frac{4}{4}$

戚长道 词
戚长道 曲

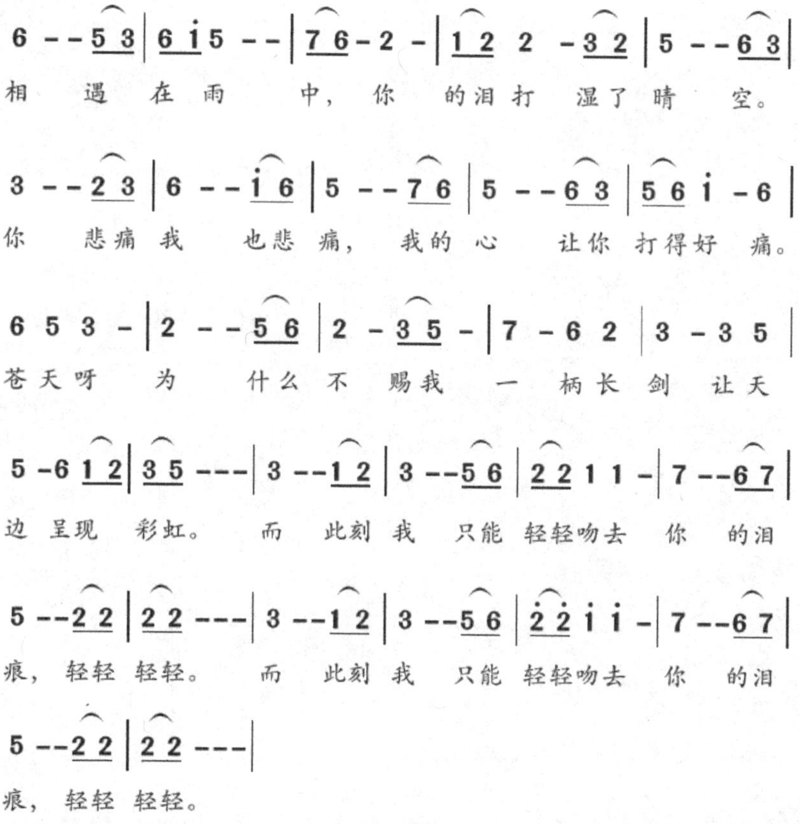
相遇在雨中，你的泪打湿了晴空。
你悲痛我也悲痛，我的心让你打得好痛。
苍天呀为什么不赐我一柄长剑让天
边呈现彩虹。而此刻我只能轻轻吻去你的泪
痕，轻轻轻轻。而此刻我只能轻轻吻去你的泪
痕，轻轻轻轻。